中国古典诗论探源

刘 浏 著

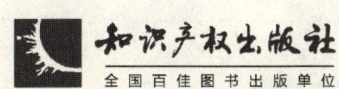
知识产权出版社
全国百佳图书出版单位

图书在版编目（CIP）数据

中国古典诗论探源/刘浏著. —北京：知识产权出版社，2015.9
ISBN 978 – 7 – 5130 – 3647 – 4

Ⅰ. ①中… Ⅱ. ①刘… Ⅲ. 古典诗歌—诗歌研究—中国 Ⅳ. ①I207.22

中国版本图书馆 CIP 数据核字（2015）第 155935 号

内容提要

从诗学的源头出发，探寻关于诗的观念、诗歌体类的源流变迁，似乎是建构中国古典诗学体系的一个切入点。什么是中国的诗，中国人为什么这么写诗，传统诗论中若干耳熟能详的术语究作何指，等等，不断启发着笔者的思考和探寻。本书就是这些思考和探寻的一个初步成果，对古诗爱好者、研究者具有理论参考价值。

责任编辑：国晓健   责任校对：孙婷婷

封面设计：周云飞   责任出版：刘译文

中国古典诗论探源

刘   浏 著

出版发行：知识产权出版社有限责任公司	网　　址：http://www.ipph.cn
社　　址：北京市海淀区马甸南村1号（邮编：100088）	天猫旗舰店：http://zscqcbs.tmall.com
责编电话：010 – 82000860 转 8385	责编邮箱：guoxiaojian@cnipr.com
发行电话：010 – 82000860 转 8101/8102	发行传真：010 – 82000893/82005070/82000270
印　　刷：北京中献拓方科技发展有限公司	经　　销：各大网上书店、新华书店及相关专业书店
开　　本：787mm×1092mm　1/16	印　　张：14
版　　次：2015 年 9 月第 1 版	印　　次：2015 年 9 月第 1 次印刷
字　　数：229 千字	定　　价：42.00 元
ISBN 978 -7 -5130 -3647 -4	

自 序

　　中国古典诗学对诗歌艺术的把握，不重细密的分析，而重总体的品鉴。其理解的方式是直觉的、印象的、感悟的。这或许是由于中国传统的美感境界一开始就超脱了分析性、演绎性的缘故，又或许是源于中国诗生长于一个抒情诗传统而非史诗或叙事诗传统的文化生态。从先秦诸子开始，就将"知者不言，言者不知"（老子《道德经》第五十六章）和"道未始有封（分辨），言未始有常（恒定）"（庄子《南华经·齐物论》）奉为美学之圭臬。至唐以后，司空图提出"不着一字，尽得风流"，严羽主张"不涉理路，不落言筌"，等等。这样一脉相承下来，就形成了中国古典诗学特有的一种只求心灵的启迪而无意于逻辑的实证，只重直观的感受而不注重建构严密的理论体系的特色。

　　如果将西方以"陈述——例证——结论"为主干的批评方式作为准则来对照中国古典诗学，那么我们的传统批评泰半未成规格。但反过来看，传统的批评方法自有其成因和长处于斯。艺术不同于逻辑，艺术分析不能达到也不必追求逻辑分析的缜密和精确。审美价值应建立在审美感受的基础上，审美感受则取决于审美主体对美的悟性和感悟的过程。因此，中国古典诗学的创建者首先是作为诗歌的审美者（不设标准）而非审判者（设定标准），这样方可完整地把握诗带给人的美感经验，从而真正了解诗的"机心"所在。所以，我们看到中国古典诗学中几乎没有关于诗学的实用或应用式批评，而多为一些美学上的观点和态度；而在文学鉴赏时，则往往是寥寥数语，点到即止。

　　例如，唐人司空图《二十四诗品》论诗的艺术，说"雄浑"是"荒荒油云，寥寥长风"，说"纤秾"是"采采流水，蓬蓬远春"，说"典雅"是"落花无言，人淡如菊"，说"自然"是"幽人空山，过雨采苹"；如此等等，以自然之境喻诗之境，没有演绎或归纳的阐述，只提供由多种意

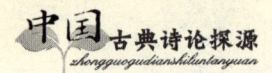

象构成的超乎名义的境界。读者所接受的并非"聆听雅教",而是在其启发下的"重新创造"。再比如宋诗僧惠洪《冷斋夜话》评郑谷诗:"郑谷咏落叶,未尝及雕零飘堕之意,人一见之,自然知为落叶。诗曰:返蚁难寻穴,归禽易见窠。满廊僧不厌,一个俗嫌多。"对作品特色之批评"点到即止",至于作者通过何种技巧营造了这一特色,文字如何、对比如何等一概不论,引领读者瞥见其门,但进门后的路径还需读者自己去慢慢求索。

这种言简而意繁的文学批评方法,与西方文学批评相较,似乎更加近于诗的表达形态,因为其评论语言本身就是诗化的,它在读者意识中能激起诗意的想象和诗境的再造。但是,必须承认这种批评有其严重的缺陷。第一,不是每一个读者都有与诗学家一般的审美能力,不可能都像佛家当头棒喝、醍醐灌顶那样达到顿悟、妙悟,豁然开朗。第二,诗学家自身如果不具有诗人的创造力,那么其鉴赏力也就大打折扣,其文学批评也就容易流于随意甚至肆意的印象式批评,动辄"气韵高妙"、"气韵沉雄"、"气韵生动",究竟何谓气韵、如何高妙、何为沉雄、为何生动,既不必解释,也不会解释甚至无法解释。这就使诗学本身陷入以意释意的无休止循环,这也是中国古典诗学无法建构体系的根源所在。

因此,从诗学的源头出发,探寻关于诗的观念、诗歌体类的源流变迁,似乎是建构中国古典诗学体系的一个切入点。什么是中国的诗,中国人为什么这么写诗,传统诗论中若干耳熟能详的术语究作何指等问题不断启发着笔者的思考和探寻。本书就是这些思考和探寻的一个初步成果。全书略分四个主题,即诗论篇、文体篇、考据篇和鉴赏篇,各题既有相对的独立性,又有内在的联系,大都作为单篇论文在专业期刊上发表过。此次汇集成书又做了一些文字上的增删修订,观点则一仍其旧。诗论篇的内容属于中国古典诗歌艺术论的范畴,以讨论古典诗学术语之"意"、"象"、"气"、"韵"为核心,试图构成一种系统化的理解和把握。文体篇则重在考证诗体的源流,核心是诗与赋。诗、赋同源而异流,各有其轨迹可寻。尤其是赋,往往与诗并称,却又在两汉以后别立一家,其原初核心功能似乎为后人所淡忘,书中三篇文章皆论赋体,可为之正本清源。至于考据篇和鉴赏篇,如果说前者为朴学的话,那么后者可称为虚学(与朴实相对);虚实结合,既可互相印证,又可寻出古典诗学更多的治学门径。

　　因为本书涉及领域较广，涉及诗学家、诗论著作、诗人诗作较多，笔者常有捉襟见肘之感。但既然是探源，就不可能只从一条河流开始追溯，这本就是一个难题，千百年来无数诗家和批评家耗费心力于此，今人有志于此者也应不避艰险、不辞劳烦地去接续这项工作。此书只是笔者近年来工作的一个阶段性总结，既无自炫学术之想，亦无标新立异之说，谨将它奉献给志同道合的读者，期待批评和指教。

　　是为序。

刘　浏

二○一四年十月二十日于大运河畔

目　录

诗 论 篇

文 体 篇

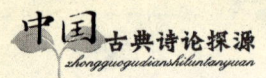

考据篇

鉴赏篇

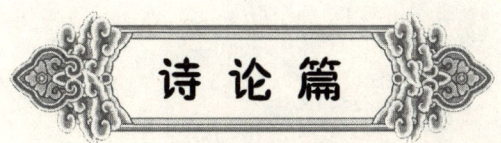

诗 论 篇

论"意象"即"意中之象"

——中国古典诗论之"意象论"探源

摘　要：中国古典诗学研究者对"意象"这一审美范畴的研究，往往将"意"与"象"分离开来，而"意象"本身是一个浑融完整的审美范畴，"意"与"象"不容分割。从"意象"一词的训诂、特征、本质三个层面上看，"意象"即"意中之象"。

关键词：意象；形象；象外之象；意中之象

很多中国古典诗论研究者对"意象"这一审美范畴的研究往往将"意"与"象"分离开来，将"意"对应于神或情，将"象"对应于形或景，神形兼备，情景融合谓之"意象"。而"意象"本身是一个浑融完整的审美范畴，一旦将之分割为主体、客体时，已然破坏了它的完整性。"意象"就是"意中之象"，是相对形象而存在的更高层次上的审美范畴和审美理想。本文拟就这一观点展开论述。

一、从训诂学角度讨论"意象"即"意中之象"

在训诂学层面上研究"意象"的材料已是卷帙浩繁，但这里仍应不厌其烦地从这一角度探讨一下"意象"同其他与之相关的概念——"形象"、"想象"等之间的联系与区别。

先看"象"与"形象"的联系与区别。许慎《说文解字》云："象，长鼻牙，南越大兽。"❶象，初为动物之名，现仍保留此义。段玉裁《说文解字注》认为：后人假"象"为"像"，表达"相似"义，所谓"像者，

---

❶　（汉）许慎《说文解字》，中华书局，1963 年版，第 198 页。

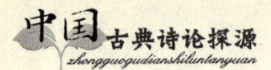

似也；似者，像也"。❶ "形"与"象"是同源字，兼指物体的外在表现，但二者含义并不相同。《易传》云："见乃谓之象，形乃谓之器。"即古之所谓"形"，是指客观事物实在的形体，是事物作为客体占有特定空间的、具有广延性的存在；而"象"是指这个客体呈现于人的主观意识之中从而带给人的对事物的意念感受。

如果从现象学角度看，"象"也就是用自己头脑或称心灵所读解的，并呈现于自己头脑或称心灵的思维活动之产物。因此，"象"带有强烈的主观性或随机性，即海德格尔所谓"事物被作为主体的人之感觉所揭示照亮"。是故，我们可以说，"形"是固定的、自在的，不以人的主观意志为转移的，而"象"则是动荡的、变化的，能以人的主观意见为变幻的。若无观物之人，则物就无所谓"象"（而其"形"依然存在于主观意识之外）。而且，"象"会随着人的观物角度的变化而变化，不同的角度产生不同的"象"。宋代苏轼诗中名句"横看成岭侧成峰，远近高低各不同"（《题西林壁》），说的就是这种"有形的原存在"与"人观物象的现存在"之不同，所阐发的也就是人们赏物观"象"之理。简言之，"象"相对于"形"来说，是一种相似，而且是动态的相似，是一种观物过程的显现。

再看"象"与"想象"的联系与区别。《韩非子·解老篇》谈及"象"由本义到引申义的过程时说："人希见生象也，而得死象之骨，按其图而想其生也，故诸人之所以意想者皆谓之象也。"据此，"象"就是"想"的结果，是与"想"密不可分的。"想象"一词，不是至今仍然活跃在现代汉语之中吗？古人"想象"连用者也不乏其例，其意义与今天庶几相同。如曹植《洛神赋》"遗情想象，顾望怀愁"；谢灵运《登江中孤屿》"想象昆山姿，缅邈区中缘"；柳宗元《界围山水帘》"丹霞冠其巅，想象凌虚游"；张元干《游东山》"澄潭想像云头涌，悬瀑依稀雨脚垂"，等等，不一而足。"象"与"想"的联系，与前述"象"是一种动态的相似，无疑是契合的。如果把黑格尔之"美就是理念的感性显现"理论拿来套用的话，"形"（一种先验的自在的存在）就不妨说成是"理念"，而

---

❶ （清）段玉裁《说文解字注》，成都古籍书店影印本，1981年版，第486页。

"象"则可以说成是"理念的感性显现"❶。

最早探讨意与象的关系的是《周易》，而《周易》所言之象是卦象。因此，这里可以再谈谈象与卦象，即象与《周易》美学的联系。《易传》有"观物取象"之说，又《周易·系辞上》云："圣人有以见天下之赜，而拟诸其形容，象其物宜，是故谓之象。"后又云："子曰：'书不尽言，言不尽意。'然则圣人之意，其不可见乎？子曰：'圣人立象以尽意，设卦以尽情伪，系辞焉以尽其言，变而通之以尽利，鼓之舞之以尽神'。"《周易·系辞下》云："易者，象也；象者，像也。"这里虽然说的都是所谓"卦象"，但也可以同后世文学中的"形象"之"象"联系起来。而且，《周易》中关于"意"与"象"之理论概括，对后世中国古典文学、艺术创作有很大的启发：首先，卦象是感性具体的、可见的；其次，它是对现实存在物的一种模拟或反映；再次，它具有美的意义。这里"象"所要尽的"意"是圣人之意，不是某些具体的、实在的、规律性的东西，而是与建功立业的志气、人格道德的完善、社会国家的治理、天下安宁的实现等密切相关的东西。这岂不是正与审美意象的创造规律耦合吗？中国古典艺术向来不以再现逼真为能事，而重于内在情感的表现。后世文论家在论及这一特征时往往引用《周易》的话语，原因正在于此。

老子云"大象无形"，"大象"是相对于"象"而言的。所谓"大象无形"，潜台词即"象"有形，有形即可见，即"象"之存在的客观限定性。❷ 而正是通过这种客观的限定性，才得以使物从其浑融一体的本然世界中被凸显出来，为人们所认识和把握。然而，就在此时，此物就被"象"所个别化、孤立化，成了典型的"这一个"（this one）❸，而非其他的。因此，通过"象"这一中介物，使物显现（个体），同时又使物消失（本体）。而所谓"大象"，即对物的本然存在的把握，亦即司空图所谓

---

❶ 黑格尔在其经典著作《美学》中如是说："真，就它是真来说，也存在着。当真在它的这种外在存在中是直接呈现于意识，而且它的概念是直接和它的外在现象处于统一体时，理念就不仅是真的，而且是美的了。美因此可以下这样的定义：美就是理念的感性显现。"（朱光潜译《美学》第一卷，商务印书馆，1996 年版，第 142 页）

❷ 这与前文所述之"象"具有主观性、随机性是不矛盾的，因为无论观物角度如何变化，也不可能把一张桌子看成是一只兔子，亦即物之本质属性不会发生变化。

❸ "这一个"，即指人物内在性格中冲突的元素，出自于黑格尔《美学》中现实主义典型人物说，好的人物形象必须具有普遍意义又有复杂的个性特征。此处借用该理论。

"超以象外，得其环中"的结果。可见，"大象"是与"意象"这一审美范畴相通的。所谓"意象"，也就是"形而上"的"大象"，反过来，哲学上"形而上"的所谓"大象"，在文学艺术表现上则是所谓的"意象"。

二、从"意象"的特征讨论"意象"即"意中之象"

"意象"最突出的特征就是不确定性，或者称作"多义性"。这是站在文艺作品欣赏者的角度来说的，因为作者在进行创作时，对"意象"的构思、选择和表现是有着一定的考虑的。而对于读者来说，是要通过自己所领悟到的"意"中之"象"去追寻作者的"象"中之"意"，于是就具有了一种间接理解的不确定性，如果按照西方解释学（或称作"诠释学"）的最基本说法来看，那就是"理解总是不同的理解"❶。

中国古代的文论家对"意象"的不确定性，有过十分深刻的论述。钟嵘在《诗品序》中说："故诗有三义，一曰兴，二曰比，三曰赋。文已尽而意有余，兴也；因物喻志，比也；直书其事，寓言写物，赋也。宏斯三义，酌而用之，干之以风力，润之以丹彩，使味之者无极，闻之者动心，是诗之至也。"指出诗之至境在于给读者以无极之味。刘勰《文心雕龙·隐秀》云："隐也者，文外之重旨也"，"夫隐之为体，义主文外，秘响旁通，伏采潜发，譬爻象之变互体，川渎之韫珠玉也"。所强调的也是委曲深隐、余味悠然的含蓄之美。司空图《与极浦书》引戴叔伦语："诗家之景，如蓝田日暖，良玉生烟，可望而不可置于眉睫之前也。"又称："近而不俗，远而不尽，然后可以言韵外之致耳。"司空图上承庄子，又提出"超以象外，得其环中"，"不着一字，尽得风流"的理论，其《与李生论诗书》云："古今之喻多矣，而愚以为辨于味而后可以言诗也。江岭之南凡足资以适口者，若醯，非不酸也，止于酸而已；若醝，非不咸也，止于咸而已。华之人以充饥而遽辍者，知其咸酸之外，醇美者有所乏耳。……近而不浮，远而不尽，然后可以言韵外之致耳。"苏轼论诗诗《送参寥师》云："欲令诗语妙，无厌空且静；静故了群动，空故纳万境。"强调诗语应

---

❶ 伽达默尔《真理与方法——哲学诠释学的基本特征》下卷，载洪汉鼎译《二十世纪西方哲学译丛》，上海译文出版社，1999年版，第635页。

以"静"写"动"，以"空"纳"万"，这与刘勰之"万取一收"理论一脉相承。严羽《沧浪诗话》云："盛唐诸人惟在兴趣，羚羊挂角，无迹可求，故其妙处透彻玲珑，不可凑泊，如空中之音，相中之色，水中之月，镜中之象，言有尽而意无穷。"明人王骥德《曲律》云："不贵说体，只贵说用。佛家所谓不即不离，是相非相，只于牝牡骊黄之外，约略写其风韵，令人仿佛如灯镜传影，了然目中，却摸捉不得，方是妙手。"从以上引述的各家论说中，我们可以看出，中国古代文论、诗论家们已经看到了文学中"意象"这一审美范畴的不确定性特征，并对其做了十分深刻的研究。

当代著名美学家朱光潜曾对文学中"意象"这一审美范畴做过如下概括："无穷之意达之以有尽之言，所以有许多意尽在不言中。文学之所以美不仅在有尽之言，而尤在无穷之意。推广地说，美术作品之所以美，不是只美在已表现的一小部分，尤其是美在未表现而含蓄无穷的一大部分，这就是本文所谓无言之美。"❶ 所谓"无言之美"，也就是文学艺术作品中的"意象"引导欣赏者进入审美想象，参与审美创造，最终领悟艺术意境的巨大的愉悦感。

"意象"的这一审美特征，首先表现为文本层次上的言与意、虚与实、显与隐、形与神的矛盾运动，所谓"象外之象"，前一"象"对应于"言"、"实"、"显"、"形"，后一"象"对应于"意"、"虚"、"隐"、"神"。因此，说到"意象"，实可以"虚象"、"隐象"、"神象"来置换。其次，相对于接受者而言，审美的想象运动是要通过"意象"的引导去完成对意境的领悟和创造的，在这一想象运动的过程中，"意象"的不确定性在不同程度的读者那里得到不同程度的确定，即创造者留下的"空白"得到一定的填补，但这一过程始终不会终结，一首好诗，千载之下读之仍不免与之产生共鸣，这正是诗的精蕴所在，也即诗魂之所在。

有的研究者把"意象"分成复现性意象和创造性意象两种："复现性意象"即读者对文本信息的接纳、转换与复现，是基于作者在语言层面上所提供的信息而形成的，因此，它具有受动性、指向性和确定性，而"创造性意象"则是在"复现性意象"生成的基础上，充分挖掘接受者审美感

---

❶ 《朱光潜选集》，天津文艺出版社，1993 年版，第 354 页。

受中的直觉和潜意识，并结合接受者所处时代、环境及其特定感受而形成的，没有一定的标准可衡量，也没有一定的模式可遵循，因而具有更大程度上的任意性、不确定性和可生产性的特征。❶ 而这一根本不可能被"确定"的特征，也正是前述"意象"最突出的特征。因此，我以为只有这种"创造性意象"才可称作"意象"，"复现性意象"只是语言形式在接受者头脑中从代码向信息的一次直接过渡或转换而已。简言之，"复现性意象"只是直观物象，"创造性意象"方为审美意象。从这一角度看，"意象"就是"意中之象"，且不仅是作者意中之象，更是读者意中之象。而且从接受美学的角度上说，"意象"甚至仅指读者的"意中之象"，因为作者的"意中之象"，对于那些不是作品的读者之作者（以自己的文学艺术作品服务于读者的作者）本身是无意义的。可作如是观，作者所有对"意象"的构思活动和传达活动都是为着一个目的，那就是设计某种不确定的、富于创造性的"意象"去诱使读者体验之、品味之并共同创造之，使这一"意象"的内涵越来越大，越来越吻合不同时代、不同地域的读者之审美感情，从而获得更大的审美愉悦，也从而获得审美精神的绝对超越。

中国古代艺术，尤其是中国古典诗歌艺术，在自身形式的长期发展中形成了以含蓄幽深、婉转曲喻为特征的"意象"生成方式，而与这一特征相应的艺术表现手法有双关、比兴、暗示、象征等，与之相应又形成了知音、体味、顿悟、兴会、兴象等一整套艺术感知方式。这种独特的艺术感知方式偏重于发掘读者的主动性、创造性和自主确定性，用最简单的一句话来概括就是"不是缺少美，而是缺少发现"。雅音为知者赏，俞伯牙与钟子期的故事不正说明了文学艺术中的"意象"是由作者和读者所共同创造的吗？

三、从"意象"的本质讨论"意象"即"意中之象"

若从"意象"的本质方面加以探讨，则可简要地探求关乎"意象"本质的两个问题：其一，对"意象"的要求是什么；其二，创造"意象"所

---

❶ 金元浦《论中国古代文学意境空白》，载韩国中国语文学会 2000 年度秋季联合学术发表大会论文集，2000 年第 4 期。

要达到的目的是什么。

中国古代文论家对"意象"的总体要求，用老子的话说就是"大象无形"，用刘勰的话说就是"隐之为体，义主文外"，而以严羽之说最为精粹，即"不着一字，尽得风流"。总而言之，就是那种隐而愈显、空而愈实的模糊性和可塑性，这便是"意象"最本质的特征。研究者中有人认为"意象"是局部的，亦有人认为"意象"是整体的。局部整体，孰是孰非暂且不论。首先，研究者把"意象"具象化、准确化就是未认识到"意象"创造的不确定性。因此，在诗文中存在的使读者如探囊取物般获取其所承载的象不能称之为"意象"，无论它是局部的还是整体的。如杜甫的《三吏》、《三别》等，白居易的某些新乐府诗等现实主义诗篇，我们只能说"形象"，而不能说"意象"。

创造"意象"要达到的目的，前文亦有涉及，只是未明确指出，这里还须强调。创造"意象"所要达到的目的，用钟嵘的话说就是"使味之者无极，闻之者动心"，用司空图的话说就是"超以象外，得其环中"，用严羽的话说就是"言有尽而意无穷"。简言之，其目的就是使读者以能动的、主动的、体悟式的审美活动去感受、理解、创造与作者"意象"既有联系又很可能大相径庭的自身的"意象"。这里要详加讨论的是，读者生产自身"意中之象"的方式——体悟。王夫之《姜斋诗话》云："作者用一致之思，读者各以其情自得。故《关雎》，兴也；康王晏朝，而即为冰鉴。訏谟定命，远猷辰告，观也；谢安欣赏，而增其遐心。人情之游也无涯，而各以其情遇，斯所贵于有诗。"❶侧重于表现"意"的文本层次上的"象"，在不同的接受者那里，其"意"的具现出现了极大的差异。这也正体现了对"意象"的要求，即意义的丰富性、随机性。接受者所处时代不同、地域不同，各自的气质有别、情感各异，其审美能力和心理功能也不同，要他们在读同一篇作品时产生完全相同的感受是不可能的。接受者"各以其情"与作品相"遇"，契合点定然不尽相同，产生共鸣的点和面也必然各有差异。因此，读者的接受是主观的、能动的审美活动，是以自己心灵的频率到作品中寻求共振。补充一点，不仅不同的读者会产生不同的审美感受，同一读者在不同时段、不同境遇、不同地点读同一作品，也会产生不

---

❶ （清）王夫之《姜斋诗话》，人民文学出版社，1981年版，第4–5页。

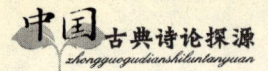

尽相同的审美感受。当你身处异国他乡,读王维《九月九日忆山东兄弟》的审美感受必然不同于在家中读此诗时的感受。这也从阅读或赏析文艺作品的实际体悟中雄辩地证明了"意象"即"意"中之"象"的道理。

综合以上分析所得出的结论就是,"意象"这一审美范畴的主体与客体、创作与欣赏是圆融混合的一个整体,不应单纯地将其理解为"意"与"象"的简单相加。

变而不失其正

——叶燮《原诗》论纲

摘　要：叶燮是清代初期重要诗论家之一，其《原诗》是一部阐述诗歌基本原理与发展变化的专著，该书力求从根本上阐述诗学问题。本文通过对《原诗》中几个重要诗学理论观点的阐释和剖析，评价叶燮在中国文学批评史上的贡献和地位，同时指出其诗学理论观念上的矛盾、疏漏和局限，最后得出结论：叶燮诗学理论的核心在于变，即自主创新，而其所云"变而不失其正"，即自主创新不能违背思想上的儒家道统和审美上的风雅传统。

关键词：叶燮；《原诗》；正变；理事情；才胆识力

叶燮（1627—1703），字星期，号己畦，江苏吴江人，晚年寓居吴县横山，世称横山先生，是清初重要诗论家之一。叶燮诗学思想主要见诸《原诗》。《原诗》是一部阐述中国古典诗歌基本原理与发展变化的论著，共四卷，分内、外两篇，对我国古代的诗歌创作和理论批评进行了较为全面的总结，并以其突破传统的论述方式、独具一格的文艺观点和相对严密完整的理论体系，奠定了它在中国古代文论发展史末期的终结地位，颇具诗学思想的研究价值。但是，叶燮著述的缺陷与不足也相当明显。本文拟就叶燮《原诗》的诗歌创作理论和文艺理论批评做提要钩玄的梳理。

一、纵横博辨：从著述之变体看《原诗》的体系性特征

叶燮及其《原诗》，受到其后的学术研究者的高度评价和重视，一些学者甚至将其与刘勰相提并论，认为他是我国文学理论批评史上继刘勰之

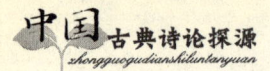

后一位最重要的诗学大师。叶燮之所以受到如此重视，主要可归纳为以下两个原因：一是其诗学论辩色彩较浓，呈现出较强的理论性，这符合现时代人们所要求的具有较为完备体系的理论形态；二是提出了诗歌的源流正变问题及创作中主体、客体两方面的因素问题。此二因，前者可以用传统艺术发展论来解释，后者可以用西方文论的主客体框架来分析，很容易与近现代文学理论接轨。这两个方面的析因评判，都是以西方文学理论为价值尺度来衡量做出的，而纪昀担任总撰述的《四库全书总目提要》在评价《原诗》时却说："虽极纵横博辨之致，是作论之体，非评诗之体也。"❶

　　不可否认，《原诗》之所以具备较强的理论性和系统性，与其"作论之体"有直接的关系。简言之，叶燮乃是以"策论"笔法来写诗论。《四库总目提要》批评其背离论诗传统，乃囿于中国古代诗话、诗说的传统表达方式，这一批评在今天看来是不恰当的，因为这恰恰是叶燮"不随古人脚跟"之处。然而，从这一批评中可以看出：人们历来对"评诗之体"十分看重。

　　"体"，指体裁、体例、体式、文章样式或撰文规格等。《四库总目提要》所谓"评诗之体"一般是指序、跋、书信、诗歌等形式，这在先秦至唐代多是如此，而在宋代以后主要是笔记、随感式的诗话等形式。古人论事作文讲究辨体，这样一来，所谓"评诗之体"，一旦形成则百代不易。诗论家在这些"评诗之体"的束缚下，难以建构自己的诗学理论体系。而叶燮的《原诗》则是"变其体来论诗"，它之所以具有相对于其他诗学著作更强的理论性和体系性，很大程度上在于它突破了传统的"评诗之体"，而以"作论之体"评诗。这种"论诗之体"的特点在于"纵横博辨"。他论诗学问题，善于把感性的经验上升到理论认知的高度，以深邃的哲学思维目光来审视诗歌创作现象，从普遍性的文学原理来推论诗学问题。他试图把诗学问题纳入到一个哲学认知的框架中来，并且在这个哲学认知的框

---

　　❶ 纪昀总纂《四库全书总目提要》（河北人民出版社，2000年3月第1版）卷一九七"集部五十·诗文评类存目"有"原诗四卷"条，语偏讥刺，似不以为然，文云："而词胜于意，虽极纵横博辨之致，是作论之体，非评诗之体也。亦多英雄欺人之语。如曰宋诗在工拙之外，其工处固有意求工，拙处亦有意为拙，若以工拙上下之，宋人不受也。此论苏黄数家犹可，概曰宋人，岂其然乎？至谓谢灵运胜曹植，亦故为高论耳。"

架内，又赋予诗与文以共同的理论构架。清沈珩《原诗序》对这一特点如是解说：

非以诗言诗也，凡天地间日月云物、山川类族之所以动荡，虬龙沓幻、鱃鼹悲啸之所以神奇，皇帝王霸、忠贤节侠之所以明其尚，神鬼感通、爱恶好毁之所以彰其机，莫不条引夫端倪，摹画夫毫芒，而以之权衡乎诗之正变、与诸家持论之得失，语语如雷霆之破睡。❶

沈珩明确指出：叶燮论诗"非以诗言诗"，即不是用诗歌的形式来论说诗歌创作，而是"变其体而言诗"，大凡天地万物（日月云物、山川类族），神奇幻想（虬龙沓幻、鱃鼹悲啸），明尚伟业（皇帝王霸、忠贤节侠），彰机智感（神鬼感通、爱恶好毁），等等，"莫不条引夫端倪，摩画夫毫芒"。叶燮用这些来"权衡"其时"诗之正变与诸家持论之得失"，"语语如雷霆之破睡"。沈珩对叶燮之"评诗"及"权衡"，是特别肯定、颇加赞许的。从这里也可以观照到：叶氏的诗歌理论较之于前人和与之同时代的人是比较向前跨步的，具有与时俱进的诗学理论之体系性特征。

二、正变统一：叶燮对明代诗学两极对立的批判与矫正

明代前、后七子提出"文必秦汉，诗必盛唐"、"不读唐以后书"等文学创作主张，扯起"复古主义"的旗帜，貌似要求所谓的"文艺复兴"，但他们看不到当时诗歌或文学创作正在变化，而要死守旧窠，不愿"别立新宗"，以适应发展的社会潮流，因此明代前、后七子所提出的"复古"口号，实际上是要求停滞或倒退，不仅使诗歌创作脱离了当时的社会现实，而且还置诗人的主观情感、创作个性和艺术风格于不顾，这显然是一次严重的文学回流。虽然，此后有公安派和竟陵派先后起来，矫正前、后七子派的复古流弊，他们主张"独抒性灵，不拘格套，非从自己胸臆中流

---

❶ 叶燮《原诗》，北京：人民文学出版社，1998 年版，第 85 页。

出，不肯下笔"❶。但是，这种封建士大夫、士人文吏的文学创作"性灵"与"胸臆"的"独抒"和"流出"，与现实生活仍然相去甚远，甚至给诗歌文坛带来了一股消极颓废之风。这样言文言诗之前、后七子派"必效秦汉、盛唐"的复古张扬和与之对立的公安、竟陵派很失偏颇之论，使明代诗歌创作和文学理论的发展走向了两个极端。

叶燮针对这两种不良倾向严加抨击。叶氏指出，前、后七子派主张复古而陷于陈腐，公安、竟陵派主张"新变"而流于偏颇，两者皆有弊端。叶氏试图超越明代诗学的两极对立而将它们统一起来：他一方面反对崇尚秦汉、魏晋、隋唐尤其是盛唐而贬斥宋、元诗歌，另一方面又反对主宗宋、元诗歌词曲而遗弃秦汉、魏晋、隋唐尤其是盛唐的优良诗风或文风。叶燮于《原诗》中写道：

> 余之论诗，谓近代之习，大概斥近而宗远，排变而崇正，为失其中而过其实，故言非在前者之必盛，在后者之必衰。若子之言，将谓后者之居于盛，而前者反居于衰乎？……执其源而遗其流者，固已非矣；得其流而弃其源者，又非之非者乎。然刚学诗者，使竟从事于宋、元、近代，而置汉魏、唐人之诗而不问，不亦大乖于诗之旨哉？（内篇下）

这里，叶燮道破明代前、后七子派持论诗学、文学之旨，斥近宗远，排变崇正，执源遗流，这是"失其中而过其实"，但如果反过来崇尚宋、元词曲而遗弃汉魏、唐诗，得流弃源，一样是有所偏颇。他要求从这种偏颇状态中超脱出来，要得诗道之"中"，对两派诗学做综合统一，建立一种没有两派对立之弊病的诗学。这种主张充分表现在他以"对待"论诗。他于《原诗》里继续写道：

> 陈熟、生新二者于义为对待。对待之义，自太极生两仪以后，无事无

---

❶ 语出袁宏道《叙小修诗》（见《袁中郎全集·袁中郎文钞》，台北：中国图书馆出版部1998年版，第7页）。袁宏道在该文中直斥复古派之文学主张："盖诗文至近代而卑极矣，文则必欲准于秦汉，诗则必欲准于盛唐，剿袭模拟，影响步趋，见人有一语不相肖者，则共指以为野狐外道。曾不知文准秦汉矣，秦汉人曷尝字字学六经欤？诗准盛唐矣，盛唐人曷尝字字学汉魏欤？唯夫代有升降，而法不相沿，各极其变，各穷其趣，所以可贵，原不可以优劣论也。"又云："或今闾阎妇人孺子所唱《擘破玉》《打草竿》之类，犹是无闻无识真人所作，故多真声，不效颦于汉魏，不学步于盛唐，任性而发，尚能通于人之喜怒哀乐、嗜好情欲，是可喜也。……大概情至之语，自能感人，是谓真诗。"强调诗应表达体现作者之"真性情"。

物不然，……大约对待之两端，各有美有恶，非美恶有所偏于一者也。

夫厌陈熟者，必趋生新，而厌生新者，则又返趋陈熟。以愚论之：陈熟、生新不可一偏，必二者相济，于陈中见新，生中得熟，方全其美。若主于一而彼此交讥，则二俱有过。（外篇上）

明代士人论文谈诗，前、后"七子"派崇正，是主张"陈熟"；公安、竟陵派求变，是提倡"生新"。在叶燮看来，"陈熟"和"生新"两者各执其一，那就都未得诗道之"中"，只有将"陈熟"和"生新"两者统一起来，才是正确的诗学理论。有所继承，才有所发展；有所发展，才算是有对前人之优良遗留有所继承，发展是在旧有厚基上的萌发；"陈熟"是为了"生新"，而绝非是一味地因循守旧，如果不是为了"生新"的"陈熟"，那么"陈熟"就无所趋向，就只能是守旧倒退了；如果"生新"不是在"陈熟"的基础上进行，那么"生新"就会无所附丽，就只能是沙滩上盖高楼大厦、架起空中楼阁了。因而，各执其一端，或持论"陈熟"，或坚信"生新"，各自偏颇，而不是"要执两端而用其中"，偏执一端，就都失之于诗的"中"道，而钻进了方向相左的死胡同。因之，照叶氏看来，"陈熟"与"生新"，不可各自一偏，而必须"二者相济"，有机结合，辩证统一，于"陈熟"中见"生新"，于"生新"中得"陈熟"，方能获取"两全其美"。据此"中和"之立论，叶燮则明确指正：前、后七子派的崇正"陈熟"也罢，公安、竟陵派的求变"生新"也罢，若各执其一端，不自揣他顾而且"彼此交讥"，则两方面俱有过失，所持诗论便很欠公允了。由此看来，叶氏"以愚论之：陈熟、生新不可一偏，必二者相济，于陈中见新，生中得熟，方全其美"。此言甚得论诗"中道"，且无偏颇之失，能融合两端而取之于中，带有辩证论诗说文的包容对待（即"对立"）为一体（即"统一"）的理性思辨色彩。

三、立足于变：主变是叶燮诗论的核心与驻足

尽管叶燮反对正变对立，主张正变统一，但在其诗学理论上是立足于变的。叶氏这种立足于变基础上的"正变统一"诗论，在他评说杜甫诗歌的话——"变而不失其正"中得到最为明确而具体的表述。明代前、后七

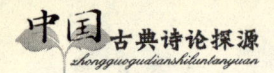

子派崇正排变，在其诗学价值系统中，变只具有负面因素，因而受到贬抑。叶燮抨击七子派的诗学，肯定了变的正面因素。这样，叶氏从七子派的立足于"正"，转向了立足于"变"。后来一些研究者往往将其源流正变的理论诠释为历史进化中的文学发展论，这并不能准确揭示叶燮诗学的内涵，其实"变"才是叶燮诗学的核心与驻足。以下分析，可为此做出明辨。

（一）变，理也，亦势也

明代前、后七子派崇正排变，也就是说他们虽然承认诗歌史上形式风格的变化，但在审美价值上否定这种变化。七子派的审美价值系统乃是以《诗经》为基点建立起来的。由于《诗经》处于诗歌史源头的位置，所以这一价值系统具有返归传统的复古情愫。这样，诗歌史的变化在他们的诗学价值系统中是被否定的。七子派在创作上的复古摹拟正是这种诗学价值观的体现。叶燮要主"变"，必须要打破这一诗学价值系统，确立一个肯定"变"的诗学价值系统。

叶燮主"变"，不是从抒情言志这一诗学内部的命题推出形式风格之变，而是从普遍的哲学原理推论诗歌之变，把诗学问题放到一个大的宇宙论框架中来论证。这正是其"纵横博辨"之所在，也正是他从一个更高的层次来把握诗学问题的表现。他于《原诗》中写道：

> 盖自有天地以来，古今世运气数，递变迁以相禅。古云：天道十年一变。此理也，亦势也。无事无物不然，宁独诗之一道，胶固而不变乎？（内篇上）

叶燮从宇宙论出发，看到其中的"古今递变"，确认"天道十年一变"之理势，认为"变"是一切事物发展的内在规律和必然趋势，再由此推及诗歌，认为诗歌也必然遵循这一规律。

叶燮还列举诗歌史实来证明"变"正是诗歌发展的规律。叶氏于《原诗》中还写道：

> 今就《三百篇》言之：风有正风，有变风；雅有正雅，有变雅。风雅已不能不由正而变，吾夫子亦不能存正而删变也。则后此为风雅之流者，其不能伸正而诎变也明矣。（内篇上）

叶燮接着历数从汉魏到宋、元诗歌史的变化过程，以说明诗歌创作"变"的合理性。七子派认为"变"是必然的，但不是合理的。叶燮则认为"变"既是必然的，又是合理的。这是叶氏与七子派诗论上的根本矛盾之症结所在。叶燮在诗论里肯定了"变"对于诗歌发展的价值与意义。

叶燮又从诗歌创作及其诗歌欣赏的主体角度来论证"变"的必然性与合理性。

首先，创作者和欣赏者都有喜新厌旧的审美心理。如叶燮《原诗》所写：

> 人未尝言之，而自我始言之，故言之者与闻其言者，诚悦而永也。使即此意、此辞、此句虽有小异，再见焉，讽咏者已不击节，数见益不鲜；陈陈踵见，齿牙余唾，有掩鼻而过耳。（内篇上）

诗歌创作者与欣赏者的这种喜新厌旧的创作心理和接受心理，正是"变"的强有力的外在动因。咏诗填词，诗歌创作或文学创造，贵在创新。若"再见焉，讽咏者已不击节，数见益不鲜；陈陈踵见，齿牙余唾，有掩鼻而过"。

其次，诗人作为文艺创作者主体的创造力，本身为"变"创造了内在条件。如叶氏《原诗》所写：

> 大凡物之踵事增华，以渐而进，以至于极。故人之智慧心思，在古人始用之，又渐出之，而未穷未尽者，得后人精求之，而益用之出之。乾坤一日不息，则人之智慧心思，必无尽与穷之日。❶（内篇上）

恰如上引，在叶氏看来，凡物"踵事增华，以渐而进，以至于极"，是不断进化发展的。诗人作为文学创造的主体，也如世上大多事物一样，其创造力自有一个不断开掘、发展、变化的历史过程。正是这样的历史变化进程，决定了诗歌"变"的必然性和可能性。"变"是必然的，也是合理的，是规律（理），也是趋势（势）。

然而，还应该看到，叶燮运用宇宙生成论或宇宙不断变化论来说明诗歌之变为"理"、"势"，有着一定积极的合理因素。但这一理论被叶氏机

---

❶ "踵事增华"说并非叶燮首创，萧统《文选序》："盖踵其事而增华，变其本而加利。物既有之，文亦宜然。"只不过叶氏阐发得更为清晰详尽罢了。

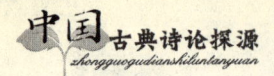

械地运用于论证诗歌发展时，就出现了没有区分物质生产与精神生产所导致的难以克服或改正的矛盾与错误。比如，在《原诗》中，叶氏拿树木的生长做比喻：

> 《三百篇》则其根，苏、李诗则其萌芽由蘖；建安诗则生长至于拱把；六朝诗则其枝叶；唐诗则其枝叶垂荫；宋诗则能开花，而木之能事方毕。（内篇下）

按照叶燮的这一比譬，言下之意，即宋以后诗"木之能事方毕"，已无足道，这显然是与其"踵事增华"说相悖违的，也是不恰当的。

（二）正有渐衰，变能启盛

七子派崇正排变者的第一个理论根据，是把正变问题与温柔敦厚的诗教联系起来，认为"汉魏去古未远，此意（温柔敦厚的诗教——引者注）犹存，后此者不及也"。对这种托诗教之名、行复古之实的观点，叶燮把"温柔敦厚"和诗之正变概括为体用说加以驳斥。叶氏认为，温柔敦厚是意是体，辞之正变为文为用。作为体，固不可易，作为用，则需丰富多彩，所谓"汉魏之辞，有汉魏之温柔敦厚，唐、宋、元之辞，有唐、宋、元之温柔敦厚"。这里，叶氏把诗歌的思想内容与表现形式分别开来，其理论意义就在于肯定了"变"与温柔敦厚并不矛盾，"变"并不背离诗教，于是为其主"变"扫除了第一个理论障碍。

七子派崇正排变者的第二个理论根据，是《毛诗序》中关于审美风尚与时代政治关系的理论，以为《诗经》之有正有变是与世运盛衰密切关联的。盛世之诗为正，衰世之音为变。后人沿用此论，也将诗歌的正变与时代的盛衰、国家的治乱联系起来。崇正就是崇尚盛世，排变则是贬抑衰世。这种诗化与政教合一的理论，运用到诗歌创作上乃是提倡作盛世之音，反对作衰世之音。从而使崇正排变不仅具有审美意义，更具有政治意义。叶燮则把《诗经》的正变与后代诗歌的正变区分开来，并于《原诗》里写道：

> 风雅之有正有变，其正变系乎时，谓政治风俗之由得而失，由隆而污。此以时言诗，时有变而诗因之。时变而失正，诗变而仍不失其正，故有盛无衰，诗之源也。吾言后代之诗，有正有变，其正变系乎诗，谓体

格、声调、命意、措辞、新故、升降之不同。此以诗言时,诗递变而时随之。故有汉魏、六朝、唐、宋、元、明之互为盛衰,惟变以救正之衰,故递衰递盛,诗之流也。(内篇上)

仅据上引,足可明晰。叶燮认为,《诗经》的正变与后代诗歌的正变不同。风雅的正变与时代的盛衰相关,故称"正变系乎时"、"以时言诗";而后代诗歌的正变则是体格、声调、命意、措辞等诗歌自身艺术形式、风格的变化,这种变化与时代盛衰无关,故称"正变系乎诗"、"以诗言时"。这种区分否定了后代诗歌正变与时代政治盛衰的关系。从诗歌史角度看,《诗经》是源,汉魏以后诗是流。作为源,有盛无衰;作为流,递衰递盛。这里所谓盛衰只是诗歌本身的盛衰,而与时代政治没有关系,文运的盛衰也与世运的治乱各自独立,没有必然的联系。这样,叶氏就把诗歌的正变盛衰与时代政治分离开了,审美问题与政治问题分别开了,从而为其主变扫除了另一个理论障碍。❶

七子派崇正排变者的第三个理论根据,是在诗歌的审美方面以正为盛,以变为衰。汉魏、盛唐是正,也是盛。六朝、晚唐、宋诗是变,也是衰。这样说来,就诗歌的审美方面而言,正变也与盛衰联系在一起。针对这种观点,叶燮则强调:"惟正有渐衰,故变能启盛。"他认为源流、正变、盛衰互为循环,是"正之积弊而衰"到"正之至衰,变而为至盛"的过程。所以衰不是由变引起的,而是由正引起的,所谓"相沿久而流于衰"。这一论述切中肯綮。从艺术发展的规律看,某一种艺术表现形式或风格为大家喜爱和接受,以此为榜样,群起而学之,对于这种表现形式及风格而言可谓是盛,但同时随之泛化,演为通俗,而逐步流于普通,不为艺术了,这就预示了其必将趋于衰,因为任何一种表现方式及风格一旦成为固定模式,势必会扼杀艺术的独创性和生命力,必然走向衰亡。此时,只有摆脱陈陈相因的范式,通过变化,通过创新,才能重新趋于盛。这里盛为上一个循环的终点,又成为下一个循环的起点。这时的盛又成为正,复为时人及后人所沿,又至衰,又由变而至盛。诗歌史就是这样一个正变

---

❶ 关于这一点,叶燮在《百家唐诗序》中说得更清楚:"自有天地即有古今。古今者,运会之迁流也。有世运,有文运。世运有治乱,文运有盛衰,二者各自为迁流","文之为运,与世运异轨而自为途"。

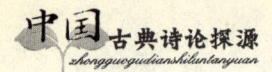

盛衰循环往复的过程。叶氏以墨守成规为衰，以创新变化为盛，从诗歌创造性的角度看，应该说其价值观是积极而合理的。

叶燮简要回顾了汉魏至宋代的诗歌史，在这个正变盛衰互为循环的进程中，盛唐诗人以及韩愈、苏轼都是以变启盛。他对韩愈、苏轼给予了崇高的评价："唐诗为八代以来一大变，韩愈为唐诗之一大变；其力大，其思雄，崛起特为鼻祖。""如苏轼之诗，其境界皆开辟古今之所未有，天地万物，嬉笑怒骂，无不鼓舞于笔端，而适如其之所欲出。此韩愈后一大变也，而盛极矣。"叶氏以诗歌之变为标准，来确立诗人在诗歌史上的地位。这也就足以说明了叶氏是把"变"作为其理论的重要基点的。

叶燮论诗，既重规律探寻，也注意实践研究。比如，对于杜甫的诗作，叶氏认为上述的诗论即这一循环规律却并不适用。叶氏经过对于诗人与诗作的审理，认为杜甫可与《诗经》比肩："统百代而论诗，自《三百篇》而后，惟杜甫之诗，其力能与天地相终始，与《三百篇》等。"杜甫之所以如此，乃是因为杜氏是诗歌的"集大成"者，与《诗经》地位一般。作为源，《诗经》不能衰；作为"包源流、综正变"者，杜甫就更不能衰了。这可视作叶氏为自己的主变论所另下的一个注脚。

叶燮把《诗经》以后诗歌的正变盛衰与时代政治区分开，认为由正而衰，由变启盛，这样就把变与盛联系了起来，肯定了变的正面价值，从而在价值论的层次上否定了崇正排变的因袭传统的诗学观点。

（三）唯神乃能变化

叶燮还从诗歌创作境界的角度，论证了"变"是诗歌创作中的最高境界。

据叶燮看来，诗歌"工而可传"，须有四个条件：胸襟、材料、匠心、文辞。但是，单有此四者，还达不到诗歌创作的最高境界，诗歌创作的最高境界"在于善变化"。文艺创作上之"变"，又要不失其最基本的准则，对于诗，即为温柔敦厚、不怨不怒、文质彬彬等思想内容及平仄、起伏、照应等形式规范。叶氏云："变化而不失其正，千古诗人惟杜甫为能"，"杜甫，诗之神者也。夫惟神，乃能变化。"这里，叶燮把变化的可能性归结为一种虚无缥缈的神。至于如何获取这种神，他没有说，也不可以说出，因此出现了这样一个矛盾：变化是诗歌发展的必然规律，有其合理性与可能性；但变化又决定于"神"，千古诗人唯有杜甫才具备这种"神"，那么，对于其他诗人呢？变化就失去了其可能性了。对于这一论证逻辑上的矛盾，叶氏在《原诗》或其他论述中始终避而未谈。

四、以我衡物：诗歌艺术本原论

关于诗歌艺术的本原，中国古典诗论历来有在心、在物之分。这可以说是哲学上的唯心论与唯物论观点在诗歌理论或文艺理论上的具体表现。在心者认为，诗本乎心（如南宋道学家朱熹、包恢等便认为诗从志出，只可求之于心，不可"徒倚外物以为主"❶）；在物者认为，诗本乎物（如刘勰认为"人秉七情，应物斯感，感物吟志，莫非自然"以及"情以物迁，辞以情发"）。按照传统的说法，是将二者合而为一，即"感物言志"。叶燮则认为诗歌艺术的本原是客观存在于万事万物中的理、事、情，同时"以在我之四，衡在物之三，合而为作者之文章"。叶燮提出"以我衡物"说的目的，并不是要以此为理论框架来建立另一类"诗学"，而是为了论证其"变"的诗歌理论或文学理论。《原诗》的理论基点是主"变"。从这一理论层次上说，"变"是《原诗》的核心，而"以我衡物"只是"变"的理论的一个层次，是为"变"的诗学理论服务的。

（一）虚名、定位与活法、死法

叶燮是从诗法的角度提出理、事、情三个范畴的。叶氏论诗主"变"，"变"就意味着对于传统的突破，而审美传统在一定的层面上则体现为法则或范式。

当在哲学层面讨论诗法时，叶燮指出，法既是"虚名"又是"定位"。虚名者，是说法总是某事物的法，它不能脱离客观事物而独立存在，所谓

---

❶ 朱熹《答杨宋卿书》云："熹闻诗者志之所之，在心为志，发言为诗，然则诗者岂复有工拙哉，亦视其志之所向者高下何如耳。是以古之君子，德足以求其志，必出于高明纯一之地，其于诗固不学而能之。"（《朱文公文集》卷三九）包恢《留通判书》云："今之学者，终日之间无非倚物：倚闻见、倚议论、倚文字、倚传注语录，以此为奇妙活计，此心此理，未始卓然自立也，若能静坐而不倚闻见议论，不倚文字传注语录，乃是能自作主宰，不徒倚外物以为主矣。"（《敝帚稿略》卷二）

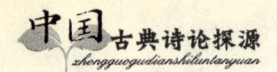

"离一切以为法，则法不能凭虚而立；有所缘以为法，则法仍托他物以见矣。"法要依托客观事物来表现，它所依凭的就是理、事、情。叶氏在《原诗》里写道：

> 自开辟以来，天地之大，古今之变，万汇之赜，日星河岳，赋物象形，兵刑礼乐，饮食男女，于以发为文章，形为诗赋，其道万千。余得以三语蔽之：曰理、曰事、曰情，不出乎此而已。然则诗文一道，岂有定法哉？先挨乎其理，挨之于理而不谬，则理得。次征诸事，征之于事而不悖，则事得。终絜诸情，絜之于情而可通，则情得。三者得而不可易，则自然之法立。故法者当乎理，确乎事，酌乎情，为三者之平准，而无所自为法也。故谓之虚名。（内篇下）

据叶燮分析，每一事物都有其理、事、情：所谓"法"，就是合乎理、事、情的自然之法，离开理、事、情，就无所谓"法"。从这种意义上说，法不是一个独立存在的实体，所以称为"虚名"。作诗歌之法，做文章之法，应"当乎理，确乎事，酌乎情"。

叶燮所谓"法"，既包括自然规律，也包括社会生活范围内的法律、仪礼、伦理等方面。如叶氏在《原诗》中所说：

> 又法者，国家之所谓律也。自古之五刑宅就以至于今，法亦密矣。然岂无所凭而为法哉！不过挨度于事、理、情三者之轻重、大小、上下，以为五服五章、刑赏生杀之等威、差别，于是事、理、情当于法之中。人见法而适惬其事、理、情之用，故又谓之曰定位。（内篇下）

这里，叶燮认为，"人见法而适惬其事、理、情之用"，因此则"又谓之曰定位"。在叶氏看来，社会生活范围内的法律规范也是以理、事、情为基础的。法律的制定是以理、事、情的"轻重、大小、上下"为标准的；这个量的标准，在他看来是有定的；所以，所谓"法"就又可以称作"定位"。

在阐述了自然界的自然"法"、人类社会的人为"法"之后，叶燮由此推论至诗之"法"的问题。这样，其论述就从哲学的普遍原理进入了诗学的内部问题。前人论诗"法"，有所谓活法、死法之说。叶氏将之与"虚名"、"定位"对应起来，给予了诗学一般范畴的确立。叶氏这样做的结果，就把诗学理论的创立与普遍原理的揭示直截了当地衔接了起来。

叶燮论诗"法"，其所谓死法，是指诗歌音韵、格律、章法、句法等基本的形式法则。诗人作诗固然不能没有这些法则，但好诗之为好，将还别有所在，此就是所谓"活法"，其在《原诗》里说：

法在神明之中，巧力之外，是谓变化生心。……则死法为定位，活法为虚名；虚名不可以为有，定位不可以为无。不可为无者，初学能言之；不可为有者，作者之匠心变化，不可言也。（内篇下）

叶燮所谓"活法"在"神明之中、巧力之外"，乃是诗人的匠心变化，非学而能，是不可言的；死法是初学诗者所应掌握的，对于超越了初学诗者阶段的人来说，就不必言之。死法不必言，活法不可言，因此，叶燮论诗"法"，其实是论"诗无法"。这样，实际的诗歌创作上就解除了"法"对诗人的纠缠束缚。

诚然，也有研究者认为：叶燮在把活法、死法与虚名、定位对应起来，出现了矛盾：虚名是说"法"不是独立存在的实体，它要依理、事、情而在，是合乎理、事、情的自然之法；而"活法"在神明之中，是匠心变化，不可言说。如前者，"法"在客体对象，属于客体；如后者，"法"在主体内心，属于主体。"法"之所在主、客体中，两者不具有同一性。又，叶氏所谓"定位"，乃是指"理、事、情"之"轻重、大小、上下"等量之方面的标准，因此"定位"也是依"理、事、情"而在，但叶氏在论"死法"时，则谓"死法"是平仄音律、起承转合等形式结构方面的规则，那么"死法"与"理、事、情"则毫无关系。究竟其实，这里叶氏推论并没有出现矛盾。首先，虚名之依理、事、情而存在和表现，与活法在神明之中、匠心变化是一致的，诗歌虽为主体想象的产物，所谓"不涉理路，不落言筌者，上也"，但仍然是而且应该是在更高层次上表现社会现实生活，是更高层次上的艺术写真。因而，于《原诗》的下文中，叶氏以杜甫的诗句为例。对此（"法"即活法、死法）进行了说明。其次，死法所谓音韵、格律、章法、句法等形式结构的规则，是千百年来诗人们根据积累的创作经验而总结出来的，是符合诗歌这一音乐性文学作品的审美特征的，与其客体的理、事、情是大有关系的。

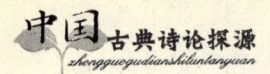

（二）理不可名言、事不可施见、情不可径达及其关系

叶燮论理、事、情，也从宇宙本体论的普遍原理说到诗学问题。他先说理、事、情可以涵盖宇宙万物，再说理、事、情是诗文共同的对象，最后说诗歌表现其特殊的宇宙万物之理、事、情。叶氏在把理、事、情从诗文共同的对象过渡到诗歌特殊的对象时，其理、事、情就发生了变化，从客观转换到了主观，前后也就出现了逻辑矛盾。

首先，叶燮论述哲学宇宙观普遍原理的理、事、情，他说：

曰理、曰事、曰情三语，此三言者足以穷尽万有之变态。凡形形色色，音声状貌，举不能越乎此。（内篇下）

这里所谓理、事、情，是可以概括宇宙间一切事物及现象的普遍性范畴。关于这三个范畴的含义，《原诗》中说：

譬之一木一草，其能发生者，理也；其既发生，则事也；既发生之后，夭矫滋植，情状万千，咸有自得之趣，则情也。（内篇下）

如叶燮所说，理是事物发生的可能性，事是事物的现实存在，情是指事物的具体形态。这里理、事、情三者在逻辑关系上是一个无休止的循环，最初当然是先有事与情，经过人们的总结得出理，然后人们依据理可以预知事物的事与情。而变化中的事与情又迫使人们不断地去补充、修改甚至重新得出理。如此周而复始，使人们对客观事物的了解和认识越来越透彻详细，而理是不会有定论的。从哲学认识论来讲，叶氏的这种说法是有其科学性的。

在《原诗》中，由于叶燮是以自然生物为例来说明理、事、情的，所以叶氏又在理、事、情上面，提出了一个更高的生命性范畴"气"，并认为"气"是"总而持之，条而贯之者"。叶氏指出客观世界的万事万物都可以用理、事、情概括，但是"气"却是超然于理、事、情之外的。而且，在叶氏以泰山之云比喻理为一，而事与情不一而足时，就未用到"气"这个概念。这也许是他的一个疏漏，或者说是一个故意的"疏漏"。

在论及宇宙本体论的万物变化时，叶燮所说的理、事、情乃是客观事物，所以有可以衡量的客观标准，即自然之法。这是他从哲学普遍原理上立论，但是当叶氏将宇宙论普遍原理的理、事、情，拿来与诗学领域的理、事、情相对应时，论述就出现了矛盾。

理、事、情三者用以论文固然切合，对于诗歌来说，传统诗学的观点是诗歌主情，所以诗歌应"绝议论而穷思维"，不能衡之以实理，不能征之以实事。叶燮当然不能否认这一点。因此，叶氏对作为诗的表现对象的理、事与作为文的表现对象的理、事，做了严格区别，认为诗歌的表现对象是"不可名言之理，不可施见之事"，请读《原诗》所言：

子但知可言、可执之理为理，而抑知名言所绝之理为至理乎？子但知有是事之为事，而抑知无是事之为凡事之所出乎？可言之理，人人能言之，又安在诗人之言之？可征之事，人人能述之，又安在诗人之述之？必有不可言之理，不可述之事，遇之于默会意象之表，而理与事无不灿然于前者也。（内篇下）

叶燮将诗歌创作的特殊现象，与常理、常事做了区分和比较，认为有可言、可执之理，抑或还有不可名言、不允所执的"名言所绝之理"即"至理"；有是事之以为事，抑或还有无是事之为"凡事"即"所出之事"，然而，人人能言"可言之理"、能述"可征之事"，那么又要诗人作诗干什么呢？定然是有"不可言之理"、"不可述之事"，而有待诗人来加以特殊地表现。并且，叶氏以杜甫的诗句"碧瓦初寒外"、"月傍九霄多"、"晨钟云外湿"、"高城秋自落"为例，认为这四句诗，所写景象不合常理，亦不符实事，乃是不可名言之理，不可施见之事。唯其如此，才能写出有崇高意境、有特别韵味的诗来。

若依此说，则很容易将此与前面所说的关于理、事、情之宇宙论普遍原理结合起来，认为它们是一脉相承的；若能够细加分析，则叶氏理论恰好是于此处前后发生了矛盾。在哲学领域，理、事、情是客观对象；但在诗歌领域，理、事、情就从客观世界转向了主观世界。叶氏所列举的杜甫之四句诗，其中所描绘的景象已经不是客观的事物，而是主观化了的境界，所以它们不合客观之理，在现实中也不存在；所体现的不可名言之理、不可施见之事，也已经不再是客观现存的实理实事，而是主观的情之理、意中事，是想象中的存在，理、事都是从情推出来的。叶氏还在《原诗》里说："夫情必依乎理，情得然后理真，情理交至，事尚不得耶？"这

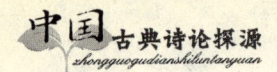

句话本身就包含着矛盾：情必依乎理，是推论的前提，但此前提确立的基础是客观物的情、理关系，外在形态是理的外在表现，理在这里是第一性的。接着便推论，从"情得"推出"理真"，理来自于情；再从情、理统一推出事。这样在诗歌的理、事、情中，情是第一性的。此处的结论否定了原先所设的前提。因之，这里应该特别地注意到：叶氏所论说哲学领域中的客观的理、事、情，一进入诗歌领域就被其"主观化"了。这是叶燮诗论中自相矛盾的症结所在。

叶燮提出理、事、情本来是为了说明有自然之法，以此来反对"死法"。因为在哲学领域，理、事、情是客观的，所以有是非黑白的判定标准。但是进入诗歌领域，理、事皆出于主观的情，所以理不可执于实理，事不可征诸实事，已经没有了客观判断的标准。叶氏将客观的理、事、情引进诗学，本来是要证明创作无定法，而存在着合乎理、事、情的自然之法。但是，当理、事、情进入诗歌领域而范畴内容发生变化之后，"自然之法"却永远无法建立了。

（三）"触物兴起"、"克肖自然"与"六经之道"

观叶燮诗作，其中有"水流花开间，无人物自转"之句，表明叶氏具有十分朴素的唯物主义观点。叶氏又以"触物兴起"与"克肖自然"等唯物主义观点，来概括其诗歌发生论的基本认识。叶氏于《原诗》中说：

原夫作者之肇端而有事乎此也，必先有所触以兴起其意，而后措诸辞、属为句、敷之而成章。当其有所触而兴起也，其意、其辞、其句，劈空而起，皆自无而有，随在取之于心。（内篇上）

叶燮从诗歌的实际创作经验中看到，诗之作者作诗的原因，"肇端于有事"，然而，虽然"肇端于有是事"，则"必先有所触以兴起其意，而后措诸辞、属为句、敷之而成章"。这种"触物兴起"，写就诗篇，其诗意以及所表现其诗意之词句，皆随"兴起"而"取之于心"。

叶燮于诗歌发生论中除"触物兴起，其诗意及其表现皆取之于心"以外，又于《原诗》中论及：

盖天地有自然之文章，随我之所触而发宣之，必有克肖其自然者，为至文以立极。（内篇下）

叶燮表明诗歌是作者"随我之所触而发宣之"后，还强调"克肖自然"，以为这是"为至文以立极"，也就是说，作诗虽离不了"触物兴起"，但应"道法自然"，所谓"克肖自然"，就是要求写诗要描摹自然、浑然天成，"清水出芙蓉，天然去雕饰"。

同时，叶燮对于诗作，十分重视"格物"，以掌握客观事物的内在本质、发展规律，以及由这种本质和规律规定的事物的情貌和特点。为文作诗之人，理该明晓"格物"（研究事物的现象和本质）对于文学创作的重要性。但是，当叶氏推究诗歌的最终本源时，却将诗歌的产生归于"六经之道"。这又是其诗学中的一个自相矛盾点。叶氏在其《与友人论文书》中说：

仆尝有《原诗》一篇，以为盈天地间万有不齐之物之数，总不出乎理、事、情三者，故圣人之道自格物始。……夫备物者，莫大于天地，而天地备于六经。六经者，理、事、情之权舆也。

在接下来的论述中，叶氏明确指出：天下古今之文举不能越乎"六经之道"，所谓"一本而万殊，亦万殊而一本也"。叶氏又说："文之为道，当争是非，不当争工拙。工拙无定也，是非一定也。"这里的所谓"是非"，显然也是以"六经之道"为准则的。所以，叶氏最后得出"是非明则工拙定"之结论。这一观点，无疑贬低了文学的独立品格，也大乖于其《原诗·外篇下》中对诗歌质文、体裁、格律、声调等的论述。这是《原诗》论诗歌艺术的最大局限。

五、才胆识力：诗歌及其文艺创作的主体论

叶燮在提出理、事、情作为诗歌创作客体的同时，提出了创作主体必备的四个因素：才、胆、识、力。叶氏于《原诗》中说："曰才、曰胆、曰识、曰力，此四言者所以穷尽此心之神明。"叶氏将才、胆、识、力四者整合起来，并对诸要素之间的关系做了阐述，而确立了一个相互关联的文艺创作主体论子系统。叶氏创作主体论的中心意旨，就是要确立一个能够自觉地发挥自主性和创新性的文艺创作主体，以完成其"变"的理论体系。

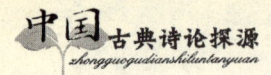

（一）以识为核心的四要素

在才、胆、识、力四要素中，识是一种判断辨别的能力。这种判断辨别能力包括两个方面。

其一，是理性的判断力，能对客体的理、事、情做出判断。他于《原诗》中说：

> 中藏无识，则理、事、情错陈于前，而浑然茫然，是非可否，妍媸黑白，悉眩惑而不能辨。（内篇下）

其二，是审美判断力，能对审美问题和审美传统做出判断或选择。他在《原诗》里说：

> 彼无识者既不能知古来作者之意，并不自知其何所兴感触发而为诗；或亦闻古今诗家之论，所谓体裁、格力、声调、兴会等语，不过影响于耳，含糊于心，附会于口，而眼光从无着处，腕力从无措处，即历代之诗陈于前，何所决择？何所适从？（内篇下）

叶燮所指的"才"，是一种天赋的审美表现力，识与才是体用关系，"有识以居乎才之先，识为体而才为用"，"内得之于识而出之而为才"，识对理、事、情做出判断，才将识判断的结果表现出来。

叶燮所指的"胆"，是主体的胆量，它建立在识的基础之上，"识明而胆张"，"因无识，故无胆，使笔墨不能自由"。笔墨自由，是指才的审美表现的自由，只有有了建立在识的基础上的胆力，才能使创作达到自由境界。因而胆可以扩充才，"惟胆能生才，但知才受于天，而抑知必待扩充于胆耶"。

叶燮所指的"力"，是承载主体独创性及作品生命力的力量。叶氏历数古今之才人，认为其才"必有其力以载之。惟力大而才能坚，故至坚而不可摧也。历千百代而不朽者以此"。叶氏提出"力"的概念是要解释两个问题：其一，主体独创性的力量的来源。才是一种表达能力，这种表达能力必须要有某种力量来支撑、承载，主体才有独立的力量，才不会人云亦云、亦步亦趋，才会保证其独创性。所以说"无力则不能自成一家"。而且，才的大小也与力的大小有关："力足以盖一乡，则为一乡之才，力足以盖一国，则为一国之才，力足以盖天下，则为天下之才。"其二，作品生命力的来源，不同的作品生命力各有长短，叶氏认为这是由于创作主体力的大小不同所致。

在文学创作主体的才、胆、识、力这四要素当中，"识"处于核心地位。叶燮在《原诗》中说："四者无缓急，而要在先之以识，使无识，则三者俱无所托。""有识则是非明，是非明则取舍定，不但不随世人脚跟，并亦不随古人脚跟。""惟有识，则能知所从，知所奋，知所决，而后才与胆力皆确然有以自信，举世非之，举世誉之，而不为其所摇，安有随人之是非以为是非者哉？"只有具备了识，主体才具有独立的判断力，才能对理、事、情做出自己独立的判断和取舍，正是这种以识为核心的真正独立的创作主体，构成了诗歌艺术独创性的主体基础。

从现实针对性上说，叶燮突出创作主体的"识"，针对的是复古派"随古人脚跟"、"随世人脚跟"的弊端，他将此归结为主体的无识。正是基于这种观点，所以叶氏特别强调"识"对于诗歌及其扩而大之的文学创作的重要性。

（二）才、胆、识、力四要素与两套理、事、情的辩证关系

前文已述，叶燮的"以我衡物"说是为其主"变"的诗歌理论服务的。他论述理、事、情是为了强调"法"无定法；他论述才、胆、识、力强调的是主体的独立性、自主性、创新性。所以，究其实质的核心还是主"变"的问题。

可是，叶燮提出的这个主体、客体框架还是有问题的。在创作主体的四要素中，识是核心。识与理、事、情发生直接的联系。识是一种判断鉴别的能力，在与理、事、情的关系中，它只是对理、事、情加以认识和判断，而没有想象的功能，因而以识为核心的创作主体，实际上还只是一个以"认识"为核心的个人主体。识与理、事、情所建立的是一种认识关系，理、事、情呈现在主体面前，识对它们做出判断选择。而识与才的关系又是体用关系，才作为表现力只是将识对理、事、情做出判断的结果表现出来。这样识就对才构成了限制，才的活动只限于表现识的结果，不能超越识的范围。以识为中心的创作活动乃是以认识为中心的创作活动，而不是想象活动。所以，这只是古文的写作理论，而不是诗歌的创作理论。再一个问题，胸襟、材料、匠心、文辞、变化这一体系，与理、事、情与

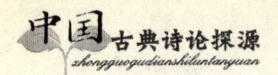

才、胆、识、力的主客体框架之间，究竟是什么关系，对此叶燮并没有周密的考虑。从这一点上来看，叶氏的诗学理论是不严密、不彻底的。

叶燮所谓的哲学宇宙论普遍原理中的理、事、情，转到诗歌领域时变成了"不可名言之理，不可施见之事，不可径达之情"。这样一来，叶氏所建立的主客体框架就发生了变化，是"不可名言之理，不可施见之事，不可传达之情"与才、胆、识、力发生关系。主体与理、事、情所建立的认识关系仅在理、事、情是客观对象时才存在，一旦转向"不可名言之理，不可施见之事，不可径达之情"时，这种关系就不能成立。

首先，诗歌中的情乃是主观的情感，"惝恍以为情"，它不是客观对象的具体情态，因而也就无所谓"是非可否，妍媸黑白"，所以"识"与它无法建立认识关系。其次，诗歌中的"不可施见之事"也是主观的，"想象以为事"，而在哲学领域中，事是客观的，是"识"的认识对象，但在诗学领域中，"不可施见之事"在成为"识"的对象之前就已经是主体想象活动的产物了。再次，"不可名言之理"具有"言语道断，思维路绝"的特征，所谓"幽渺以为理"，这种理是不能用理性去思考的，"其中之理，至虚而实，至渺而近，灼然心目之间，殆如鸢飞鱼跃之昭著"，这里理是一个呈现的过程，而不是一个认识的过程。所以叶燮所建立的主客体关系仅在理、事、情是客观对象时才存在，一旦理、事、情进入诗歌领域成为"不可名言之理，不可施见之事，不可径达之情"时，他所建立的主客体关系模式就出现了问题。

（三）主体创造不能逾越的界限

如前所述，"变"是叶燮诗学的立足点。但是，叶氏并不因此而否弃"正"，而是主张"变而不失其正"。这便是叶氏诗论的基调所在。叶氏坚决认为，正变之间是体用关系，正为体而变为用。不难看出，叶氏所主张的"正"，有三方面的含义。

首先，"变"在思想上不能违背儒家之道。叶燮是一位儒家正统思想的坚定维护者，叶氏反对诗歌创作"叛于道，戾于经，乖于事理"。虽然叶氏认为事物各有其理、事、情，但其同时又强调，"理者与道为体，事与情总贯乎其中"，正是基于这种正统立场，所以尽管叶氏强调"变"，结果实质上还只是艺术形式风格之变。

其次，"识"对理、事、情做判断，但也不能违背儒家道统。才、胆、力都离不开"识"，"识"作为才、胆、力的基础与中心，给予此三者以方向性引导。如果才、胆、力无"识"的指引，就可能写出"拂道悖德之言"、"坚僻妄诞之辞"，"足以误人惑世，为害甚烈"。所以，叶燮所推崇的创造性主体，实际上是以儒家正统思想为基础的创造性主体。

最后，"变"在审美上不能悖于诗之"雅"的传统。叶燮认为，诗道不能不"变"，就是"变"中有不变者在，那就是"雅"的审美传统。叶氏之所谓"雅"，包括命意、措辞两个方面。命意之"雅"，是思想内容方面的，这可与前一条对应；而措辞之"雅"，则是审美表现方面的，包括用典、属句等。叶氏此种论点，实际上给"变"划定了一条审美上的特殊界限或特别鸿沟。

六、结语

通观叶燮《原诗》，应当承认，是书中的诗歌发展论、创作论、主体论以及有关形象思维的论述，等等，都是当时文艺思想领域和美学领域的闪光点。而且，叶氏对明代前、后"七子"派复古主义的批判，对公安派、竟陵派及清初诗坛的偏歧之说的抨击，对于矫正时弊起到了极为重要的作用。清沈懋真《原诗·跋》对叶燮有一个较高的也是较公允的评价："自有诗以来，求其尽一代之人，取古人之诗之气体声词篇章字句，节节摹仿而不容纤毫自致其性情，盖未有如前明者。国初诸老，上多沿袭。独横山起而力破之，作《原诗》内外篇，尽扫古今盛衰正变之肤说，而极论不可明言之理与不可明言之情与事，必欲自具胸襟，不徒求之诗之中而止。"作为叶氏学生的沈德潜，亦对其师多有赞誉："先生著《原诗》内外篇四卷，力破其非，吴人多訾謷之；先生没后，人转多从其言者。"可见叶燮在当时的影响。然而由于历史与个人的原因，是书仍存在前面所谈到的种种局限。

因此，对于叶燮诗学的评价，一方面要看到它的积极处，另一方面也要正视其消极处，并把它放到一定的时代环境和个人处境中去考察、去审视、去分析、去判断，由此才能全面而公允地做出较为合适的结论。

中国古典文学批评用语辨义例说

——以谢榛《四溟诗话》之"气"为例

摘　要：中国古典文学批评中印象式、感悟式的术语很多，且内涵极为丰富，不同时代的批评家在不同的背景、著作、语境中，会赋予这些术语以不同的内涵。以谢榛《四溟诗话》中使用到的"气"以及与之相关的六个常见批评术语为例，通过了解其源流、内涵及彼此间差异，我们可以获得对以"气"为统领的这一系列术语之确切理解。

关键词：四溟诗话；气；术语；含义

我们在阅读中国古典文学批评著作时，常会碰到一些批评家惯常使用的术语。如果只是一读而过、心有所感也就罢了，不必深究，但是如果要进一步深入探析其批评的真正含义与核心思想，那就非得把这些用语弄清楚不可。但问题是，这些用语往往不是辨若苍素、一望即知，而是多属印象式的批评、直觉式的感悟。关于这一点，当代研究者早有共识❶。也正

---

❶ 黄保真、成复旺、蔡钟翔评曰："中国历代的文论家，很少有人像欧洲文论家那样，以一定的哲学思想为基点，热衷于构筑自己的理论体系，而是沿用一些约定俗成的概念范围，去阐述自己的电光石火般闪现的精辟见解"（《中国文学理论史——先秦两汉魏晋南北朝时期》，台北：洪叶文化事业有限公司，1998年版，第17页）。黄维梁在《诗话词话和印象式批评》一文中提到："诗话、词话的印象式批评，对印象的表达，可分为两个层次：初部印象和继起印象。佳、妙、工、警、三昧、本色等，为表达初步印象用语，是直觉式的价值判断。继起印象用语，有抽象的和具象的两种。飘逸、沉郁等属前者，金鹉擘海、香象渡河等属后者。……中国印象式批评手法，用语寥寥，重直觉感悟，笼统概括，就此而言，与十九世纪西方印象主义画法，颇为近似"（载《中国诗学纵横论》，台北：洪范书店，1986年版，第1页）。此外，杨松年在《中国文学批评用语语义含糊之问题》一文中将中国文学批评用语的模糊性问题归纳为四端：第一，对所用的主要辞语，不作具体的解释或给予清楚的定义式的规定；第二，即使是同一作者，在同一作品中，用同一辞语，在不同的地方，也含具不同意义；第三，中国文学批评的用语，多依据常用的学术辞语。这类学术辞语，前人用时，已不加阐释，而致意义含糊，批评者再加运用，并且增以己意，就令意义益为模糊了；第四，批评的用语，有时由于运用者追求文字美，行文时讲究对偶，致使它与另一辞语列举，产生意义上的变化，致令语义含糊。（载《中国古典文学批评论集》，香港：三联书店，1987年版，第1-10页）

是因为这些用语的"直觉"、"印象"、"感悟"色彩太浓，以至于成为今人理解前人批评真正含义的最大障碍。

要逾越这个障碍，我们该从哪里得其路径？王夫之尝言："字简则取义自广，统此一字，随所用而别；熟绎上下文，涵咏以求其立言之指，则差别自见矣。"❶ 用今天的话说，就是我们在辨析这些术语时，必须察看批评者提出该术语时的语境（所用），通过反复体察玩味（涵咏）来求得这一术语在这一语境下的确切含义。另外，还要对同一或其他批评家在不同语境下对同一术语的使用进行模拟、置换、对比、归纳，方可对这一术语的含义有准确的把握，进而在今天继续使用之。简言之，就是不仅要知其然，而且要知其所以然，进而知其所用。

近读明代后七子之一谢榛所著《四溟诗话》❷，其中像"气"、"味"、"悟"、"格调"以及与此相关的种种术语颇多，这些用语是如此常见（几乎所有古代文学批评家都会用到其中一二），使用时间亦可谓源远流长（上至先秦，下至近代）。那么，这些术语的含义究竟是什么？我们每一个研读古典文学批评著作的人都有这样的体会：就一个术语来说，在一定的语境中读之仿佛心领神会，但一旦脱离那语境，独立成为一个需要界定的范畴或名词，就很难准确表述其含义。比如曹丕《典论·论文》说"文以气为主，气之清浊有体，不可力强而致"，在这样的语境中我们可以把"气"理解或诠释为"气质"、"禀赋"、"情趣"、"品位"等属于作家内在学养修为层面上的抽象之物，但如果将"气"一词单独拿出来作审美概念上的阐释，我们则会一时语塞，不知从何说起。

本文拟专就"气"这一术语在《四溟诗话》中的使用为例，并结合其他批评论著中对"气"的解释（理论批评）和使用（实际批评），来探究其含义的本原及延伸。"气"之内涵，横跨哲学、美学、文学、艺术（含歌舞、绘画、雕塑、书法等）、中医、堪舆等多个领域，特别是在文学审美领域，历代批评家都对"气"之含义加以延伸与推展。先秦孟子"知言养气"肇其端，汉魏之际曹丕"文以气为主"、"气之清浊有体"壮其声势，到南朝谢赫论画之"气韵生动"，唐代韩愈之"气盛则

---

❶ （清）王夫之《薑斋诗话》，北京：人民文学出版社，1961 年版，第 177 页。
❷ 本文所引《四溟诗话》为人民文学出版社 1961 年版，以下只在引文后注明卷次。

言之短长与声之高下皆宜"，北宋苏辙之"气充文见"，清代姚鼐之气分"阴阳刚柔"，等等，都丰富了对"气"这一术语的理解，也扩大了它的使用范围。

然而随着这一术语的广泛使用，也出现了很多理解上的模棱和争议，一是因为批评家们对它的解释似乎相近却又有所不同，二是因为批评家们经常把它与别的词并举合用，如"气骨"、"气象"、"气格"、"气韵"、"气势"、"气魄"、"元气"、"神气"等。这一方面延伸了"气"的内涵，然而另一方面也为后人解读平添许多困扰和迷惑。谢榛在《四溟诗话》中有八十余处用到"气"以及由此衍生出的众多术语❶，我们可以把他对"气"的理解和使用分为基本含义与延伸含义两个层面，并逐一进行分析，以求得对"气"及与之相关的一系列术语的确切理解。

一、"气"之基本含义

谢榛论诗之语中用到的"气"，其基本含义有二。

一是言作品，"气"指的是作品内在的、具流贯性的节奏韵律。如评汉赋："命意宏博，措辞富丽，千汇万状，出有入无，气贯一篇，意归数语，此长卿所以大过人者也。"（《四溟诗话》卷二·一一八）。又如论作长律："及错综成篇，工而能浑，气如贯珠，此作长律之法，久而自熟，无不立成。"（卷四·八〇）。

对于谢榛所说的诗文中"气"之流贯性，历代批评家颇有共识。唐人李德裕说："气不可以不贯，不贯则虽有英辞丽藻，如编珠缀玉，不得为全璞之宝矣。"（《文章论》）明人唐顺之说："气转于气之未湮，是以湮畅百变而常若一气；声转于声之未歇，是以歇宣万殊而常若一声。"（《董中峰侍郎文集序》）

除强调"气"之流贯性外，谢榛或以"气"之"长短"评诗，如评

---

❶ 其中单用"气"者43处，用"气象"9处，"气格"13处，"气骨"3处（含"骨气"1处），"神气"5处，"元气"5处，"气魄"2处，另外还有"习气"、"气习"等未计。

陈琳、陆机、李贺的作品"此皆气短",评《古诗十九首》之"人生不满百","感慨而气悠长"(卷二·三八)。或以"厚薄"评诗,如评戴叔伦诗《除夜宿石头驿》,"体轻气薄如叶子金,非锭子金"(卷三·二〇);评杜约夫拟李商隐《无题》诗,"太清则寒,气薄不寿"(卷三·五六)。或以"顺畅"或"萎靡"评诗,如评曹植《五游》诗,"步骤虽似五言长律,其辞古气顺如此"(卷三·四八);评沈王西屏道人《寄怀大司马郭公》二首,"辞雅气畅"(卷四·五),评杜甫《遣意》句"啭枝黄鸟近,泛渚白鸥轻","况用二虚字,意多气靡,缓于发端"(卷三·四七)。所谓"气"之长短、厚薄、畅靡,在这里都指向诗的内在节奏韵律。

二是言作家,"气"指作家之才性、修为呈现于作品之中所形成的审美特质。如:

> 自古诗人养气,各有主焉。蕴乎内,着乎外,其隐见异同,人莫之辨也。熟读初唐、盛唐诸家所作,有雄浑如大海奔涛……此见诸家所养之不同也。(卷三·一一)

又如:

> 人非雨露而自泽者,德也;人非金石而自泽者,名也。心非源泉而流不竭者,才也;心非鉴光而照无偏者,神也。非德无以养其心,非才无以充其气。心犹舸也,德犹舵也。鸣世之具,惟舸载之;立身之要,惟舵主之。士衡、士龙有才而恃,灵运、玄晖有才而露。大抵德不胜才,犹泛舸中流,舵师失其所主,鲜不覆矣。(卷三·四三)

在这段话中谢榛提到了"德"、"名"、"才"、"神"、"心"、"气"这六个名词,细加分析,其实说的就是"德"与"才"之关系❶:个人才华需在高远志向的驱动下方得以充分发挥("鸣世之具,惟舸载之"),而品德节操则是安身立命的前提和立志高远的指南("立身之要,惟舵主之"),恃才而骄、恃才放旷都不可取,只有德才兼具,方成大家。

---

❶ 德即品德节操,名即名声地位,才即才华能力,神即精神意志。心是由德而来的理想志向,又以才为基础,以神为支撑。气由才而来,是在才华能力不断丰富增长后形成的个人气质,如苏轼诗"腹有诗书气自华"。

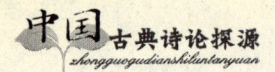

谢榛所说的"才"或"才气",并非如曹丕所言,"不可力强而致","虽在父兄,不能以移子弟"(《典论·论文》)。谢榛认为"才气"并不纯系先天禀赋,而是可以通过后天努力来提高的,他说:

夫缙绅作诗者,其形也易腴,其气也易充;贯乎经史,粹乎旨趣,若江河有源,而滔滔弗竭,欲造名家,殊不难矣。(卷三·一八)

由上述可知,谢榛所言之"气"包含"作品内在的具有流贯性的节奏韵律"和"作家之才性、修为呈现于作品之中所形成的审美特质"这两个层面的基本含义。此二义虽并列,但绝非互不干涉,而恰恰是互为因果、相得益彰。因为作品的内在节奏韵律决定于作家的表达技巧与个人特质,而作家呈现于作品中的独特的审美特质又必须通过作品内在的节奏韵律来体现。简言之,谢榛所言之"气"分主客体,主体(作家)决定客体(作品),客体体现主体。

二、"气"之衍生含义

一个批评术语,由其基本含义又可在使用中推衍出若干延伸含义,这是中国古典文学批评术语纷繁多变的关键原因。《四溟诗话》中与"气"相关的术语有"气格"、"气象"、"气骨"、"气魄"、"元气"、"神气"等。下文分述其要旨。

(一) 气格

谢榛说:"诗文以气格为主,繁简勿论。"(卷一·八)以"气格"作为诗文创作的主导,"气格"在他的论诗之语中可归纳为三个层面的含义:

第一,"气格"用于描述作品带给读者精神上的激励,令人昂扬振奋的独特审美感受。"气格"或为"高下":如评杜甫诗"气格自高"(卷一·二三);贾至、王维、岑参诗"格高气畅"(卷一·七五);杜牧《清明》诗"气格不高"(卷一·一〇五)。或为"伤"否:如评刘禹锡"旧时王谢"句"不伤气格"(卷一·一〇六);评作诗若只"工乎辞",则会"伤气格而流于晚唐"(卷四·五八)。或为"纯"

否：如"作古体不可兼律，非两倍其工，则气格不纯"（卷四·六〇），等等。

第二，"气格"即风格。或为一代诗文风格之总称，如评李白诗"长安一片月"，"清响殊非晋人气格"（卷二·一九）❶。评沈氏《彩毫怨》❷，"独此一篇平妥匀净，颇异六朝气格"（卷四·二九）。或指具体作品之风格，如评皎然《赋得啼猿送客》诗，"观其前联平澹意长，余皆筌句，予皆削疵强半，稍变气格"（卷四·三六）。

第三，"气格"在作品中应具有浑然一体的特色，不应出现断层和抵牾。如论近体诗之弊，"或才思稍窘，但搜字以补其缺，则非浑成气格"（卷三·七〇）；评皮、陆《馆娃宫》诗，"虽吊古得体，而无浑然气格，窘于难韵故尔"（卷四·六八）。

（二）气象

关于"气象"，历代批评家亦多不同见解，归纳历代之说，"气象"之含义有以下三种：

之一，"气象"指风格，这与上述"气格"之第二义类似❸。广义而言，可看作时代风格的总称。如严羽《沧浪诗话》所说，"汉魏古诗，气象混沌，难以句摘""建安之作，全在气象，不可寻枝摘叶""唐人与本朝人诗未论工拙，直是气象不同"，等等❹。狭义而言，可指作品呈现出的精神风貌。如近人陶明浚《诗说杂记》说："气象如人之仪容，必须庄重。"❺当代学者叶嘉莹说："至于以'气'与'象'字连结，则从前面我们所举《人间词话》中的一些例证来看，当是指作者之精神透过作品之意

---

❶ 明人朱权《瞿仙诗谱》称此诗为西晋张翰（字季鹰）作，该诗题为《子夜吴歌·秋歌》，原文为："长安一片月，万户捣衣声。秋风吹不尽，总是玉关情。何日平胡虏，良人罢远征。"谢榛以"气格"不同否定此说。

❷ 沈氏名沈满愿，此诗一说为梁沈氏作，见逯钦立辑校《秦汉魏晋南北朝诗》梁诗卷二十八，一说为唐上官婉儿作，题作《彩书怨》，见《全唐诗》卷五。

❸ 如果将前后所举例证中的"气象"、"气格"互换，意义并未发生明显变化，只是"气格"指向内在，而"气象"指向外在，读者可涵泳玩味之。

❹ 分见严羽《沧浪诗话》"诗评"第十条、第十四条、第五条。

❺ 转引自郭绍虞《沧浪诗话校释·诗辨》，北京：人民文学出版社，1983年版，第7页。

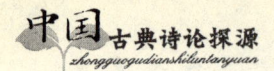

象与规模所呈现出来的一个整体的精神风貌。"❶

之二，"气象"近于"气势"，指作品所具有的一种深沉宏阔的时空美感。如刘熙载《艺概·诗概》说："或问诗何为富贵气象？曰：大抵富如昔人所谓'函盖乾坤'，贵如所谓'截断众流'便是。"❷"函盖乾坤"说空间之阔大，"截断众流"说时间之凝滞，这就是"气象"带给人的时空美感。

之三，"气象"指作品之"体"（诗体、文体）与"式"（结构、布局）等外部质素所造成的美学效果。如皎然《诗式》卷一云："气象氤氲，由深于体式。"❸

上述含义中的第一种，自严羽之后成为后世批评家使用或阐发的本源，影响最为深远，使用最为普遍。谢榛对于"气象"之运用，即取第一义。如提出"赋诗要有英雄气象"（卷四·三四）❶；评贾岛"秋风吹渭水，落叶满长安"句"气象雄浑，大类盛唐"（卷二·一四）；评许浑《金陵怀古》，"若删其两联，则气象雄浑，不下太白绝句"（卷二·八六）；评镇康王西岩《四月八日过昭觉禅院同诸宗丈赋得松字》"气象浑厚"（卷四·二七）；评陈后主"日月光天德，山河壮帝居"句"气象宏阔"（卷二·一七）；评《盐铁论》，"此论高古，乃三诗之源，复然气象不同"（卷三·二）；评中唐诗"虚字愈多，则异乎少陵气象"（卷四·七一）；论"作诗有三等语"，李白等人之盛唐诗为"堂上语""凡上官临下官，动有昂然气象，开口自别"（卷四·二八），等等。从上述例证来看，

---

❶　叶嘉莹解说王国维《人间词话》之"气象"，列举的例证包括，《人间词话》第十则："太白纯以气象胜。'西风残照，汉家陵阙'寥寥八字遂关千古登临之口，后世唯范文正之《渔家傲》、夏英公之《喜迁莺》差足继武，然气象已不逮矣。"第十四则："温飞卿之词，句秀也；韦端己之词，骨秀也；李重光之词，神秀也。"第十五则："词至李后主而眼界始大感慨遂深……'自是人生常恨水长东'，'流水落花春去也，天上人间'《金荃》、《浣花》能有此气象耶？"第三十则："'风雨如晦，鸡鸣不已''山峻高以蔽日兮，下幽晦以多雨，霰雪纷其无垠兮，云霏霏而承宇''树树皆秋色，山山尽落晖''可堪孤馆闭春寒，杜鹃声里斜阳暮'，气象皆相似。"第三十一则："昭明太子称陶渊明诗'跌宕昭彰，独超众类，抑扬爽朗，莫之与京'，王无功称薛收赋'韵趣高奇，词义晦远，嵯峨萧瑟，真不可言'，词中惜少此二种气象，前者唯东坡，后者唯白石，略得一二耳。"（《迦陵文集二·王国维及其文学批评》，河北教育出版社，1998年版，第248－249页）

❷　（清）刘熙载著，王气中笺注《艺概笺注》，贵州人民出版社，1986年版，第247页。

❸　（唐）皎然《诗式》卷一"诗有四深"条，商务印书馆丛书集成初编本（1935—1937），第2页。

❶　所谓"英雄气象"与"儿女情怀"相对待，指的是那种"虽千万人吾往矣"的英雄气概。

谢榛所推崇的"气象",是那种深沉壮阔、气势宏大之美。

(三)气骨

谢榛在实际批评中也常用"骨气"或"气骨",如评陈无已《寄外舅郭大夫》诗,"然两联为韵所牵,虚字太多而无余味。若取前后为绝句,气骨不减盛唐"(卷一·一〇七);评曹植诗,"子建骨气渐弱,体制犹存"(卷二·四五);评田深甫拟少陵《秋兴》诗"得盛唐气骨"(卷三·五七),等等。

"气骨"这一术语与"风骨"有直接承继的关系,"风骨"用于文学批评始于刘勰《文心雕龙》❶,《风骨》篇云:

《诗》总六义,风冠其首,斯乃化感之本源,志气之符契也。是以怊怅述情,必始乎风;沉吟铺辞,莫先于骨。故辞之待骨,如体之树骸;情之含风,犹形之包气。结言端直,则文骨成焉;意气骏爽,则文风清焉。若丰藻克赡,风骨不飞,则振采失鲜,负声无力。是以缀虑裁篇,务盈守气,刚健既实,辉光乃新。其为文用,譬征鸟之使翼也。故练于骨者,析辞必精;深乎风者,述情必显。捶字坚而难移,结响凝而不滞,此风骨之力也。若瘠义肥辞,繁杂失统,则无骨之征也。思不环周,索莫乏气,则无风之验也。

刘勰所谓"风骨",实指作品语言的清新刚健之风。刘勰在解释"风"时,屡屡用"气"来配合说明,如"情之含风,犹形之包气"、"意气骏爽,则文风清焉"、"思不环周,索莫乏气,则无风之验也",等等。因此,刘勰虽然没有使用"气骨"一词,但其所谓"风骨"的内涵实与"气骨"相当。

而直接使用"骨气"一词作为批评用语的,是南朝钟嵘。钟嵘评曹植诗,"骨气奇高,词采华茂,情兼雅怨,体被文质"。钟嵘认为优秀的诗歌应该是"干之以风力,润之以丹彩"(《诗品序》),所谓"风力",就是"骨气",和刘勰所谓"风骨"同义。刘勰之言"风骨",钟嵘之言"风

---

❶ "风骨"一词最早于汉末用于品评人物,如《宋书·武帝纪》称刘裕"风骨奇特";后南齐谢赫用于品画,在《古画品录》中评曹不兴"观其风骨,名岂虚哉";用于文学批评,最早当属刘勰。

力"、"骨气",都直接指向建安诗人。上文所举谢榛以"骨气"评曹植诗,以"气骨"评盛唐诗,正是对刘勰、钟嵘之"风骨"、"骨气"论的继承。❶

(四) 气魄

"气魄"一词,单就"魄"字来讲,段玉裁的解释为:"魂魄皆生而有之,而字皆从鬼者,魂魄不离形质,而非形质也。"就此义来说,"气魄"当指人的精神层面所散发出来的特质。用于文学批评,则指作家的精神特质在作品中的体现。如谢榛论作诗学习前人,"当充其学识,养其气魄,或李或杜,顺其自然而已"(卷二·四八);论作诗之法,说"予以奇古为骨,平和为体,兼以初唐盛唐诸家,合而为一,高其格调,充其气魄,则不失正宗矣"(卷四·五七)。

"气魄"用于实际批评中又衍生出别的意义,如谢榛评"昨夜西风摇落千林梢,渡头小舟卷入寒塘坳"句,"声调散缓而无气魄"(卷二·六二);评许浑《送韦明府南游》诗,"然措辞虽简而少损气魄"(卷三·八)。这里的"气魄"又指由声调措词而呈现的作品的精神风貌,含义比较接近"气势"。

因此,谢榛所言"气魄"的含义有二:一是作家的精神特质在作品中的呈现,二是由声调措辞而呈现的作品的精神风貌。

(五) 元气

"元气"一词,本义为化生万物的根本物质,是万物未形成的混沌状态。❷谢榛将其用于文学批评,指的是诗作浑然一体貌。如"景乃诗之媒,情乃诗之胚,合而为诗,以数言而统万形,元气浑成,其浩无涯矣"(卷

---

❶ 南朝以后,凡言"风骨"、"气骨"或"骨气"者,均指向建安诗人,如唐殷璠《河岳英灵集》:"言气骨则建安为传。"唐陈子昂《与东方左史修竹篇序》:"汉魏风骨,晋宋莫传","骨气端翔,音情顿挫,光英朗练,有金石声"。谢榛把盛唐诗歌看作建安"风骨"、"气骨"的代表,也是受南朝以来"风骨"说之影响。

❷ 如《庄子·知北游》:"人之生,气之聚也。聚则为生,散则为死。"董仲舒《春秋繁露·重政》:"元者为万物之本。"《淮南子·天文训》:"太始生虚廓,虚廓生宇宙,宇宙生元气,元气有涯垠。清阳者薄靡而为天,重浊者凝滞而为地。"王充《论衡·齐世》云:"上世之民,下世之民也,俱禀元气。元气纯和,古今不易。"

三·一〇），又如"诗有至易之句，或从极难中来，虽非紧关处，亦不可忽。若使一句龃龉，则损一篇元气矣"（卷四·八）。所谓"元气浑成"、"一篇元气"，形容的就是诗作那种无可言说、自成体系的状貌。

（六）神气

"神气"一语，原指人的精神风貌，如魏刘劭释"神"与"气"："平陂之质在于神，……躁静之决在于气。"❶ 由观察人之"神"、"气"，来判断其性格。而用于文学批评，最著名的当属殷璠"神来、气来、情来"说，清人方东树承殷璠说，提出作文"大约不过叙耳、议耳、写耳，其入妙处，全在神来气来，纸上起棱，骨肉飞腾，令人神采飞越。此为有汁浆，此为神气"。❷ 不过，这里的"神气"指的是作者蓬勃昂扬的生命力。

谢榛运用"神气"这一术语时，则赋予其"作家才性之体现"和"作品所营造出来的审美意境"这两层意思。前者如论述学习前人典范作品应"熟读之以夺神气"，意即准确把握作者的精神。后者如"诗无神气，犹绘日月而无光彩"（卷二·五一）。而在实际批评中，"神气"之含义又与上述之"元气"相近，如谢榛反对范德机提出的作诗之法，认为"当以神气为主，全篇浑成，无恒饤之迹，唐人间有此法"（卷二·七〇）。

上文将谢榛《四溟诗话》中使用到的"气"以及与之相关的六个常见批评术语一一试作阐解。当然，中国古典文学批评中类似的术语不胜枚举，而且牵涉极广，不同时代的批评家，在不同的背景、著作、语境中，会赋予这些术语以不同的内涵。这种广泛深入的研讨，非独一文所能尽言，上述只不过是对《四溟诗话》中常见的，也是传统文学批评中常见的以"气"为统领的一系列术语的源流、内涵及差异作一简要的梳理和阐述。

---

❶ （三国魏）刘邵撰，王玫评注《人物志》，北京：红旗出版社，1996 年版，第 17 页。
❷ （清）方东树《昭昧詹言》，北京：人民文学出版社，1961 年版，第 254 页。

诗之美·诗之境·诗之作

——王士禛"神韵说"要略

摘　要：清初诗坛盟主、诗学重镇王士禛标举"神韵"之说，其"神韵说"要义可提炼为三个层面：第一个层面是"诗之美"，是"传神"与"余韵"的结合；第二个层面是"诗之境"，是"禅境"与"诗境"的融通；第三个层面是"诗之作"，是"兴会"与"性情"的共鸣。由此可以为"神韵说"建立一个包括作者、作品、读者、世界这四要素在内的基本理论框架。

关键词：神韵说；传神；清远；兴会；性情

　　清初文坛领袖、一代诗宗王士禛极为推崇钟嵘、司空图、严羽等人的诗论，标举"神韵"，"倡天下以不着一字，尽得风流之说"，"神韵说"遂风行海内，在清代前期被奉为诗坛圭臬。但对"神韵"一词，王士禛并未作严格界说，其诗论也未建立一套完整严密的理论体系，因此后来许多学者对"神韵"有许多不同解释。❶ 其实通过细读《带经堂诗话》、《渔洋诗话》、《师友传习录》等王士禛论诗之语，可以将其"神韵说"要义提炼为三个层面：第一个层面是从审美角度看，"神韵说"认为什么样的诗是美的，即"诗之美"；第二个层面是从意境角度看，"神韵说"认为什么样的意境方为"诗之境"；第三个层面是从创作角度看，"神韵说"认为诗

---

　　❶ 对于"神韵"，海内外学者有不同解释：黄维梁认为，"神韵就是精神韵致，也就是不可捉摸但可感悟的情景，乃相对于景象而言"；铃木虎雄认为，"神韵二字，依普通的说法是风神余韵的意思"；郭绍虞认为，"渔洋神韵之说不能谓与个性无关，不过所表现的不是个性，而是个性所表现的风神而已"；刘若愚认为"'神'谓潜心察物而摄其神理入诗，'韵'乃各人独有之风味"，"'神'指事物的本性，而'韵'指诗中个人的风格，语言特色或者风味"。（转引自黄景进《王渔洋诗论之研究》，台北：文史哲出版社，1980 年版，第 84 − 90 页）

人应具备哪些条件，在创作中应把握哪些原则和方法，才能写出好作品，即"诗之作"。如是，王士禛之"神韵说"则可形成一个包括作者、作品、读者、世界这四个创作要素在内的基本理论框架。

一、诗之美——"传神"与"余韵"的结合

"神韵"一词最早见于南朝，用于品评人物，如《宋书·王敬弘传》说："神韵冲简，识宇标峻。"❶后用于评画，如南齐谢赫《古画品录》评顾骏之的画："神韵气力，不逮前贤；精微谨细，有过往哲。"❷"神韵气力"指内在传神，"精微谨细"指外在形貌。唐张彦远《历代名画记·论画六法》说："至于鬼神人物，有生动之可状，须神韵而后全。若气韵不周，空陈形似；笔力未遒，空善赋彩，谓非妙也。"❸也是将"神韵"解释为"传神"。

明代董其昌提出山水画分南北二宗的说法，北宗以李思训为祖，南宗以王维为祖，董氏论画著作《画眼》评王维的画说："右丞山水入神品，昔人所评：云峰石色，迥出天机；笔意纵横，参与造化，唐代一人而已。"❹王维诗画皆工，他是以诗人兼画家的眼光来观察和体会自然山水，又将画理融入作诗，因此苏轼称赞他"诗中有画，画中有诗"。王士禛在标举"神韵"时，经常拿王维的画及诗来为"神韵说"作解。如：

> 世谓王右丞画雪中芭蕉，其诗亦然。如"九江枫树几回青，一片扬州五湖白"，下连用兰陵镇、富春郭、石头城诸地名，皆寥远不相属。大抵古人诗画，只取兴会神到，若刻舟缘木求之，失其指矣。❺

"雪中芭蕉"显然违背自然规律，现实中绝不可能出现，但是王维作

---

❶ （南朝梁）沈约《宋书》，北京：中华书局，1974 年版，第 1731 页。

❷ （南朝齐）谢赫《古画品录》，载俞剑华《中国画论类编》，北京：人民美术出版社，1986 年版，第 355 页。

❸ （唐）张彦远著，俞剑华注释《历代名画记》，上海：上海人民美术出版社，1964 年版，第 24 页。

❹ （明）董其昌《画眼》，载俞剑华《中国画论类编》，北京：人民美术出版社，1986 年版，第 724 页。

❺ （清）王士禛《带经堂诗话》，人民文学出版社，1963 年版，第 68 页。下同出处者只在引文后括号内注明页码。

此画并非写实，而是欲借此表达个人情感，所取之景未必是实景也未必在眼前，而是将其组织排列，将画意呈现于景物之上，品画者必须超越现实的刻板印象，去玩味画中意境。作诗亦是如此，读者不必纠结于文字描述是否属实，而应去感悟诗中言外之意。这是王士禛关于"诗之美"的第一个要求，即"神到"。

"诗之美"除了必须"神到"之外，还要有"余韵"，王士禛在《池北偶谈》中提到"清远"：

> 汾阳孔文谷（天允）云："诗以达性，然须清远为尚。薛西原论诗，独取谢康乐、王摩诘、孟浩然、韦应物，言'白云抱幽石，绿筿媚清涟'，清也；'表灵物莫赏，蕴真谁为传'，远也；'何必丝与竹，山水有清音'，'景昃鸣禽集，水木湛清华'，清远兼之也。总其妙在神韵矣。""神韵"二字，予向论诗，首为学人拈出，不知先见于此。（第73页）

孔文谷（名天胤，字汝阳，号文谷子）、薛西原（名蕙，字君采，号西原），此二人为明嘉靖年间比较有名的诗人，他们论诗将"清远"与"神韵"并举，王士禛非常赞赏"清远为尚"这一观点。叶嘉莹先生对此的解释为：

> 他乃是认为但写幽雅之景物者为"清"，由景物而引发一种情意上之体悟者为"远"；总清远二妙，则为神韵。可见所谓"神韵"者，盖当指自山水景物之叙写中，可以表达一种情趣使人有所体悟的作品。❶

笔者以为，所谓"清"，实际上涉及物、我两个方面："物"之清，是指自然物象的迥绝尘俗，如胡应麟《诗薮》所说："绝涧孤峰，长松怪石，竹篱茅舍，老鹤疏梅，一种清气，固自迥绝尘嚣。……清者，超凡绝俗之谓。"❷"我"之清，是指诗人精神状态的清远寂然，如沈祥龙在《论词随笔》所说："清者不染尘埃之谓。"❸可见，"清"是指诗人以一种虚静闲淡的情怀观照天地万物，而与清幽绝俗的外物之境相融合，诗人通过对清

---

❶ 叶嘉莹《迦陵谈诗二集》，台北东大图书股份有限公司，1985年版，第93页。
❷ （清）胡应麟《诗薮》外编卷四，上海：上海古籍出版社，1958年版，第185页。
❸ （清）沈祥龙《论词随笔》，载唐圭璋编《词话丛编》，北京：中华书局，1985年版，第4054页。

幽绝俗景象的描写，表达那种超逸淡远的情怀与自然山水清澄无染的生命韵味相融合之后的体会。

所谓"远"，总体上指的是意蕴悠远。王士禛在《蚕尾续文》中认为"远"乃是诗之旨②：

一曰典，画潇湘、洞庭，不必龊山结水，善画竹者，乃独在于荒寒风雪之中；李龙眠作《阳关图》，意不在渭城车马，而设钓者于水滨，忘形块坐，哀乐嗒然，此诗旨也。次曰远，三百五篇，吾夫子皆尝弦而歌之，故古无乐经。而《由庚》、《华黍》皆有声无词，土鼓、鞞铎，非所以披管弦、叶丝肉也。（第 78 页）

仔细分析，可以发现王士禛所提出的"远"的内涵也有两个方面：

一是就艺术表现而言：论画，王士禛不主张细致微妙的写实，而赞赏"远人无目，远水无波，远山无皴"的大写意。论诗，则反对堆砌和过分的形容，而欣赏那些超远幽夐的作品。也就是诗人在创作时，应该尽量推远和淡化景物形貌的刻画，采用传神的手法从不同的角度烘托主题，以开拓冲淡夐远的境界，予人"遇之匪深，即之愈见希"的无穷美感。

二是对创作者的要求而言："远"是一种心理距离，是远离俗世的心灵。李龙眠的画，虽然改变了王维诗原来的主题，却取得了形象之外的另一种意味，他所设的钓者，独钓水滨，忘形枯坐，怅然若失，反而更能传达"西出阳关无故人"的余韵。王士禛认为这才是诗歌的旨趣，这旨趣就出于淡忘世情、不惹尘氛的心灵。而就题材而言，这种超脱的思想情感，最容易透过山水景物来表现，所以，王士禛在《东渚诗集序》一文中说道：

夫诗之为物，恒与山泽近，与市朝远。观六季、三唐作者篇什之美，大约得江山之助、写田园之趣者什居六七。❶

可见创作心灵的"远"表现在诗歌中，乃是一种远离市朝、寄意山水的韵趣。

如上所述，王士禛"神韵说"将画论植入诗论，融合了自南朝钟嵘以

---

❶ （清）王士禛《渔洋山人文略》，载《丛书集成三编》，台北：新文丰出版公司，1997 年版，第 54 册卷三。

来的"意有余"、"味外味"、"兴趣"、"清远"等观点，对"诗之美"提出了"传神"与"余韵"相结合的要求。

二、诗之境——"禅境"与"诗境"的融通

王士祯说他"于古人论诗，最喜钟嵘《诗品》，严羽《诗话》，徐祯卿《谈艺录》"❶。他和严羽一样也好用禅喻论诗，如：

舍筏登岸，禅家以为悟境，诗家以为化境，诗禅一致，等无差别。（第 83 页）

唐人五言绝句，往往入禅，有得意忘言之妙，与净名默然，达磨得髓，同一关捩。（第 69 页）

禅宗主张"不立文字"，主要是认为语言文字无法解说"佛性"、"真如"这个无比玄妙的绝对本体，因为语言文字是相对、片面、虚妄而且受局限的，是属于主观理性的逻辑思维，而"佛性"是绝对的，其体认必须靠内证、靠自己明心见性、靠直觉体验，是非理性的领悟、妙悟、顿悟，所谓"直指人心，见性成佛"，自然要摒弃语言文字。但是如果真的"不立文字"，如何延续佛教义理？又何以留下大量的《语录》、《灯录》？其实，禅宗所谓"不立文字"是将文字作为接引的工具，以文字为手段，以求达到破嗔、执、无明污浊，返观内心，直觉"佛性""真如"的目标。这种方式犹如老、庄的"得意忘言"之说，在"得意"、"得鱼"、"得兔"之后，则可"忘言"、"忘筌"、"忘蹄"。禅宗也有"指月说"，"指"非"月"，但必须由"指"而见"月"，"指"之用是引人见"月"，但不可执着于指上。

同样的，诗歌的意境也是如此，诗人以语言文字作为手段，去营造排列客观世界的景色物态，读者必须通过这些由语言文字建立起来的意象，去探寻其中的"意境"，而且这种种探寻的功夫无法诉诸理性的逻辑思维，必须靠自己感性的直觉感受能力，也就是读者必须吟咏、品味诗人寄寓其

---

❶ （清）王士祯《渔洋诗话》，载丁福保辑《清诗话》，北京：中华书局，1963 年版，第 170 页。

中的诗情、诗意，以体会作者的含蓄情思。王士禛对严羽"以禅喻诗"非常欣赏，他说：

> 严沧浪以禅喻诗，余深契其说，而五言尤为近之。如王、裴辋川绝句，字字入禅。他如"雨中山果落，灯下草虫鸣"，"明月松间照，清泉石上流"，以及太白"却下水精廉，玲珑望秋月"，常建"松际露微月，清光犹为君"，浩然"樵子暗相失，草虫寒不闻"，刘眘虚"时有落花至，远随流水香"，妙谛微言，与世尊拈花，迦叶微笑，等无差别。通其解者，可语上乘。（第83页）

他在此提出他心目中符合禅境标准的诗歌，无论王维、李白，还是常建等人，他们的诗歌，莫不以具体事物启发读者超语言、超逻辑的直觉，作者并不下判断，只塑造意象语言，让读者自行感受那妙不可言的宇宙真谛，世尊拈花示众，即含无限深意，迦叶拈花微笑，便已心领神解，这即是严羽所说的"不着一字，尽得风流"，这是禅境，也是王士禛所追求的至高诗境。

如上所述，王士禛"神韵说"受严羽"以禅喻诗"的影响，将禅境化于诗境，要求诗歌必须能表现难以把握的玄妙意境，具有迷离朦胧、含蓄蕴藉的特征，从而使人感觉扑朔迷离，却又富于无限的品读趣味和解释空间。

三、诗之作——"兴会"与"性情"的共鸣

王士禛对诗之美、诗之境的要求已如上述，那么他的创作观是怎样的呢？是继承明代前后七子提倡的复古拟古呢？还是公安派主张的"独抒性灵，不拘格套"呢？读下面这一段话可知端倪：

> 夫诗之道，有根柢焉，有兴会焉，二者率不可得兼。镜中之象，水中之月，相中之色，羚羊挂角，无迹可求，此兴会也。本之风雅以导其源，溯之楚骚、汉魏乐府诗以达其流，博之九经、三史、诸子以穷其变，此根柢也。根柢厚于学问，兴会发于性情。于斯二者兼之，又干以风骨，润以丹青，谐以金石，故能衔华佩实，大放厥词，自名一家。（第78页）

王士禛强调作诗必须"兴发神会",同时又强调学问涵养的重要。学作诗的基础,即"根柢",就是熟读诗骚,博览经史,明晰源流正变。当作者兼有学问之基础和发于性情的兴会,又在风骨、修辞、声韵等形式和内涵上下功夫时,自然可以华实兼得、卓然名家。

虽然王士禛说"根柢"、"兴会"须兼备,但他更欣赏的还是那些"发于性情"、"伫兴而作"、"天然而工"、"不以力构"的作品。他对王维诗句"兴阑啼鸟缓,坐久落花多"的评语是"自然入妙",认为孟浩然不及王维之处就在于"孟诗有寒俭之态,不及王诗天然而工"。在评价王维、韩愈、王安石三篇《桃源行》时,王士禛评王维之作:"读摩诘诗,多少自在","此为盛唐所以高不可及",而讥评韩愈、王安石诗"如努力挽强,不免面赤耳热"。

值得注意的是,王士禛提出的"兴会发于性情"这一观点,"性情"究竟作何解释?王士禛的弟子盛符升在《十种唐诗选》序文中将"性情"与"神韵"并举,作为王士禛论诗宗旨的两个关键词:

> 我师渔洋先生以唐贤三昧集垂示。……盖集中所载,直取性情,归之神韵,凌前遐后,迥然出众家之上。由是先生论诗之宗旨,亦足征信于天下。❶

所谓"直取性情",仿佛有点公安派"独抒性灵"的意思。笔者的理解是,王士禛所说的"性情",并不是毫无蕴藉、无所规范的"独抒性灵",而是先经诗人陶冶、修饰,后由读者玩味、体悟的诗外"性情"。他在论"诗言志"时说:

> 《书》曰:"诗言志。"故《文中子》曰:"《大风》安不忘危,其霸心之存乎。《秋风》乐极哀来,其悔志之萌乎。"(第72页)

刘邦、刘彻都是一代雄主,但从前者的《大风歌》可看出刘邦鲜明的个性、自信的气魄和王霸的雄心,而从后者的《秋风辞》则可看出刘彻唯恐乐极生悲、慨叹人生短暂的消极心态。"诗言志"的"志",就是"性情",这种"性情",绝非一时一地陡然而生、倏忽而逝的个人情感,而是

---

❶ (清)王士禛《十种唐诗选》,载《四库全书存目丛书》,济南:齐鲁书社,1997年版集部卷394。

由诗人的气质禀赋、情感精神、人生经历造就的一以贯之的内在素养，包括其个性、情趣、学问等因素。将这些因素融入诗中或者用诗将其艺术化地表现出来，就是王士禛所谓的"发于性情"。王士禛在《师友诗传录》中说：

> 《尚书》云："诗言志，歌永言，声依永，律和声。"此千古言诗之妙谛真诠也。故知志非言不形，言非诗不彰，祖诸此矣。何谓志？"石韫玉而山以辉，水怀珠而川以媚"是也。❶

所谓"韫玉怀珠"正是指诗人的"性情"，诗人只有先具备了"韫玉怀珠"的"性情"，方能有望山山辉、见水水媚的"兴会"。说得复杂一点就是：自然界包罗万象的事物，虽然各具美的潜质，却无法直接变成艺术品，作者必须注入自己的心灵意趣，赋予外物生命感，才能使作品个性鲜明、生意盎然。如果没有"性情"，那么，景物与诗人的情感不相关涉，诗中的景语就只是景物的堆砌而已，意趣索然。正如刘熙载在《艺概·赋概》中所云：

> 在外者物色，在我者生意，二者相摩相荡而赋出焉。若与自家生意无相入处，则物色只成闲事，志士遑问及乎？❷

而且，王士禛还认为性情须因感兴而抒发，作诗不是率尔操觚或勉力而为，而是灵感自然的触发与自得，他说"平生为诗不喜次韵，不喜集句，不喜数叠前韵"，又说：

> 南城陈伯玑允衡善论诗，昔在广陵评予诗，譬之昔人云"偶然欲书"，此语最得诗文三昧。今人连篇累牍，牵率应酬，皆非偶然欲书者也。（第84页）

萧子显云："登高极目，临水送归，蚤雁初莺，花开叶落。有来斯应，每不能已；须其自来，不以力构。"王士源序孟浩然诗云："每有制作，伫兴而就。"余生平服膺此言，故未尝为人强作，亦不耐为和韵诗也。（第67页）

---

❶ （清）王士禛《师友诗传录》，载丁福保辑《清诗话》，北京：中华书局，1963年版，第125页。

❷ （清）刘熙载《艺概》，上海：上海古籍出版社，1978年版，第98页。

　　所谓"偶然欲书"、"伫兴而就"都是指因时因地偶然触发的创作兴致，其取材、构思、情感均为当下的直接感受，如此便可以避免创作的固定化，也就是说，可以避免习惯性地沿袭陈旧的创作方式，不蹈袭前人而有自家面目。而"连篇累牍，牵率应酬"，即是有意针对某一主题而设计的创作，这种作品不是出于有感而发，并非因景而生兴，触物而起情，最容易千篇一律，落入创作的窠臼。

　　如上所述，王士禛"神韵说"虽提出根柢、兴会并重的创作要求，但实际上更倾向于"兴会神到"的创作方法。而"兴会"之触发，表面上是因为一时一地之景物而生发出的情感心绪，但实际上是源于诗人之气质禀赋、情感精神、人生经历，即"性情"，而且好的诗歌本身也要体现出诗人自身独特的"性情"。简言之，"诗之作"乃是诗人"兴会"与"性情"的共鸣。

王士禛与文学新典范[*]

摘 要：王士禛的"神韵说"在极其复杂的清初文学环境中建立起典范地位，其原因是多方面的。而王士禛本人之所以能成为一代诗宗，既与当时的审美倾向有关，也受到当时政治语境的直接影响。作为一名成为典范的大家，王士禛直到生命的最后一刻，仍然在病榻上不断修改其作品，如此孜孜以求的文化情怀也无愧于其"正典"的称号。

关键词：文学典范；王士禛；神韵；钱谦益；门户之见；禅入；伟大作家；流行作家

谁是文学标准的仲裁者和影响文学发展方向的主导者？哪些作家居于文学典范（literary canon）的核心地位？谁能作为理想的文学创作范本和应当追随的文学先驱？这些听起来颇为"后现代"的问题，早已是中国晚明时期（16 世纪末 17 世纪初）各个诗派激烈论辩的主题。晚明文学流派数量之多是此前中国文学史上所没有的，用哈罗德·布鲁姆（Harold Bloom，1930— ）❶的话来说，"文化滞后"（cultural belatedness）似乎恰当描述了此时的时代精神❷。可以说，晚明文人身处的文学环境乃是一个充满了"影响的焦虑"的时代。他们的焦虑一方面来自于悠久文学传统和丰硕文学遗产的沉重压力，一方面也与当时文人喜欢各立门户、各持己

---

* 本文为译文，原文作者孙康宜（美籍），现任耶鲁大学东亚语言文学系教授和东亚研究所主任。研究领域跨越中国古典文学、传统女性文学、比较诗学、文学批评、文化美学等多个领域。本文为其研究王士禛"神韵说"之代表作，发表于《清华学报》（台湾），2007（37）：305–320.

❶ 哈罗德·布鲁姆，当代美国著名文学批评家，耶鲁学派主要代表人物之一，以"诗歌误解"和"影响的焦虑"理论更新了对文学传统的认识。

❷ Harold Bloom，"The Anguish of Contamination," Preface to *The Anxiety of Influence*, 2nd ed. (New York：Oxford Univ. Press, 1997), xxv.

见、互相诋毁有关。其结果就是党派性极强的文学流派异乎常态地不断出现，各派别中的每一个人都闭目塞听、固执己见。明末著名学者黄宗羲曾对文学流派的这种泛政治化倾向提出批评。在他看来，这一倾向无非是替那个时代许多貌似追求诗歌审美本质而实则怀揣政治目的的"乡愿"诗人制造了广泛影响。❶

同时，入清以后，新的朝代迫切需要一个新的文学典范用来凝聚人心，尤其是对士人而言，这成为清初统治者对于当时文坛压倒一切的要求。从17世纪60年代开始，清初社会逐渐适应"异族"统治，开始步入承平之世。在明末清初这样一个过渡时期，诗学理论家王士禛（1634—1711）逐渐浮出水面，上至庙堂、下至江湖都视其为一个文学正典的建构者。本文拟探讨王士禛"神韵说"如何在这一时期成为文学评论的中心，以及神韵诗学如何在当时的审美和权力话语体系中占据统治地位。

作为一个七岁能诗的神童❷，王士禛的一生注定是一个传奇。作为满族统治下成长起来的第二代中国读书人的代表（明亡时王仅十岁），王对于效忠清廷并不介怀。他26岁即任扬州推官，开始走上仕途，不久就升迁至更高位置，直至70岁方致仕。清朝统治下能像他这样有如此杰出而漫长的仕宦生涯者十分鲜见。更为重要的是，作为当时的诗坛盟主，王士禛极受康熙皇帝宠爱，被钦点入翰林院成为皇帝的老师（翰林院侍讲）。他与康熙皇帝之间的君臣之谊还体现在后者曾多次赏赐给他御笔书画或代表皇帝尊严的牌匾。在皇帝的宠爱与冷落能决定一切的文化环境里，与最高统治者的这层友好而密切的关系顺理成章地使王士禛吸引了大批狂热的崇拜者。

---

❶ 原文为："诗自齐、楚分途以后，学诗者以此为先河，不能究宋、元诸大家之论，才晓断章，争唐争宋，特以一时为轻重高下，未尝毫发出于性情，年来遂有乡愿之诗"（黄宗羲《天岳禅师诗集序》，《南雷文定》第三集卷一）。
❷ 原作有误，当为"八岁能诗"，据《渔洋山人自撰年谱》，言其"年八岁，幼有'圣童'之目，肄业之暇，即私取《文选》、唐诗诵之。久之，学为五七字韵语。时西樵（按即渔洋六兄王士禄）为诸生，嗜为诗，见山人诗，甚喜，取刘顷阳一相所编《唐诗宿》中王、孟、常建、王昌龄、刘眘虚、韦应物、柳宗元数家诗，使手抄之。盛侍御珍示（按即盛符升，字珍示，昆山人，康熙进士，官至御史，与渔洋友善）曰：'先生八岁能诗，西樵吏部授以王裴诗法。'后三十年，书《考功年谱》后云：'文章经术，兄道兼师。'盖实录也。是年西樵补诸生。"

　　其实早在王士禛于 1678 年得到康熙皇帝首次青睐之前 20 年❶，他就凭借 1657 年所作的《秋柳诗》四章博得大名（该诗集中描写了山东济南大明湖的美景）。此诗一出，一时风头无两，和诗者数以百计，一个 23 岁的年轻诗人由此迅速确立了诗坛名家的地位❷。《秋柳诗》在诗坛和读者中产生如此轰动效应对王本人来说始料未及。当代学者严迪昌认为，王士禛正处在那段特定的历史转捩时期，因此其《秋柳诗》为读者所热情接受有其历史必然性。❸严迪昌所看到的是一种"新的诗"和一个"新时代"相互融汇而成的一种新的审美品位，这种审美品味在康熙皇帝治下的太平盛世时期显得尤为及时和恰当。这种新的审美品味被王士禛概括为"神韵"，其特征表现为温柔敦厚的语言表达和含蓄婉转的情感抒发。这恰恰与新朝的"文治"需求相契合。如果说严迪昌提出的"历史决定论"观点可能不会让所有人信服的话，那么更为有力的证据是，与王士禛同为明清之际杰出诗人的陈维崧也在其《王阮亭诗集序》中把王诗视为清平盛世下提升道德水平所需要的"诗教"典范。❶

　　正是由于王士禛诗的"诗教"作用，康熙皇帝以及后来的乾隆皇帝才对他如此推崇，而且这种做法不仅没有遭到读书人的抵触，相反还得到了许多传统文人的理解和共鸣。毋庸赘言，皇帝的推崇将为已经赢得时人尊重的诗人打开进一步提升名望和地位之门。王士禛由此确立了他作为文学

---

　　❶　王士禛于戊午年（1678）正月二十二日首次受到康熙皇帝的召见，次日即"改翰林院侍讲，迁侍读，入仕南书房"，成为有清一代汉臣自部曹改词臣的第一人。

　　❷　原作有误，当为 24 岁，据《渔洋山人自撰年谱》，言其"顺治十四年丁酉，二十四岁。八月游历下，集诸名士于明湖，举秋柳社。二东名士，如东武邱海石石常、清源柳公隆涛、任城杨圣宜通久兄弟、圣喻通睿、圣企、通俊、圣美通俶，益都孙仲孺宝侗辈咸集。赋《秋柳诗》四章，诗传四方，和者数百人。"

　　❸　严迪昌云："清代诗歌的衍变发展史上，王士禛'神韵'诗风的倡导和盛行，是个关系到一代诗歌演进走向的重大转折关键。它意味着甲申、乙酉以来，百派急湍、千帆竞扬的诗国格局将面临一次整饬和制约，以就范于新的'醇雅'、'正宗'之'一尊'。'风气原随世运移'。这种以一驭万的统领之策，正式新朝继'武功'之后而弘扬其'文治'所必须。王士禛则恰好具备最佳的条件，适应着特定的时机，成为'绝世风流润太平'的骚坛宗圣。……这应该说是一种必然的难以逆悖的趋势，所以，同时又是时代和某个特定人物之间双向选择的必然现象。"（严迪昌《清诗史》，台北：五南图书出版公司，1998：411。）

　　❶　陈维崧云："新城王阮亭先生，性情柔淡，被服典茂。其为诗歌也，温而能丽，娴雅而多则。览其义者，冲融懿美，如在成周极盛之时焉。……今值国家改玉之日，郊祀燕飨，次第举行，饮食男女，各言其欲。识者以为风俗醇厚，且夕可致，而一二士女尚忧家室之未靖，悯衣食之不给焉。阮亭先生既振兴诗教于上，而变风变雅之音渐以不作。"（《陈迦陵文集》卷一）

典范的核心地位，而对他的推崇也相应成为清朝统治者权力运作实施文治的一部分。

尽管如此，我们也不应忽视另外一个现象，那就是与王士禛同时且欣赏其作品的人大多是明朝遗民。他们试图从另一个角度阐释出他们认为的《秋柳诗》中所隐藏的作者对于前朝的忠诚与缅怀。《秋柳诗》当然可能只是王士禛抒发对南京秦淮河畔秦楼楚馆凋亡的哀悼之情，没有任何其他特殊的政治含义。但是，这并不妨碍这组诗歌的模糊性（这种模糊性又被诗中凄美而忧郁的模糊意象所强化）去激发读者深入探寻"秋柳"意象所蕴含的深长意味。《秋柳诗》四章之一，仅一句首联"秋来何处最销魂？残照西风白下门"，就可以唤起明遗民对前朝旧梦的追忆，因为南京的"白门"就象征着前朝逝去的辉煌。而尾联，"莫听临风三弄曲，玉关哀怨总难论"，则隐约传达了一种特别的挥之不去的忧郁怅惘之感。

在这个意义上，王士禛的"神韵说"以其超越文字传达出无限意味的含蓄式修辞方式❶，而在明遗民圈子中极受欢迎。因为这种诗歌修辞方式让他们得以安全地读诗和写诗，不用担心招致在清初不断升级的文字之祸。❷ 王士禛的前辈钱谦益在读罢《秋柳诗》之后，评价其中抒情的句子最为动人，因为它们巧妙地唤起了"一个人对他的国家的哀悼之情"，是《诗经·小雅》寓言手法的复兴。❸ 毋庸赘言，钱谦益的阅读策略是其个人创作美学的直接反映，在钱的作品中，历史典故通常以其局部的象征意味来强化作者真正想要表达的内在含义。这样的阅读和创作策略让我们想起列奥·斯特劳斯提出的一种特殊类型的文学观念，他说真正的意义只能在字里行间阅读理解。

文学作品并不是写给所有读者的，它仅对那些值得信赖的睿智读者敞开理解之门。它在具有私人交流的最大优点的同时免于私人交流的最

---

❶ 李奭学将之译为"言外意的修辞策略"，参见孙康宜著、李奭学译《词与文类研究》，北京大学出版社，2004年版，第30页。

❷ 参见宫晓卫著《中国古典文学基本知识丛书·王士禛》，上海：上海古籍出版社，1993年版，第18、57页。

❸ 钱谦益《王贻上诗集序》云："贻上之诗，文繁理富，衔华佩实，感时之作，侧怆于杜陵。缘情之什，缠绵于义山。……思深哉，小雅之复作也。"（《渔洋山人精华录·序》，上海：商务印书馆万有文库本，1937年版，第1页。）

大弊端：它能且只能触碰到熟悉其作者的读者的心灵。它又在具有公共交流的最大优点的同时免于公共交流最大的弊端：它不会给作者招致死刑。❶

无从考证王士禛是否预料到他的《秋柳诗》会像钱谦益及其他明遗民那样去解读。尽管在几十年后他的诗因为遭到一些莫须有的指控而在乾隆朝几乎被禁毁殆尽，但是乾隆皇帝亲自为他平反，并御批其诗并无叛逆之意❷。实际上王士禛可能已经意识到他的《秋柳诗》将来会成为政治批判的对象，所以他明确决定这些诗不收入自选集《渔洋山人精华录》（由王本人亲自编纂的一部精选集，1700 年出版）。该诗原序中确有一些极易引起读者误解的句子。❸

在王士禛生活的年代，明遗民诗人仍然在当时的文坛占据重要位置。尽管他们在政治地位上处于边缘地带，但毕竟他们是真正的汉文化的传承人，而且他们极为渴望通过继续掌握文学话语权来证明他们的忠信（trust-worthiness）。著名的代表人物有钱谦益、吴伟业、冒襄（辟疆）等人。他们本身创作颇丰，同时都欣赏年轻诗人王士禛的才华。而王正是通过与明遗民诗人紧密的联系才使他了解到亡明的传奇故事，也正是这些传奇构成了他早期诗歌的重要基础。从很多方面来看，似乎是清前期统治者的镇压和迫害政策使得老一辈的明遗民试图在文学世界中建构他们的新的富于幻想的空间。这种在镇压下作家被迫在文学创作上激发身份感和创造力的现象让我想起福柯的"专制权力"理论。这一理论可能会帮助我们更加深刻

---

❶ 列奥·斯特劳斯在这段话之前说："迫害产生出一种独特的写作技巧，从而产生出一种独特的著述类型：只要涉及至关重要的问题，真理就毫无例外地透过字里行间呈现出来。"（Persecution, then, gives rise to a peculiar technique of writing, and therewith to a peculiar type of litera-ture, in which the truth about all crucial things is presented exclusively between the lines.）（列奥·斯特劳斯著、刘锋译《迫害与写作艺术》，华夏出版社，2012 年版，第 19 页）

❷ 宫晓卫著《中国古典文学基本知识丛书·王士禛》，上海：上海古籍出版社，1993 年第 1 版，第 18 - 19 页。

❸《秋柳诗》序云："昔江南王子，感落叶以兴悲，金城司马，攀长条而陨涕。仆本恨人，性多感慨。情寄杨柳，同《小雅》之仆夫，致托悲秋，望湘皋之远者。""江南王子"指六朝时梁简文帝萧纲，在他的《秋兴赋》里，有"洞庭之叶初下，塞外之草前衰"之句，以秋日凄凉的景色，烘托出悲哀的感情。"金城司马"指东晋时大司马桓温。他在晚年经过金城时，见其早年在当地所种之柳"皆已十围，慨然曰：'木犹如此，人何以堪？'攀枝执条，泫然流泪。"（见《世说新语·言语》）为韶华已逝、生命迟暮而泪下。诗中浓重的幻灭之感恰与明遗民心态相契合，遂有大量和诗出现。

地认识到清前期文学的巨大力量。❶

还需要重点指出的是，在清前期主盟诗坛的明遗民诗人给了王士禛一个尊崇的封号"一代正宗"。因为他们从王身上看到了延续汉民族诗歌传统的真正希望。大多数明清之际的经典作品都体现出这种对传统延续的追求，尤其是对民族文化情感影响的延续。在这方面没有人能比德高望重、学富五车的钱谦益更能意识到文学影响的力量。钱甚至在他80多岁时，仍然以其自己的方式去奖掖年仅27岁的王士禛。二人第一次见面，王士禛就给钱谦益留下了深刻印象。后者高度评价前者，很快就将这位年轻的天才视为接班人。钱在《赠王贻上》一诗中说王诗就像"珠林"、"玉河"，且进一步评论道：

> 瓦釜正雷鸣，君其信所操。
>
> 勿以独角麟，俪彼万牛毛。

将王比作"独角麟"，可能是前辈诗人钱谦益给予这位年轻诗人的最高褒奖，同时钱毫不客气地用"万牛毛"来讽刺同时代其他诗人和诗论家们。钱欣然给王的诗集作序，将王誉为复兴时代一颗正在升起的明星。❷当王士禛晚年回忆起他青年时代的欢乐与挫折时，曾说钱谦益是他生命中第一个真正的知己。❸因此，不难理解为什么多年以后，王会将钱所作的这篇重要的序文放在其自选集《渔洋山人精华录》的开篇。

对钱谦益来说，王士禛似乎成为新时代的救赎。早自明末开始，钱就

---

❶ 福柯在其《性史》第二部分"压抑假说"中这样评价专制权力对言语的绝对控制时如是说："似乎是为了要在现实中完全控制住性，因而首先就必须在语言的层面制服它，控制住它在语言中的流通，将它从所说的话中清洗出去，清除使它过分明显地现出面目的字词。……通过检查制度来强制人们保持缄默。……然而，在话语的层面与范围之内，实际上发生的现象恰恰与之相反。关于性的话语一直呈稳步增长的态势。……正统的规范越来越严，很容易造成反面效果，使得不正经的言语得以稳固与加强。更重要的是在权力自身使用的范畴内关于性的话语的增殖。"（福柯著，张庭琛、林莉、范千红等译《性史》，上海科学技术文献出版社，1989年1月第1版，第15页）

❷ 序云："新城之坛墠，大振于声销灰烬之余。"

❸ 王士禛尝记其年甫弱冠之时以诗求教于钱谦益事，云："予初以诗贽于虞山钱先生，时年二十有八，其诗皆丙申年少作也。先生一见，欣然为序之。又赠长句，有'骐骥奋蹴踣，万马暗不骄；勿以独角麟，俪彼万牛毛'之句，盖用宋文宪公赠方正学语也。又采其诗入所纂《吾炙集》。……所以题拂而扬诩之者，无所不至。余尝有诗云：'不薄今人爱古人，龙门登处最嶙峋。山中柯烂蓬莱浅，又见先生制作新。''白首文章老巨公，未遗许友闽风。如何八代论骚雅，也许怜才到阿蒙。'今将五十年，回思往事，真平生第一知己也。"见《带经堂诗话》卷八第二十则。

对宗唐派的领袖，诸如李梦阳、李攀龙等，痴迷于对盛唐诗风亦步亦趋的模仿而感到失望。他也对竟陵派诗人如钟惺、谭元春等多有批判，因为后者在诗中通过使用光怪陆离的意象创造了一种庸俗的诗歌，以迎合大众的审美趣味。这些意象在同时代诗歌批评家眼中被视作亡国之兆。甚至对他们本人十分尊重的公安三袁兄弟，也认为他们的作品是有问题的。因为公安三袁所标举的"性情说"是以牺牲诗歌的形式美为代价的。对于钱来说，所有这些诗人都忽略了一个诗歌创作的基本原则，那就是诗人的学问和性情同等重要。最终，只有既富于传统学养又为当朝统治者所激赏而不介意其前朝出身的王士禛，代表了从旧时代到新时代读书人身份的延续性——这种身份是钱期盼已久的，从而似乎为传统诗歌点燃了新的希望。

事实上，一开始王士禛像钱谦益一样，试图跳出自明末以来的"宗唐"、"宗宋"之争，独立于混乱的各派学说之外。他不仅学习唐代大家的创作精髓，也向宋元以来的优秀诗人学习。此外，他还注意从六朝诗歌中汲取营养。❶ 而且和钱谦益不同，王士禛还能欣赏到明诗的真正价值。他说，明代最优秀的诗作出自于弘治到正德年间的四位名家之手，当然包括钱谦益曾严厉批评过的诗人和文学理论家李梦阳。因此，尽管钱王二人都努力寻找拯救诗坛时弊的良方，但和钱比起来，王士禛的批评观念更加包容。

正如奥斯卡·王尔德曾经强调的，"每一个门徒都从他的老师那里拿走一些东西"。王士禛能够树立文学权威的地位在很大程度上得力于钱谦益。从钱身上，王学到了有意识地学习传统经典从而奠定深厚的学养基础，以及诗歌创作的第一手经验。和钱一样，王强调文学创作和文学批评同等重要——一个优秀的批评家必须首先是一个合格的创作者。当代学者周策纵有一段话对钱王二人的观点作了十分准确的阐述：

> 传统观念认为：一个诗人的作品首先与其批评理论相关。我则认为颠倒过来才是对的。因为一个诗人的批评观更为深刻地决定于他自己诗歌创作的风格和类型。❷

---

❶ 是故，钱谦益称他"沿波讨源，平原之遗则也；截断众流，杼山之微言也；别裁伪体、转益多师，草堂之金丹大药也；平心易气、耽思旁讯，深知古学之由来。"（《王贻上诗集序》）

❷ 周策纵《一察自好——清代诗学测征》，清代学术研讨会论文集，台湾高雄：中山大学，1993 年 7 月。

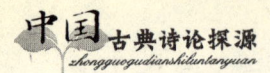

因此，尽管很多人认为王的"神韵说"是化用自唐代司空图的《二十四诗品》和南宋严羽的《沧浪诗话》，但是不能否认"神韵说"在很大程度上源自王自身的创作经验，从创作中衍生出其批评观念的本质。和司空图、严羽主要作为批评家相反，王士禛的文学史身份代表了明清之际坚持理论与实践相沟通平衡的一种"诗歌—批评"结合的新类型。而且他认为实践永远在理论之前。王士禛始终把"神韵说"作为他的诗歌创作训练的一部分。在兄长王世禄的教导下，王士禛从很小的时候就开始模仿王维和孟浩然的诗。可以说总体上王的诗歌洞察力来自于他观察山水的方式。当以后被问到何谓"神韵"时，王士禛强调"神韵"的本质可概括为"清"、"远"二字，并以六朝诗人谢灵运的山水诗为例。"清"明显指向纯洁明净的山水给予人的平静安宁的美感，而"远"则意味着超脱世俗的怀抱。

"清"、"远"二字似乎在提醒我们，为什么一个敏锐的旅行者钟爱凝视高远的天空和广袤的海洋。事实上，王士禛就是这样一个携诗而行的旅人。正如他在《居易录》中所说，从少年时代开始他就痴迷于山水之间。实际上，作为一个旅行者，他在被太湖美景深深震撼之后给自己起了一个著名的别号——"渔洋山人"。根据他的游记诗选《入吴记》的序言，"渔洋"是太湖边一座山的名字。当他漫游太湖时，住在一座寺庙里，古寺直接面对这座高山。日夜晨昏，他流连于云雾缭绕的山景之中，无限变幻的视觉美感溢于言表，这让诗人感到他和渔洋山之间似乎有一种宿命式的关联。这种强烈的感觉在他的心灵和审美上同时产生巨大震撼。从那一刻起，王士禛就称自己为"渔洋山人"。

旅行和创作给王士禛的生命提供了对自然山水的切身体验。在登山临水的旅途中，王士禛创作了他的大部分诗歌。这就可以解释为什么他在扬州的五年（1660—1665 年，这是他饱览南中国美景的大好机会）成为他生命中诗歌创作最丰富的五年。五年中，王士禛创作了超过 1000 首诗，占到他整个诗歌总量的近三分之一。王在旅行中写诗不仅是一个简单的创作行为，更重要的是一次心灵和精神上的重塑。暂时的"走出现实生活"为诗歌创作提供了更多的可能性。这不仅是精神上的自由，而且是休闲时的一种"游戏"。他在扬州时期所作诗歌的风格特别符合这种跳出正统（按：原文为 enlightenment，本义为"启迪，启发，启蒙"等，这里索其原意当为改变正统的作诗方式，以一种轻松自适的方式作诗）和游戏文字的感觉。这似乎暗示着他提出的"神韵"概念，其实是精神上的超越和无忧无虑的消遣行为的完美结合。因为"神"象征着对"形"的超越，是对事物表象作相似性描述的超越。而"韵"是指当你摆脱日常生活禁锢，享受其所带来的幸福感的那些瞬间。这一瞬间，无限的美可以在想象的境界中无尽延伸。事实上，王士禛在《香祖笔记》里曾用一个词"入禅"来描述王维和裴迪诗中非凡的特质，他说他们的诗能"立刻激发人的想象"（《香祖笔记》第一段）。同段中，他也以自己山水诗中的句子（皆作于扬州时期）为例来说明"入禅"和"神韵"的风格。

> 微雨过青山，漠漠寒烟织。
> 不见秣陵城，坐看晚秋色。
> 萧条秋雨夕，苍茫楚江晦。
> 时见一舟行，蒙蒙水云外。

这些诗句都用到了雾、雨、水等体现中国江南景色特点的意象。这些诗句的审美特质表现在当诗人远眺景色时会发出无限的美感联想，而诗人对这些特殊意象的使用在体现这一特质上颇为有效。"清"、"远"二字就是定义"神韵"不可缺少的两个特质。有趣的是，正是这类表现"神韵"的短章（尽管他自己也写过许多其他的特别长的诗歌）引起了清初读者（尤其是明遗民和入新朝为官的前朝汉族士人）的追捧。

前面我们已经提到，王士禛的"神韵说"常被视作一个符合新朝建立所需要的正确的诗歌典范，很大程度上是因为其温柔敦厚的诗风暗示着一个和平时代的到来。另一方面，许多明遗民喜欢读王士禛的诗是因为后者替前者表达了对亡明的怀旧之情。这种政治化的接受方式能否反映王士禛诗的本意众说不一，可能王更愿意他的诗歌是因其纯粹的审美意义上的"神韵"特质而为人们所欣赏。然而具有讽刺意味的是，正是这种不顾作者原本的创作意图，完全政治化的阐释最终使王士禛登上了文学典范的崇高地位。

还应当指出的是，作为在他的时代里最重要的作家，王士禛完全清楚"典范"在文化传承与发展上的重要意义。和大多数中国读书人一样，王士禛也希望在历史上、在文化传统记忆中留下自己的名字。哈罗德·布鲁

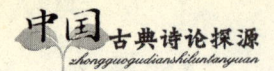

姆用于描述西方作家的"影响的焦虑",在中国文人身上也并非不适用。因为在中国文人身上,与前辈竞争的欲望与西方作家一样强烈。以王士禛为例,在诗歌创作方面他最尊重的前辈不是别人,正是前文已经提及的唐代大诗人王维。但是,王也同样尊敬宋代诗人苏轼,把他作为诗人与士大夫完美结合的典范,并且最终把苏轼作为效仿的榜样。王对苏轼的尊崇,既因为他的诗歌,也因为他的人格。这在他的许多文章中都能得到反映,其中最著名的当是《癸卯诗卷》序。更重要的是,王士禛把自己视作一位追蹑前贤足印的士大夫。苏轼曾当过扬州县令,而现在王士禛也在扬州踏出了他宦海浮沉的第一步。和苏轼一样,王士禛也喜欢和三五好友一起出游,而且特别喜欢在这样的场合下与朋友诗酒唱和。因此,他总是把这些唱和诗集中起来作为单独的选集出版,如《红桥唱和集》。事实上,王士禛的许多为读者和同行欣赏的优秀诗作都是在这种休闲的场合下写出来的。他的诗歌聚会如此之有名,模仿、吟诵他的诗歌的人如此众多,使他在当地很快建立起无与伦比的诗名。和苏轼一样,王士禛也能应付自如地协调繁杂的行政事务和旨在休闲的诗歌聚会。正如梅尔清(Tobie Meyer-Fong)在最近的一篇文章中所说:"这两种活动并非两件完全独立的事情。"可能通过这种社交聚会,同事和私交在轻松的气氛中把酒言欢。在这种气氛中,王士禛才能体验真正的举重若轻的感觉,也因此才能在展现诗才的同时袒露心声。换句话说,他的诗歌才华和世俗义务完美地结合在一起。事实上,王士禛在结合这二者上的能力让同时代的著名诗人吴伟业十分佩服,称他为"真天才",而明遗民诗人冒襄则把他描述成像上帝一般的人。在传统中国文人中,王士禛以其前辈苏轼为榜样,扩大了消遣行为的范畴,将其作为诗歌创造力的催化剂。

除了作品丰富以外,王士禛对同时代人给予慷慨的支持也让我们看到苏轼的影子。但是和苏轼不断在京城卷入权力集团的倾轧纷争不同,王士禛有着相对平稳顺利的仕宦生涯。1666年,他开始入朝为官,身处帝国的权力中心,他作为公共文化形象代表的名声明显得到增强。抵京后不久,王士禛就作为一个作品众多、才华横溢的诗人声名鹊起。随着他的自选集《渔洋集》在1669年的出版,王士禛奠定了他在北京文化活动中的核心地位。在他30多岁时,他已经拥有了诗歌和诗学大家的声望。很多人都寻求他的褒扬和鼓励。1678年,王士禛被康熙皇帝召见,"改翰林院侍讲,迁侍读，入仕南书房"，来自皇帝的认可和随后而来的升迁使其获得了一种新的权力。不久之后，王士禛就在其门下汇聚了大批门生，尤其是1680年后前辈诗人如钱谦益、吴伟业、龚鼎孳等人去世之后。据文献记载，立雪王门的青年诗人数以百计。王门弟子之众，让人想起钱谦益在明清之际领导的著名诗派——虞山派。但与钱将个人对诗歌风格的偏好强加于门下弟子，同时经常攻击与其观点不合的其他诗派不同，王士禛采取了一种更为灵活变通的方式，更加开放包容地对待其门下弟子包括那些年轻的杰出诗人。此外，钱谦益领导的诗派很大程度上局限于虞山本地，而王士禛对弟子的籍贯并无区别对待。例如，他在1680年编辑出版的《十子诗略》中，所有入选诗人均来自不同地域，而且在他们中仅有两三个人严格地遵循并实践着老师的"神韵"诗学，而剩下的多数诗人则呈现出多种不同风格。尽管如此，王士禛仍然承认他们是自己门下弟子。王士禛门生之一汪懋麟这样评价其师："吾师之弟子多矣，凡经指授，斐然成章，不名一格。"自然地，王士禛对向他求教的所有年轻后辈都不遗余力地给予支持。他在自己的《渔洋山人笔记》中引用他们的诗句，或在他编辑的选集中收入他们的作品，通过这些方式来为年轻后辈提供慷慨无私的褒扬。通过自己的崇高声望来提携年轻后辈，既是确立一种"经典"的包容性的途径，当然也是一种扩大个人社交网络的方式。不管怎样，这是王士禛和他的弟子们在清初采取的通向"经典"的新途径，而且对后世的受学者和施教者产生重大影响。

王士禛在其死后很长时间内，在帝国系统的文化和政治的支持下，仍旧持续发挥着巨大的影响力。1765年，乾隆皇帝赐王士禛谥号"文简"，并在圣旨中宣布：王士禛的诗应得到公共的褒奖和认可，因为其内容之"正"。❶ 其他重要诗学理论家，如沈德潜、翁方纲，也在"神韵"诗学的基础上进一步生发。尽管如此，王士禛作为典范诗人的权威地位并非没有挑战。甚至当他还活着的时候，就受到了赵执信（1662—1744）——一个比他年纪小的学者——的无数批评。赵执信是王的亲戚，他埋怨王士禛没有及时给他的书作序——这可能是二人有隙的起因。不久，赵执信出版了他的文学批评专集《谈龙录》，对王士禛的名誉造成极大破坏。此外，也

---

❶ 谕曰：绩学工诗，在本朝诸家中，流派较正，宜示褒，为稽古者劝。

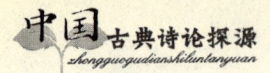

有其他的诗人和批评家就是不能欣赏王的诗歌风格，因此对他的典范地位提出了质疑。例如，18世纪的诗人袁枚称王无法与李白、杜甫、韩愈、苏轼这样的大家巨擘相提并论，因为王缺乏内在的"才力"。当代批评家钱钟书的批评更加尖锐："渔洋天赋不厚，才力颇薄，乃遁而言神韵妙悟，以自掩饰。"说他之所以提出"神韵"说这种以隐式修辞为尚的理论，就是因为要掩盖其缺少才力的先天不足。同时，王士禛在中国大陆也成为广泛批判的靶子，因为他的诗传达了一种封建贵族文化的腐朽消极倾向。直到今天，随着文化习惯得到更为广泛的改变，中国大陆学者王英志和严迪昌才开始给予王诗作为"新典范"地位所应有的评价。

"典范"形成的过程事实上是相当复杂的，因为它不可避免地涉及文化记忆的影响。当作家努力试图在民族文化记忆中占据一个永久的位置时，他们就会失望地发现：地位是无法永远保持的。古往今来，一些经典被确立随后又被人们相继遗忘。如何解释"经典被遗忘"的问题，除了单纯审美层面上的考虑外，还需要考虑当时文化和政治结构的语境。这一问题早已得到传统诗人和批评家的关注。在对于"典范"的讨论中，清代诗人和批评家袁枚提出了一个令人耳目一新的观点："大家"和"名家"是不同的，前者无论在任何时代环境下都会保持不朽，而后者只能在他生活的年代产生影响。有人把王士禛归类于那种伟大的作家（大家），其重要性和影响力将跨越时间的限制，但是很少有作家确切地知道他们自己是否能最终成为不朽。但是，我们至少能肯定一件事，王士禛是那些不断修改自己作品直到生命最后一刻的伟大作家之一。王士禛在1711年于病榻之上仍不辍笔，当时他一定想到了作为"典范"将要受到的挑战。事实上，哈罗德·布鲁姆的话特别适合用在这里："影响的焦虑使庸才沮丧，而使经典的天才振奋。"

论王士禛"神韵"诗学与
姜夔诗学之间的血缘关系

摘　要：清初著名诗论家王士禛在其诗论中引述南宋诗词名家姜夔之《白石道人诗说》达十则。王士禛所标举之"神韵说"从姜夔诗学之诗歌本体论（"诗有四种高妙"）、创作论（"意格欲高，句法欲响"）、体制论等论述中均得到沾溉，前后之间有着较为明显的血缘关系。

关键词：姜夔；王士禛；神韵；本体论；创作论

南宋诗词名家姜夔（1155—1221），字尧章，江西鄱阳人，自号白石道人，兼擅诗词，尤以词名重当世，又有诗学专著《白石道人诗说》传世。《四库全书总目提要》卷一六二"集部十五·别集类十五·白石诗集"条评姜夔诗及其《白石道人诗说》云："今观其诗，运思精密，而风格高秀，诚有拔于宋人之外者，傲视诸家，有以也。……夔又有《诗说一卷》。……观其所论，亦可见夔于斯事所得深也。"❶ 清人潘德舆《养一斋诗话》卷八评《白石道人诗说》云："宋人诗话，沧浪及岁寒堂两种外，足以鼎立者，殆为白石诗说乎？其说极简极精，极平极远，此道中金绳宝筏也。"❷ 又郭绍虞《宋诗话考》上卷"白石道人诗说"条云："此书论诗，脱尽恒蹊，在当时诗话中，亦确能独树一帜，于江西诗论披靡一世之后，《沧浪诗话》尚未流行以前，欲于诗话中窥当时诗论转变之迹者，当推此书矣。……此书称《诗说》而不称'诗话'，亦表示重在理论，与一

---

❶ （清）纪昀总纂《四库全书总目提要》，河北人民出版社，2000 年 3 月第 1 版，第 4162 – 4163 页。

❷ （清）潘德舆《养一斋诗话》，郭绍虞编选、富寿荪校点《清诗话续编》本，上海古籍出版社，1983 年版，第 4 册第 2131 页。

般诗话之述故事、尚考据者有别。"❶ 同时，郭绍虞还认为《白石道人诗说》由于成书于江西诗风底下之故，因此论诗主题集中在探究诗法和诗病上。❷ 蔡镇楚《中国诗话史》则认为该书涉及"辨体、立意、布局、措词、用事、写景、体物"等方面，虽"未脱江西藩篱"，但却"能从诗的本质特征上来探讨诗歌创作的内部规律，注重诗歌艺术风格的独创性与多样性"❸，这正是姜夔论诗"论点同于江西，论调则超于江西"的主要原因。

　　清初著名诗人、诗论家王士禛（1634—1711），字子真，一字贻上、豫孙，号阮亭，又号渔洋山人，世称王渔洋，以其"神韵说"主盟清初诗坛数十年。渔洋在其诗论中曾引述《白石道人诗说》十则，占后者总数（三十则）三分之一，而且这十则文字皆为白石诗说之精要。由此可见渔洋颇为推重《白石道人诗说》，他在《带经堂诗话》中也评价白石诗说虽"未到严沧浪"，但"颇亦足参微言"❹。从内容上看，渔洋引述《白石道人诗说》之主要目的是为了佐证其"神韵说"，因此所引文字多与"言外之意"之诗学观念直接相关；从性质上看，渔洋之引述集中于白石对诗歌本体与创作方法的探究之上，可见渔洋与白石在诗歌本体论与创作论的观点上具有一脉相承的血缘关系。

　　渔洋引述《白石道人诗说》，主要见于《带经堂诗话》卷三"真诀类"第一则：

　　姜白石诗说云：僻事实用，熟事虚用。学有余而约以用之，善用事者也；意有余而约以尽之，善措辞者也。❺ 句中无余字，篇中无长语，非善之善者也；句中有余味，篇终有余意，善之善者也。始于意格，成于句字。诗有四种高妙：一曰理高妙，二曰意高妙，三曰想高妙，四曰自然高妙。

❶ 郭绍虞《宋诗话考》，中华书局，1979 年版，第 92 页。
❷ 郭绍虞认为姜夔论诗法、诗病，论点虽与江西诗派相似，但识见则高于江西诗派："是书论诗亦重诗法与诗病。……似仍不脱江西诗人之口吻。但彼所谓'病'，谓'名家者各有一病'，指示学诗者勿学人之疵，则勘进一层矣。……彼所谓'法'，有章法句法之分。大篇之布置以'首尾停匀，腰腹肥满'，为章法之标准；以'句意欲深欲远，句调欲清欲古欲和'为句法之标准。则与求工于句字，讲诗眼讲用字者又高一着矣。论点同于江西，论调则超于江西矣。"
❸ 蔡镇楚《中国诗话史》，长沙：湖南文艺出版社，1988 年版，第 103 页。
❹ （清）王士禛著，（清）张宗柟纂集，戴鸿森点校《带经堂诗话》，北京：人民文学出版社，1998 年版，第 76 页。
❺《香祖笔记》云："有数则可取，录之：人所易言，我寡言之；人所难言，我易言之。难说处，一语而尽，易说处，莫便放过。"《笔记》还有"篇终出人意表，或反终篇之意皆妙"二句。

一篇全在结句：如截奔马，辞意俱尽；如临水送将归，辞尽意不尽；若夫意尽辞不尽，剡溪归棹是也；辞意俱不尽，温伯雪子是也。一家之言，自有一家之风味，如乐之二十四调，各有韵声，乃是归宿处；模仿者，语虽似之，韵则亡矣。右论诗未到严沧浪，颇亦足参微言。❶

此处渔洋引述了九条《白石道人诗说》的文字。其中"诗有四种高妙"及"一家之言，自有一家之风味"两则，属于白石在诗歌本体论层面所进行的讨论；另外七则，可视为白石在创作论上的主要观点。笔者拟就本体论与创作论分而述之。

一、渔洋与白石在诗歌本体论上的血缘关系

渔洋所录"诗有四种高妙"，语出《白石道人诗说》第二十七则，白石原文如下：

诗有四种高妙：一曰理高妙，二曰意高妙，三曰想高妙，四曰自然高妙。碍而实通，曰理高妙；出自意外，曰意高妙；写出幽微，如清潭见底，曰想高妙；非奇非怪，剥落文彩，知其妙而不知其所以妙，曰自然高妙。❷

此处涉及三个问题：第一，如何理解"高妙"的性质？第二，白石对诗之四种"高妙"作何界说？第三，白石之"高妙"说给予渔洋"神韵说"何种启发？

先说第一点，即对"高妙"的性质如何理解的问题。"高妙"一词乃是价值判断语，在其背后实际蕴含着某种理想，而这种理想是属于诗歌美学的层面。本此，我们可以将白石对"高妙"的论述定位为他对诗歌美学理想的论述，亦即"诗有四种高妙"实际上就是白石所追求的四种诗歌美学理想。

再说第二点，白石如何界说这四种诗歌美学理想。先说"理高妙"。

---

❶ 《带经堂诗话》，第76页。
❷ （南宋）姜夔《白石道人诗说》，（清）何文焕辑《历代诗话》本，北京：中华书局，1982年版，第682页。

在探究白石为何将"理高妙"界说为"碍而实通"之前，先就"理高妙"之"理"字略作疏证。《中国文学批评通史（宋金元卷）》尝评价白石之"理高妙"云："在宋代理学活跃的思想环境中，姜氏提出'理高妙'，与时代同步。"❶ 但是，白石所言之"理"与理学家所尊崇之"理"犁然有异，前者是就诗歌艺术特有之"理"而言，后者则是将"天理"与"人欲"、"道"与"文"两极对立，走向存天理灭人欲，舍文而就道的一端，几乎完全否定了艺术存在的价值。北宋理学家程颐对于"道"与"艺"的态度，正可视作这种"文道"观之典型代表，程颐云：

> 子弟凡百玩好，皆夺志。至于书札，于儒者事最近，然一向好着，亦自丧志。如王、虞、颜、柳辈，诚为好人则有之。曾见有善书者知道否？平生精力一用于此，非惟徒废时日，于道便有妨处，足知丧志也。❷

又云：

> 凡为文不专意，则不工；若专意，则志局于此，又安能与天地同其大也？书曰玩物丧志，为文亦玩物也。……古之学者，惟务养情性，其它则不学。今为文者，专务章句，悦人耳目。既务悦人，非俳优而何？❸

又云：

> 某素不作诗，亦非是禁止不作，但不欲为此闲言语。且如今言能诗，无如杜甫，如云"穿花蛱蝶深深见，点水蜻蜓款款飞"。如此闲言语，道出做甚？某所以不常作诗。❹

程氏认为工书、为文、能诗者，妨道丧志、徒废时日，与儒者证道修行之正举相互冲突，故主张"为文"即"玩物"，"玩物"则"丧志"，直斥艺术家为悦人耳目的俳优。因此即便如杜甫《曲江》诗这类能表现出诗人对万物的亲切与衷情，深具感发生命力量的诗句，程氏一概认为是与"道"无关的"闲言语"，从而否定其存在的意义。这种反

---

❶ 顾易生、蒋凡、刘明今著《中国文学批评通史（宋金元卷）》，上海：上海古籍出版社，1996 年版，第 509 页。
❷ （北宋）程颐、程颢《二程集·河南程氏遗书》，北京：中华书局，1981 年版，第 8 页。
❸《二程集·河南程氏遗书》，第 239 页。
❹《二程集·河南程氏遗书》，第 239 页。

艺术的心态，显然是文道对立观的产物。殊不知艺术也是通往"真理"的康庄大道，换言之，并非只有道德或宗教才是通往真理的唯一途径，艺术同样也可以彰显出真理的存在。近代西方哲学家海德格尔（Martin Heidegger，1889—1976）在《艺术作品的本源》一文中如是说："真理把自身设立于由真理开启出来的存在者之中的一种根本性方式，就是真理的自行设置入作品。"而"作为真理之自行设置入作品，艺术就是诗。……艺术的本质是诗，而诗的本质是真理之创建。"❶可见艺术有其自身的存在价值，不用也不能附庸在特定领域或学科之下。就此而言，艺术之"理"并不一定要等于哲学之"理"。盖哲学之"理"，起源于人类的理性之光；而艺术之"理"，则植根于人们自太初洪荒时即萌发的审美意识，以及与生俱来对美的事物的直觉。白石所谓"理"者，就是专就艺术特有之情理而言。

在明白理学之"理"与艺术之"理"不同以后，我们就不难理解为何白石将"碍而实通"作为"理高妙"的内涵。《中国文学批评通史（宋金元卷）》认为，白石是以"碍而实通"来反驳当时理学家认定"诗人无理"、"作诗害道"的说法。白石认为诗歌并非无"理"，只是道学家的"理语"与文学家的"理趣"，性质判然有别，不可等同。"碍而实通"就是说许多现象在经验世界内无法成立或无由发生的不可思议的现象，经由作家艺术直觉的"妙用"及读者艺术直觉的"妙悟"之后，都可以出现在诗歌的美学世界里。"碍"是想象之物在现实世界内的不可能，"通"则是想象之物在美学世界里的完成，这就是所谓的"理高妙"。

由此可知白石所谓的"理高妙"，其实是他作为一个艺术家，从艺术特有之"理"的角度出发，大胆突破时代思维的局限而提出的美学理想。这一美学理想具有两层意义：（1）承认并正视以理性活动为主的哲学领域和以直觉活动为主的诗歌领域之间的差异，倘若哲学与诗歌在本质上被混淆，就意味着彼此没有自己的独立地位，这不仅是诗歌的不幸，同时也是

---

❶ 孙周兴选编《海德格尔选集》，上海三联书店，1996年版，第295页。同文另译作："真理在它敞开了的众在者中确立自身的根本方式就是将自身置入艺术作品。""作为真理之投入活动的艺术就是诗。……艺术的本性是诗，而诗的本性是真理的确立。"（参见成穷、余虹、作虹译，唐有伯校《海德格尔诗学论文集》，武昌：华中师范大学出版社，1992年版，第55、67页。）

哲学的不幸。这种观念其实已经开启了严羽所谓"诗有别趣,非关理也"(《沧浪诗话·诗辨》)的先声。(2)解释了许多在理性分析领域内无法成立的现象却在艺术领域里往往获得认可甚至赞赏的原因,例如,王维画雪中芭蕉❶。盖艺术重在想象,出现在美感世界中的情景,虽以经验世界为基础,却不必尽然符合对应于现实的经验世界。

次说"意高妙"。白石解释为"出自意外",是其从诗歌造意角度出发所进行的讨论。所谓"出自意外",就是说艺术家能在创意构思上别出心裁,出乎读者意料之外,从而达到出奇制胜的美学效果。如北宋诗人黄庭坚《题摹燕郭尚父图》一文,记画家李伯时作飞将军李广夺胡儿马图,可作为"意高妙"之代表:

> 往时李伯时为余作李广夺胡儿马,挟儿南驰,取胡儿弓引满以拟追骑,观箭锋所直发之人马,皆应弦也。伯时笑曰:"使俗子为之,当作中箭追骑矣。"余因此深悟画格。此与文章同一关纽,但难得人人神会耳。❷

这幅画题材取自《史记·李将军列传》中西汉名将李广夺马挟胡儿南行,取胡弓射杀追骑的故事。李伯时作画所取的场景是李广拉满弓、准备射杀胡骑的一幕。在这幕情境里,全部胡骑都在李广的攻击范围内,每个胡儿都有中箭的可能,情势紧张,接续会有怎样的发展难以预测。李伯时采用画面大量"留白"的做法,确实给了观者极大的想象空间,赋予了观者参与画中情节的权力。这种画法相当出人意表,一般俗匠作画不能领悟个中妙处,因此李伯时笑说,使俗子为之,当作中箭追骑,即李广放箭击杀追骑,数胡儿中箭落马的一幕,这就等于直接告知观者该事件的结果,大量缩减了观者的想象空间,降低了观者参与画内场景的可能性。若借当代接受美学大师伊瑟尔(Wolfgang Iser,1926—)的阅读现象学理论来阐释,可以说李伯时正在建构一个"空白"(Blanks)

---

❶ 关于王维画雪中芭蕉的记录与讨论,最早出现于北宋沈括《梦溪笔谈》卷十七《书画》中:"书画之妙,当以神会,难可以形器求也。世之观画者,多能指摘其形象位置、彩色瑕疵而已,至于奥理冥造者,罕见其人。如彦远画评,言'王维画物,多不问四时,如画花往往以桃、杏、芙蓉、莲花同画一景'。予家所藏摩诘画袁安卧雪图,有雪中芭蕉,此乃得心应手,意到便成,故造理入神,迥得天意,此难可与俗人论也。"((北宋)沈括撰,胡道静校证《梦溪笔谈校证》,上海:上海古籍出版社,1987年版,第542页。)

❷ (北宋)黄庭坚《豫章黄先生文集》,台北:台湾商务印书馆,1975年版,第304页。

图式，以便能让观者经由观赏活动，填补图画文本内的"空白"，❶所谓的"言外之意"或"余韵"，就在画面与观者的交流活动当中产生。而俗子作画之所以缺乏"言外之意"或"余韵"，就是画中的"空白"图式太少或者根本没有。若以诗歌为对象，则清代诗论家叶燮《原诗·内篇下》第五则的说法，可作为"意高妙"的例证。叶燮举杜甫《宿左省》"月傍九霄多"句为例：

> 从来言月者，只有言圆缺、言明暗、言升沉、言高下，未有言多少者。若俗儒，不曰"月傍九霄明"，则曰"月傍九霄高"。以为景象真而使字切矣。今曰"多"，不知月本来多乎？抑"傍九霄"而始"多"乎？不知月"多"乎？月所照之境"多"乎？有不可名言者。试想当时之情景，非言"明"言"高"言"升"可得，而惟此"多"字可以尽括此夜宫殿当前之景象。他人共见之，而不能知、不能言，惟甫见而知之、而能言之。❷

如叶燮所说，作为天体的月亮，仅存在状态上的阴晴圆缺之分，以及位置上的升降高低之别，杜甫之前从来没有人以"多"形容月亮。叶燮在分析"月傍九霄多"的各种可能状况后，认为杜甫之所以用"多"字，而不用"明"、"高"等，是因为只有"多"字能全部概括当时的所有景象。杜甫用"多"来形容月亮，正是见人所不能见，道人所不能道者，因此在使读者产生陌生感中引发出意想不到的美学效果，这就是白石所说的"意高妙"。除此之外，如叶燮后文所举之例，如李白《蜀道难》的"蜀道之难，难于上青天"、李益《宫怨》的"似将海水添宫漏，共滴长门一夜长"、王之涣《出塞》的"羌笛何须怨杨柳，春风不度玉门关"、李贺《金铜仙人辞汉歌》的"衰兰送客咸阳道，天若有情天亦老"、王昌龄

---

❶ 伊瑟尔在《阅读过程中的被动综合》一文中说："作者并没有提出自己所意想的惊奇形象，他留给读者自己去补上。然而，他向读者提供了一些图式，并把这些图式明确地展现成一系列的方面。……读者的观点是受到制约的；无论他个别的具体形象是怎样，形象的内容总受着篇章的图式的支配。……篇章推动了存在于各种各类的读者的主观知识，并将这种知识导向一个特殊的目的。无论读者的这种知识有多少不同，他们的主观贡献是受到既定的架构的控制的。图式恍如虚空的形式，等待读者把自己丰富的知识灌注进去。（参见郑树森编《现象学与文学批评》，台北：东大图书公司，1991年版，第95页。）

❷ （清）叶燮著，霍松林校注《原诗》，北京：人民文学出版社，1998年版，第31页。

《长信怨》的"玉颜不及寒鸦色,犹带昭阳日影来"等作品,都可划归到"意高妙"的范围里,限于篇幅,此处不赘。

再说"想高妙"。白石以形象化的说法"写出幽微,如清潭见底",勾勒出"想高妙"的内涵,同时也隐隐将"想高妙"定位为写作技巧层次上的问题。所谓"写出幽微,如清潭见底",就是要求诗人运用敏锐的观察力及细腻的笔法,捕捉并描写出对象事物最本质的部分。对象事物的本质在诗人笔下,就像是可以一眼窥视到底蕴的清潭般那样澄澈,这就是白石口中的"写出幽微"。由此可见,"想高妙"是以笔法的细腻、曲折、深刻、亲切见长,举例言之,如王维《秋夜独坐》的"雨中山果落,灯下草虫鸣"、《山居秋暝》的"明月松间照,清泉石上流",杜甫《题省中院壁》的"落花游丝白日静,鸣鸠乳燕青春深",陆龟蒙《和袭美木兰后池三咏》之《白莲》的"无情有恨何人觉,月晓风清欲堕时",等等,都属于"想高妙"的作品。平心而论,由于"想高妙"大多经由写作技巧而达成,要成就诗歌的"想高妙",并非特别困难的事,因此在四种高妙中,以此种最易得见。

最后说"自然高妙"。白石将"自然高妙"解释为"非奇非怪,剥落文彩,知其妙而不知其所以妙",则是从诗歌的整体美感境界出发所提出的美学理想。所谓"非奇非怪,剥落文彩"是说诗人直致所得,并不刻意雕琢诗歌语言,所以整首诗有浑然天成之美而无斧凿削刻之迹。"知其妙而不知其所以妙",意谓作诗的技巧已达到如庄子所说庖丁解牛的神乎其技的境界,不着绳削、浑然天成。能臻此境界的作品,不能像其他三种高妙,以理、以意、以想来求索寻绎,而是正如严沧浪所说的"不涉理路,不落言诠"。本此,符合"自然高妙"理想的作品,大抵有着造语平淡却余韵不尽,多道平常景物却清新隽永的特色。所谓"自然高妙"的诗作,可以陶渊明诗歌为代表。白石曾对陶渊明诗作如此评价:

> 陶渊明天资既高,诣趣又远,故其诗庄而散、澹而腴,断不容作邯郸步也。❶

将"自然高妙"的说法与此段评价作对比,我们可以发现陶诗在语言

---

❶ 《白石道人诗说》,第681页。

上的"庄而散、澹而腴",相当于"自然高妙"里强调的"非奇非怪,剥落文彩";陶诗"诣趣又远"的境界与"断不容作邯郸步"的特点,恰恰又符合于"自然高妙"强调的"知其妙而不知其所以妙"。白石似乎是以陶诗作为"非奇非怪,剥落文彩,知其妙而不知其所以妙"的论述蓝本,其"自然高妙"等同于天籁之音的美感境界,就此而言,陶诗无疑是"自然高妙"的典范作品。

在厘清"四种高妙"的内涵后,我们可以接着讨论第三点,即白石"诗有四种高妙"说,给予王渔洋"神韵说"何种启发。综合上文论述,"高妙"说是姜夔从诗歌的四个不同层面出发,对四种诗歌美学理想的讨论。"意高妙"的"出自意外"与"想高妙"的"写出幽微,如清潭见底",是白石从造意与写作技巧层面所表达的诗歌美学理想。造意与写作技巧同诗歌的意义面与修辞面,有着直接的联系,这属于诗歌的形式结构,是比较具体而容易掌握的部分。至于"理高妙"的"碍而实通"与"自然高妙"的"非奇非怪,剥落文彩,知其妙而不知其所以妙",则是白石由诗歌特有之"理"与诗歌的整体美感境界层面,对其诗歌美学理想所作的论述,这属于诗歌的本质结构。❶ 可见同"意高妙"、"想高妙"相较,"理高妙"和"自然高妙"在性质上是更难以掌握的。渔洋论诗,时人施闰章(1618—1683)已有"如华严楼阁,弹指即现,又如仙人五城十

---

❶ "自然高妙"的论述,已相当于近代现象学美学家英伽登(Roman Ingarden, 1893—1970)在《文学的艺术作品》一书中所提出的文学作品的"形而上质"(Metaphysical Qualities)。"形而上质"是英伽登美学中的一个重要概念,是指读者在作品当中感受到的某种特性或特质,诸如"崇高"、"悲剧性"、"神圣"、"恐惧"、"伤感"等。英伽登说,形而上质"揭示了生命和存在的更深的意义,进一步说,它们自身构成了那常常被隐藏的意义,当我们领悟到它们的时候,如海德格尔会说的,我们经常视而不见的,在日常生活中几乎感受不到的存在的深度和本原就向我们心灵的眼睛开启了"。英伽登通过现象学的分析,认为文学作品的结构,包括四个异质又彼此依赖的层次,它们分别是:(1)字音和建立在字音基础上的高级的语音构造;(2)意义单元;(3)由各种图式化观相、观相连续体和观相系列构成的层次;(4)再现的客体。上述的各层与各层之间是种"复调和声"(Polyphonic Harmony)的关系,透过这种层与层间的统一协调与"复调和声",文学作品是可能产生出"形而上质"的。由此可知,"形而上质"凌驾于上述文学作品的四个层次之上。不过英伽登认为,不是所有文学作品都具备"形而上质","形而上质"只出现在伟大作品的身上,可见"形而上质"正代表文学作品最高的美学价值。[参见胡经之、王岳川主编《文艺美学方法论》,北京:北京大学出版社,1998年版,第285页;(美)R. 玛格欧纳(Robert R. Magliola)著,王岳川、兰菲译《文艺现象学》(Phenomenology and Literature),北京:文化艺术出版社,1992年版,第127页。]

二楼，缥缈俱在天际"❶ 之喻，可见"神韵说"有时或涉及造意及写作技巧的形式结构问题，但毕竟对诗歌本质结构的讨论，才是整个"神韵说"的主题。本此而言，白石所提出的"理高妙"与"自然高妙"是四种美学理想之中，最能获得渔洋会心颔首的部分。

渔洋深契白石"碍而实通，曰理高妙"的说法。"理高妙"的"碍而实通"在渔洋的论述里，表现为所谓的"兴会超妙"或"兴会神到"。《带经堂诗话》卷三《仁兴类》第三则载：

> 香炉峰在东林寺东南，下即白乐天草堂故址；峰不甚高，而江文通从冠军建平王登香炉峰诗云："日落长沙渚，层阴万里生。"长沙去庐山二千余里，香炉何缘见之？孟浩然下赣石诗："暝帆何处泊？遥指落星湾。"落星在南康府，去赣亦千余里，顺流乘风，即非一日可达。古人诗只取兴会超妙，不似后人章句，但作记里鼓也。❷

江淹《从冠军建平王登香炉峰》一诗，主要描述其登临庐山香炉峰的所见所感，渔洋所举的诗句"日落长沙渚，层阴万里生"，主要是江淹描绘登香炉峰时看到的日暮奇景。然而如渔洋所说，长沙一地距离庐山有两千里之遥，江淹如何可能在香炉峰上看到长沙日落"层阴万里生"的景观呢？同样，孟浩然的《下赣石》一诗说诗人此刻将自江西扬帆而行，预计傍晚时分到南康府的落星湾停帆夜宿。然而落星湾距离江西亦有千里之远，即便顺风而下，也不可能一日到达，何以孟浩然出此狂语呢？渔洋对此做出解释，以为这类是经由"兴会"而来的作品，并不需也不必符合于客观现象，可见"兴会"就是兴发感会、仁兴而就，用现代文艺理论术语说就是"艺术直觉"的活动。❸ 盖在"艺术直觉"的活动过程中，具有"寂然凝虑，思接千载；悄然动容，视通万里。吟

---

❶ 《带经堂诗话》，第 79 页。

❷ 《带经堂诗话》，第 68 页。

❸ 关于"兴会"一词，当代学者张健在《清代诗学研究》一书中这样解释："所谓兴会，即是感兴的创作状态，在这种创作状态中，对于物象的选择与组织完全受制于诗人的意兴，意兴之所至并不管此物象是否符合客观现实的真实，此即所谓兴会神到。"张健《清代诗学研究》，北京：北京大学出版社，1999 年版，第 460 页。

咏之间，吐纳珠玉之声；眉睫之前，卷舒风云之色"❶ 的特征。本乎这个原理，渔洋后学张宗柟补充阐述说此是"诗家唯论兴会，道里远近不必尽合，此神到之作，古人有之，后人借口不得"❷。渔洋引江淹"日落长沙渚，层阴万里生"和孟浩然"暝帆何处泊？遥指落星湾"等诗句所讨论的"兴会超妙"，其实相当于白石"碍而实通"的"理高妙"。如前文所述，"碍"是客观现实内的"理"滞碍难行，"通"则是艺术领域内的"理"通达顺畅，"理高妙"能"碍而实通"，完全是艺术领域内的艺术直觉产生作用后的结果。

此外，在《带经堂诗话》卷三《仁兴类》第四则里，渔洋也有类似上述的说法：

> 世谓王右丞画雪中芭蕉，其诗亦然。如"九江枫树几回青，一片扬州五湖白"，下连用兰陵镇、富春郭、石头城诸地名，皆寥远不相属。大抵古人诗画，只取兴会神到，若刻舟缘木求之，失其指矣。❸

在现实世界里，生长在炎热气候下的芭蕉，是绝不可能出现在大雪纷飞的严冬时节的。倘从这一理性的角度出发，审视王维画芭蕉于雪中这一画面时，雪中芭蕉显然与现实情理相悖。我们使用理性推断的结果，将会得出王维连芭蕉的基本属性、天地的寒暑节气都无法分辨，雪中芭蕉之作是臆想荒谬、严重违逆实际情况的结论。然而雪中芭蕉之妙，恰恰妙在与情理相悖，这妙处不是观者使用理性所能推求得到的。因为雪中芭蕉是件艺术品，所以应当以艺术的眼光去欣赏它，而不是考究其与真实是否相符。因此，沈括才说观者不能用理性的态度，去理解品评王维的雪中芭蕉图，而是应当以"神会"的方式，使用"艺术直觉"加以把握。盖王维之画雪中芭蕉，目的并不在写生活周遭之实，所以不必与经验世界的现象相符，其主要目的在于透过想象皑皑白雪中那一株翠绿芭蕉来表现自己在美感想象的一刹那感受到的勃勃生机，此即沈括评论的"此乃得心应手，意到便成"之意。换言之，雪中芭蕉是件抒情性的作品，而非写实式的作

---

❶ 语出刘勰《文心雕龙·神思第二十六》（（梁）刘勰著，詹瑛义证《文心雕龙义证》，上海：上海古籍出版社，1999年版，第975页。）

❷ 《带经堂诗话》，第68页。

❸ 《带经堂诗话》，第68页。

品，它是王维胸中情怀的瞬间流露，属于美感世界里的存在，而非现实世界的此在。❶综上论述，王维画雪中芭蕉可以说揭示了两个艺术原理：第一，现实的经验世界与艺术的美感世界并不是同一的。经验世界固然有其真实性，但其真实性只能适用在经验世界之中，美感世界亦然。第二，艺术世界内所描绘的情景，不必然要顺从于经验世界的规律。渔洋在引文里举王维诗为例，说明王维作诗同样能得其画雪中芭蕉之意，渔洋称此为"兴会神到"，这就相当于前述之"兴会超妙"，此处不再赘述。

此外，白石所言"自然高妙"，也与渔洋"神韵说"所力求之诗歌美境一致。《白石道人诗说》第二十五则云："自然学到，其为天一也。"❷"自然"与"学到"相对，意谓白石认为"自然"与"学力"之间，并无因果关系，"自然"就是一种无须经由"学力"而成的浑然天成之境。对此，当代学者张少康、刘三富合著《中国文学理论批评发展史》曾作精辟阐述："它就像绘画中的'逸品'一样，与造化相契合，有浑然天成之迹。这和后来严羽所说'玲珑透彻，不可凑泊'已很接近了。"❸渔洋在《带经堂诗话》卷三《入神类》第四则中说，李白的《夜泊牛渚怀古》和孟浩然的《晚泊浔阳望庐山》二诗能得司空图"不着一字，尽得风流"之旨，并以为："诗自此，色相俱空，政如羚羊挂角，无迹可求，画家所谓

---

❶ 元代画家倪瓒《跋画竹》一文阐述了以画竹写胸中逸气，正代表了这种美学思考："余之竹聊以写胸中逸气耳，岂复较其似与非，叶之繁与疏，枝之斜与直哉？或涂抹久之，他人视以为麻为芦，仆亦不能强辨为竹。"（《清閟阁集》卷九，《文渊阁四库全书·集部·一五九》，台北：台湾商务印书馆，1983年版。）北宋诗僧惠洪在《冷斋夜话》卷四《诗忌》条里的说法，亦可作为此处讨论的旁证："诗者，妙观逸想之所寓也，岂可限以绳墨哉！如王维画雪中芭蕉，自法眼观之，知其神情寄遇于物，俗论则讥以为不知寒暑。"（吴文治主编《宋诗话全编·第三册·惠洪诗话·冷斋夜话》，南京：江苏古籍出版社，1998年版，第2441页。）惠洪说，诗是"妙观逸想之所寓"，就等于认定了诗中的美感世界与现实的经验世界并非同一性质。也由于诗的美感世界是由"妙观逸想"所构成的，因此当俗人以认识客观世界的理性尺度，去衡量诗歌的美感世界时，则会有讥笑王维雪中芭蕉图是"不知寒暑"的类似状况发生。惠洪深明此理，所以他用"艺术直觉"体会到雪中芭蕉是王维精神风姿的具体化。这恰恰与俗论的批评形成一个强烈的对比，惠洪看到雪中芭蕉是个艺术品，因此画中有无寒暑不分的矛盾并不重要，重要的是体会到雪中芭蕉是王维"神情寄遇"之物，那也就足够了。

❷ 《白石道人诗说》，第682页。"自然学到，其为天一也"句，《宋诗话全编·姜夔诗话·白石道人诗说》所据的清乾隆刊巾箱本《白石道人诗说》作"自然与学道，其为天一也"，意思较为通豁，详见该书第7550页。

❸ 张少康、刘三富著《中国文学理论批评发展史（下卷）》，北京：北京大学出版社，1997年版，第93页。

逸品是也。"❶"色相俱空"就是种浑然无迹的境界,而"羚羊挂角,无迹可求"即"色相俱空"之意。渔洋不仅用"色相俱空"比喻其心目中理想的诗境,甚至也拿画品中的"逸品"对此理想诗境进行模拟。笔者在前章里已对此有颇详细的讨论,所以不再详述,笔者在这里想说明的是,渔洋认为诗歌理想境界要"色相俱空"、浑然无迹,其实已经相当于"自然高妙"追求的"知其妙而不知其所以妙"。渔洋之所以特别能默契姜夔"自然高妙"的说法,也正在于此。

除"诗有四种高妙"之外,渔洋对白石诗歌本体论的引述,还有"一家之言,自有一家之风味,如乐之二十四调,各有韵声,乃是归宿处;模仿者,语虽似之,韵则亡矣",语出《白石道人诗说》第二十九则:

> 一家之语,自有一家之风味。如乐之二十四调,各有韵声,乃是归宿处。模仿者语虽似之,韵亦无矣。鸡林其可欺哉!❷

此则白石借乐调韵声之说比喻创作主体性情与诗歌风格间的关系及诗歌作品当具独创性。由是又可引出三个问题:第一,何谓创作主体的性情;第二,姜夔认为创作主体的性情对诗歌的风格有何影响,换言之,作者与作品之间关系作何定位;第三,诗歌作品的独创性问题。

先讨论第一点。关于创作主体的性情,我们不妨将之理解为作者天赋气质与生命体验的综合体。大抵来说,作者之天赋气质源于其自然性情❸,而生命体验则是作者作为一个海德格尔口中的"此在"(Dasein),在不定空间、时间下的特有生活体验,变动的幅度自然远较前者为大。两者之间的关联是作者的天赋气质会影响到其生命体验的开展,同样,作者的生命

---

❶ 《带经堂诗话》,第70-71页。

❷ 《白石道人诗说》,第683页。"鸡林"一词,见于唐元稹《白氏长庆集序》:"鸡林贾人求市颇切,自云:本国宰相每以百金换一篇。其甚伪者,宰相辄能辨别之。"((唐)元稹撰,冀勤点校《元稹集》卷五十一,北京:中华书局,2000年版,第555页)又明王世贞《艺苑卮言》卷八第十七则载:"元和中,鸡林贾人元白诗云:东国宰相以百金易一篇,伪者辄能辨。"(丁福保辑《历代诗话续编·艺苑卮言》,北京:中华书局,1997年版,第1076页)可见"鸡林"原是朝鲜古国新罗的旧称,又可借以指称鸡林一地的商贾,白石则用以指称辨诗行家。"鸡林岂可欺哉"就是说经模仿而来的诗作,即使模仿得再如何维妙维肖,始终不是作者性情之所发,非本色当行,仍会被具金刚眼睛的诗学行家给识破。

❸ 东汉刘劭《人物志·九征第一》以为"凡有血气者,莫不含元一以为质",以及同篇北朝刘昺注"盖人物知本,出乎情性"为"性质禀之自然"。((汉)刘劭撰,(凉)刘昺注《人物志》,上海:上海古籍出版社,1995年版,第4页。)

体验也会直接影响其气质。如此，则作者的气质与生命体验之间就处于一种循环解释的状态。因此，我们若单从作者的气质角度讨论性情，而忽略作者的生命体验，其实是不完整的，反之亦然。从这一判断上看，刘勰《文心雕龙·体性第二十七》的观点最为通达：

> 才有庸俊，气有刚柔，学有浅深，习有雅郑；并情性所铄，陶染所凝。是以笔区云谲，文苑波诡者矣。❶

"才"、"气"、"学"、"习"作为创作主体之四要素，可根据其性质差异分为两组，"才"与"气"一组，而"学"与"习"则为另一组。"才"之庸俊与"气"之刚柔，是作者天赋气质部分；"学"之深浅与"习"之雅郑，则属于作者的生命体验部分。刘勰认为"才"与"气"同"学"与"习"都是"情性所铄，陶染所凝"，直接促成了文学作品风格的多样化，这等于承认了作者天赋气质和生命体验都会对文学作品风格产生直接影响。白石也有这种将作家气质同生命体验综合起来从而形成诗歌特有风格的观念，因此他一方面从作者气质角度，在《白石道人诗说》第十六则里强调陶渊明的"天资既高"；另一方面又从作者的生命体验出发，在第二十四则里主张"吟咏情性，如印印泥，止乎礼义，贵涵养也"。❷

在厘清创作主体的性情问题后，我们进入第二点的讨论。白石在《白石道人诗集》第一则序文里说：

> 诗本无体，三百篇皆天籁自鸣，下逮黄初，迄于今人，异韫故所出亦异。或者弗省，遂艳其各有体也。❸

白石又举《诗经》乃至宋人为例，以证成其诗人"异韫故所出亦异"之说，其意在说明不同的创作主体将其个别的性情，透过创作的过程转化为语言文字，创作主体的性情借此投注于诗歌作品之内，从而各种不同的诗歌风格于焉诞生。这就是所谓"诗本无体"，以诗人之性情为体，贵在个人能"天籁自鸣"，相当于前文所引"一家之语，自有一家之风味。如乐之二十四调，各有韵声，乃是归宿处"的说法，很显然白石认为诗歌的

---

❶ 《文心雕龙义证》，第 1011 页。
❷ 《白石道人诗说》，第 683 页。
❸ 《宋诗话全编·姜夔诗话·辑录》，第 7551 页。

风格源自于诗人的性情。

再说第三点。白石既然认为诗歌作品的独特风格，源自于创作主体之性情，那么每个诗人都该具有自身的独特风格，只要是创作主体的性情能同诗歌语言配合无间，就可入一流诗作之林。如此一来，白石就在其诗论中建构了诗歌须具备独创性意义的观点，所谓"模仿者语虽似之，韵亦无矣"。这一观点在明代诗论家谢榛（1495—1575）那里得到再次体认，谢榛《四溟诗话》卷三第二十二则尝有妙喻云：

> 作诗譬如江南诸郡造酒，皆以曲米为料，酿成则醇为如一。善饮者历历尝之曰："此南京酒也，此苏州酒也，此镇江酒也，此金华酒也。"其美虽同，尝之各有甄别，何哉？做手不同故尔。❶

谢榛用"江南诸郡"来比喻不同的诗人；作为诗歌创作基础的语言文字，则被比喻为"曲米"；酿酒的过程相当于诗歌创作的过程；"善饮者"则是谢榛对辨诗行家的比喻。"江南诸郡造酒，皆以曲米为料"即是说诗人作诗，都必须以语言文字作为写作的基础，就像酿酒需要以曲米作为基本的原料一样。谢榛认为诗人若能将自己的性情同诗歌作品的语言契合无迹、妙合无垠，就意味着自我的性情已注入诗歌作品当中，谢榛对此予以肯定，此即"酿成则醇为如一"之意。不过诗人与诗人间的性情毕竟各有殊异，因此，即使诗人们以同样的语言文字进行创作，最终却会呈现出各种截然不同的风格面貌。这就如同江南各地虽同样以曲米作为酿酒材料，却因为各地的酿法、风俗、偏爱不同，最后酿出的醇酒在风味上各擅胜场。一个善于饮酒而有经验的酒客，不仅能分辨出醇酒与伪酒的差别，更能辨别出不同风味的美酒制造于何处。同样地，一个独具只眼的读者，除了可以一眼看出对象诗作是否具有真性情以外，更可以辨识出不同诗作所流露的殊异风格，及其作者之归属，就如同严羽在《答出继叔临安吴景仙书》中所说："仆于作诗，不敢自负，至识则自谓有一日之长，于古今体制，若辨苍素，甚者望而知之。"❷

渔洋之所以会特别留意白石"一家之言，自有一家之风味"的说法，

---

❶ （明）谢榛著，宛平校点《四溟诗话》，北京：人民文学出版社，1961年版，第74页。
❷ （宋）严羽著，郭绍虞校释，《沧浪诗话校释》，北京：人民文学出版社，1961年版，第252页。

主要是因为白石与其"神韵说"所讨论的性情问题颇多契合之处。《带经堂诗话》卷三《要旨类》第九则云：

> 诗以言志。古之作者，如陶靖节、谢康乐、王右丞、杜工部、韦苏州之属，其诗具在，尝试以平生出处考之，莫不各肖其为人，尚友千载者自能辨之。❶

"诗以言志"即诗以道性情之意，所谓"尚友千载者"则是指有识力的读者。渔洋认为陶渊明、谢灵运等人都是以真性情作诗的诗家，因此有识力的读者透过他们的诗歌，都可以体悟到该诗人的独特气质与存在经验。进而考诸诗人传记，则无不与其生平事迹相应者，盖诗人以真性情作诗之故。由此观之，渔洋在对"一家之言，自有一家之风味"的认知与对真性情的重视，显然是同姜夔站在同一立场的。

此外，在《带经堂诗话》卷三《要旨类》第七则里也有类似的记载：

> 宋吴唯信中孚，湖州人，寓居吴嘉定之白鹤。吴有糜先生者，于九经注疏悉能成诵，尝见中孚赋绝句云："白发伤春又一年，闲将心事卜金钱，梨花落尽东风软，商略平生到杜鹃。"亟下拜曰："天才也。老夫每欲效颦，则汉高祖、唐太宗追逐笔下矣。"观此可悟作诗三昧。❷

此处"作诗三昧"之说，实可从两方面进行理解。

第一，若单就吴中孚的绝句，"白发伤春又一年，闲将心事卜金钱，梨花落尽东风软，商略平生到杜鹃"，探讨渔洋口中的"作诗三昧"时，则"三昧"指的是诗的"神韵"。这首诗的文字及意象皆平淡无奇，但是在轻描淡写之中却传达出某种特殊的意味。这特殊的意味，简单地说，即是老年人的心境。首先，这首诗的语调即带着舒缓无奈的味道，这正是"老态"的反映。其次，诗人由晚春景物的变化及老人的行动来传达老人的心境。头一句意味就很足，加上个"又"字，表示"伤春"的心情已经积蓄了好多年，其沉重可想而知。第二句的"闲"字写出晚景的无事可做，只好拿起金钱占卜心事。有什么"心事"，诗中似未明说，可是实际上比明说更具体，更能说明心境。那白色梨花的飘落不就象征白发老人的

---

❶《带经堂诗话》，第 74 页。
❷《带经堂诗话》，第 73 – 74 页。

生命？那杜鹃的啼叫不是暗示着春天的将逝？当老人看到梨花飘落，听到杜鹃啼叫时，其"心事"如何也就不言而喻了。这首诗在语言之外有很浓厚的意味，颇能令人领略到什么是"神韵"，难怪渔洋说可悟作诗三昧。吴中孚的这首绝句运用的手法，相当于司空图所说的"不着一字，尽得风流"模式，经由诗歌语言上的"不黏不脱"，传达了意在言外的年老力衰心境，这就是诗的"神韵"，渔洋说的"作诗三昧"之意也正在于此。

第二，倘若就吴中孚作绝句，而引起同郡乡儒糜先生为之叹服的整个事件而言，那么渔洋"作诗三昧"的"三昧"，指的就是诗人的真性情。观前引文的记载，糜先生之所以倾倒于吴中孚绝句，并说"天才也。老夫每欲效颦，则汉高祖、唐太宗追逐笔下矣"，似乎不全然是因为他能领略到该诗的"神韵"部分，而是感动于吴中孚作诗能纯然以真性情下笔，不作点鬼簿、獭祭鱼之举，诗歌作品能流露出真性情的缘故。若从严羽"诗有别材，非关书也"及"诗者，吟咏情性"之说来比较并划分吴中孚与糜先生在作诗态度上的差异，则显然吴中孚系以"别材"、"吟咏情性"为诗的诗人，糜先生则是以"书"为诗的腐儒。渔洋曾在《师友诗传录》第一则里，回答门人郎廷槐的提问说：

司空表圣云：不着一字，尽得风流。此性情之说也。扬子云云：读千赋则能赋。此学问之说也。二者相辅相行，不可偏废。若无性情而侈言学问，则昔人有讥点鬼簿、獭祭鱼者矣。学力深，始能见性情，此一语是造微破的之论。❶

渔洋认为，完成一首好诗有必要与主要两个条件，"性情"是其中的必要条件，而"学问"则是主要条件，所以在诗歌同时能兼有"性情"与"学力"底下，二者当然可以处于相辅相成的和谐状态。然而当我们一旦追问"性情"与"学力"之间，何者为诗歌的本体这一问题时，渔洋则很明白地说："学力深，始能见性情。"这就意味着他将诗的本体定位在"性情"之上；至于"学问"，则是以"用"而非"体"的地位出现在渔洋的诗学思考内。换言之，"学问"对诗歌的重要性，不在于它能否作为诗歌的本体，而是因为"学问"能够洞见"性情"之雅正的缘故。就此而言，

---

❶ （清）王夫之等撰《清诗话·师友诗传录》，上海：上海古籍出版社，1999 年版，第 125 页。

即便糜先生"于九经注疏悉能成诵",可谓渔洋口中的"学力深"之士，但由于他无真性情作诗，因此下笔不免有非"汉高祖"即"唐太宗"之叹。渔洋举这个例子在于说明，诗当以"性情"为本体，以"书"为诗，是不可能让诗歌具有足以感发读者的力量。渔洋这种以"性情"为本体，而间辅以"学问"的说法，则又与姜夔一方面强调"一家之语，自有一家之风味"、"模仿者语虽似之，韵亦无矣"，另一方面又认为"思有窒碍，涵养未至也，当益以学"❶ 的论述，在观念上颇有相通之处。

二、渔洋与白石在诗歌创作论上的血缘关系

在渔洋所引述的白石关于创作论的文字中，可依照其主题的差异分为两大类：第一类是白石对造意与语言间关系的讨论，第二类是白石对诗歌用事问题的讨论。在第一类主题中，白石围绕着造意问题展开论述。渔洋所引述的"始于意格，成于句字"，出自《白石道人诗说》第二十六则：

> 意格欲高，句法欲响，只求工于句、字，亦末矣。故始于意格，成于句、字。句意欲深、欲远，句调欲清、欲古、欲和，是为作者。❷

此段文字可导出以下两个问题：第一，白石如何理解诗歌作品的结构；第二，白石对诗歌作品提出怎样的美学要求。先讨论第一个问题。据引文所述，白石似乎认为诗歌作品有个内在结构，这个结构包含由"意"所构成的意义层，与由"字"与"句"所构成语言层，诗歌则是由这两个层次结构成的有机体。白石以为诗歌"始于意格，成于句、字"，表明他是站在实际创作的角度，认定代表意义层的"意"重于代表语言层的"字"和"句"。白石认为诗人作诗的大关掫在于造意，至于如何雕琢文字的问题，不妨待意成之后再作讨论。若从诗歌的生成理论角度来看，这个说法可能是有问题的，盖诗歌的意义系附着于语言上，而诗歌的语言是意义生发的母体，所以意义是有语言的意义，语言则是有意义的语言，"意"与"字"、"句"在诗歌内在结构中，是处于一种反复辩证的状态，彼此互

---

❶ 《白石道人诗说》，第 682 页。
❷ 《白石道人诗说》，第 682 页。

赖互恃，相互成为诗歌的构成要因，根本没有层次高低、过程先后的问题。换言之，我们从理论分析角度只能描述说"字"、"句"是构成诗歌的实体基础，而"意"则是决定诗歌意义的部分，但是却很难说谁重要谁不重要。可见白石认为"意"为根本、"字"和"句"为枝末，诗歌结构中的意义层次重要于语言层次的看法，系源于他个人的实际创作经验，同时也凸显出其诗学思考中，"意"在诗歌作品内的领袖地位，及造意问题在诗歌创作过程里的重要性。此外，我们可以发现当白石讨论造意问题时，往往会与诗歌的语言层面联系进行思考，正与其在《白石道人诗说》第二十三则里"文以文为工，不以文而妙，然舍文无妙，胜处要自悟"❶的说法相呼应，这是属于比较全面性的看法。

再讨论第二个问题。白石对诗歌的美学要求，延续着他对诗歌结构的思考。在诗歌语言层面上，白石针对诗歌的诗法与音韵方面，提出"句法欲响"和"句调欲清、欲古、欲和"的主张；在诗歌的意义层面上，白石提出"意格欲高"、"句意欲深、欲远"的准则。先说诗歌语言层上的美学要求。在白石的论述里，"句法"是指诗歌的章法节度，大致等同于"诗法"一词；而"响"则是用来形容"句法"的开阔宽宏。"句法欲响"正说明了白石理想中的"诗法"，并不是僵硬呆板的"死法"，而是开阔广大、生气灵动的"活法"。《白石道人诗说》第十一则云：

不知诗病何由能诗？不观诗法何由知病？名家各有一病，大醇小疵，差可耳。❷

这段文字说明，白石论诗亦讲诗法、诗病，但并不主张全然依托"诗法"来作诗。其所要知诗病、观诗法，只是要借以培养对诗的"识"，识得诸家的好坏高下，自可避免学习时的陷溺。这是一种识解"活法"的观念，"句法欲响"的论点就是本此而发的。《白石道人诗说》第二十二则又云：

波澜开阔，如在江湖中，一波未平，一波已作。如兵家之阵，方以为

---

❶ 《白石道人诗说》，第682页。
❷ 《白石道人诗说》，第681页。

正,又复为奇;方以为奇,忽复是正。出入变化,不可纪极,而法度不可乱。❶

　　白石借兵家军阵的开阖变化、不拘于死法而存法度为喻,说明"诗法"能活之妙。这一观点,其实是要求诗人由有形的"诗法"入手,在创作过程里一次次地熟参有形的"诗法",从而变化脱出、不为"法"所执,最后达到变化中存法度,化"诗法"于无形之间的境界,"活法"由是而诞生。此即《白石道人诗集》第二则序文所提出的:"作者求与古人合,不若求与古人异;求与古人异,不若求与古人合而不能不合,不求与古人异而不能不异。彼惟有见乎诗也,故向也求与古人合,今也求与古人异,及其无见乎诗已,故不求与古人合而不能不合,不求与古人异而不能不异。其来如风,其止如雨,其印如泥,如水在器,其苏子所谓不能不为者乎!"❷ 至于"句调欲清、欲古、欲和",则是白石对诗歌音韵的美学要求。白石特别留意诗歌音韵上的美学问题,与其深解音律有密切的关系。白石曾于南宋宁宗庆元三年(1197),献朝廷以《大乐议》、《琴瑟考古图》,建议重整雅乐,由是或可略窥白石在音韵方面的审美倾向。周来祥主编的《中国美学主潮》一书,曾举白石《大乐议》论词调《满江红》"旧调用仄韵多不协律,如末句云:'无心扑'三字,歌者将心字融入去声,不谐音律。予欲以平韵为之,久不能成。因泛巢湖……顷刻而成,末句云'闻佩环'则协矣"为例,认为白石美学的关注焦点之一是"词的音律协和、格调清越的音乐特性"。❸ 笔者以为这点同样可以移用到白石的诗论上,其主张"句调欲清、欲古、欲和"的诗歌音韵美准则,正可与之相呼应。

　　再说诗歌意义层上的美学要求。所谓"意格欲高",就是要求诗人在诗歌造意上,要能高超微妙而避免落入俗套,就如同《白石道人诗说》第十二则的举例,"篇终出人意表,或反终篇之意,皆妙"。❹ 至于如何造就高"意格"的问题,《白石道人诗说》第五则与第七则尝作讨论,这两则文字也曾被渔洋《香祖笔记》卷三引述过。第五则云:

---

❶ 《白石道人诗说》,第 682 页。
❷ 《宋诗话全编·姜夔诗话·辑录》,第 7551 – 7552 页。
❸ 周来祥主编《中国美学主潮》,济南:山东大学出版社,1992 年版,第 463 页。
❹ 《白石道人诗说》,第 681 页。

人所易言，我寡言之，人所难言，我易言之，自不俗。❶

第七则云：

难说处一语而尽，易说处莫便放过。❷

将上引两段合并观之，其实可以归结成一个基本原则，即在难说处下功夫，在易说处忌熟滑。这也是白石认为诗人面对诗歌造意问题时所应具备的态度。白石认为面对人所难言之意时，诗人应该适时的"易言之"、"一语而尽"，因为这是展现诗人"以易行难"创作实力的最佳机会。所谓的"自不俗"，即"意格欲高"之意。观察白石此处的说法，其实已相当于唐代诗僧皎然（720—?）提出的观念，诗人"当绎虑于险中，采奇于象外，状飞动之句，写真奥之思。……但贵成章以后，有易其貌，若不思而得也"❸，以及作诗"放意须险，定句须难，虽取由我衷，而得若神表"❹。与前述的"难说处"相比，白石认为面对"人所易言"之意，诗人应当把持"寡言之"、"莫便放过"的原则。"寡言之"是指作诗立意之初，尽量要避去人所常言、易言的，这是为求避俗。但一旦在诗文中用时，即不要因其易言而掉以轻心，反而要特别用心，使其有新意，不落于陈套，同样是为求避俗。

笔者认为在《白石道人诗说》里，最能与"句意欲深、欲远"的论述相应和，且最能代表白石美学见解的部分，非"语贵含蓄"、"言有尽而意无穷"的主张莫属。《白石道人诗说》第十七则说：

语贵含蓄。东坡云：言有尽而意无穷者，天下之至言也。山谷尤谨于此。清庙之瑟，一唱三叹，远矣哉！后之学诗者，可不务乎？若句中无余字，篇中无长语，非善之善者也；句中有余味，篇中有余意，善之善者也。❺

"语贵含蓄"，是就诗歌的句内意部分而言，即"句意欲深"之意；而

---

❶ 《白石道人诗说》，第 680 页。

❷ 《白石道人诗说》，第 680 页。

❸ 张伯伟编撰《全唐五代诗格校考·诗式》，西安：陕西人民教育出版社，1996 年版，第185 页。

❹ 《全唐五代诗格校考·诗式》，第 199 页。

❺ 《白石道人诗说》，第 681 页。

白石推尊为"天下至言"的苏轼"言有尽而意无穷"之说，系自诗歌的句外意部分立论，相当于我们前章讨论过的言外之意，系"句意欲远"所本处。换言之，"欲深"、"含蓄"强调的是作者在诗歌创作过程里，刻意将诗意隐藏而不说尽，以俾留给读者阅读时的想象、参与空间；"欲远"、"意无穷"则着重读者在诗歌阅读活动中，透过读解、想象及参与诗歌文本中"欲深"、"含蓄"之处，以自己的理解与话语补足作者特意留下的空白点，从而完成诗歌的言外之意——诗歌外部意义的生成与回响。上引文"清庙之瑟，一唱三叹"之说，最早见于《荀子·礼论篇第十九》，云：

清庙之歌，一唱而三叹也。❶

"清庙"为《诗·周颂》篇名，乐工歌周颂清庙之篇，一人唱，三人和（赞和曰叹）。《礼记》卷十一《乐记第十九》有较《荀子》详细的说法：

清庙之瑟，朱弦而疏越，壹倡而三叹，有遗音者。❷

东汉郑玄注曰："倡，发歌句也。三叹，三人从而叹之耳。"由是可见"一唱三叹"本指周文王家庙祭典时，祭者们作赞颂乐歌，一人发声主唱，众人从之和唱的仪典过程。试以"一唱三叹"比喻上述整个诗歌言外之意的产生过程，"一唱"之人相当于作者，"三叹"的众人则相当于读者群。主唱人的任务，在于起音以规范乐歌的主线与规模，并随后勾引起众人的和声，扮演的是引领其他歌者角色；这就如同诗歌创作过程里的作者一样，以"含蓄"、不一语道尽的方式，勾勒出诗歌文本的大概样貌，借之以引领读者群同诗歌文本进行对话。而"三叹"的众人，其任务在于和歌，这个和唱的过程，虽然可以容许歌者带入自己的音声特质（如先天的个人音色、后天的唱腔唱法，等等），但是这种音声特质的展示并不是任意性的，它存在着一定的歌唱基础与规范，那就是不能违背"一唱"这个大原则；这就好像诗歌阅读活动内的读者，虽然诗歌文本允许并欢迎读者发挥自己的想象力，尽情地参与其中，由是以产生诗歌外的意义回响，即

---

❶（清）王先谦撰，沈啸寰、王星贤点校《荀子集解》，中华书局，1988 年版，第 354 页。

❷ 中华书局编辑部编，《汉魏古注十三经附四书章句集注·礼记》，北京：中华书局，1998 年版，第 132 页。

所谓的"言有尽而意无穷"。但这里需特别注意的是，读者的这个阅读或读解活动，必须受到诗歌文本的制约，在不脱离作者所提供的文本框架底下进行。

此外，在上引文"句中无余字，篇中无长语，非善之善者也；句中有余味，篇中有余意，善之善者也"的说法内，白石承续对前面"含蓄"与"言有尽而意无穷"的讨论，认为"余意"、"余味"是诗歌的最高美学理想。这段文字颇为重要，除了尝为渔洋引述外，也为我们指出一个值得深入思考的方向，即诗人当如何造就诗歌作品的"余意"或"言有尽而意无穷"的美学效果。白石针对如何创造诗歌作品的"余意"问题，提出两个见解：第一，经由以情写景、以景写情的手法，创造出诗歌的"余意"效果，这可视为后世"情景交融"说的初构与先声。❶ 第二，透过诗歌结句处的经营，造就诗歌的"余意"。在《白石道人诗说》第十九则里，白石提出一个由情景问题思考诗歌"余意"的理论大纲："意中有景，景中有意。"❷ "景"是指景物，此处的"意"则是作情意解释。这实际上是北宋诗人梅圣俞所言诗家"必能状难写之景，如在目前，含不尽之意，见于言外，然后为至矣"❸ 的浓缩，梅圣俞的观点在于强调诗的创作有赖于景物与情意的交递引发所产生的胜场。我们可以发现梅圣俞所关心的问题，其实相当于白石"景中有意"的部分，即诗人如何经由对景物的描绘，从中流露出自身的情意，而未触及"意中有景"的问题。至于白石，虽已初步提出"意中有景，景中有意"的后世情景理论大纲，但《白石道人诗说》极少有涉及情景问题讨论者，除上引的第十九则记录外，就仅剩第七则"说景要微妙"❶ 的记载。若本第七则之说加以推测，白石所关注的焦点应该也仅限于"景中有意"的部分，无论是理论的广度或宽度，均不及谢榛或明末清初王夫之（1619—1692）的"情景交融"理论。谢榛《四溟诗话》卷三第十则云：

---

❶ 除白石外，南宋黄升、范晞文等人，是中国批评史上最早探讨诗歌"情景交融"问题与理论的诗论家。而"情景交融"理论架构的提出与体系的初步完成者，当推明代中叶谢榛的《四溟诗话》，至于"情景交融"理论体系的巅峰与总结，则当推明末清初王夫之的《姜斋诗话》。在王夫之的诗学里，"情景交融"不仅具备理论上的意义，同时也是王夫之用以品评历代诗歌的依据。

❷ 《白石道人诗说》，第682页。

❸ 《历代诗话·六一诗话》，第267页。

❶ 《白石道人诗说》，第680页。

作诗本乎情景，孤不自成，两不相背。……景乃诗之媒，情乃诗之胚：合而为诗，以数言而统万形，元气浑成，其浩无涯矣。❶

或王夫之《姜斋诗话》卷一《诗译》第十六则所阐释的情景问题：

情景虽有在心在物之分，而景生情，情生景，哀乐之触，荣悴之迎，互藏其宅。天情物理，可哀而可乐，用之无穷，流而不滞，穷且滞者不知尔。❷

又《姜斋诗话》卷二《夕堂永日绪论》第二十三则，王夫之分析说：

不能作景语，又何能作情语邪？古人绝唱句多景语，如高台多悲风，蝴蝶飞南园，池塘生春草，亭皋木叶下，芙蓉露下落，皆是也，而情寓其中矣。以写景之心理言情，则身心独喻之微，轻安拈出。谢太傅于毛诗取"訏谟定命，远犹辰告"，以此八字如一串珠，将大臣经营国事之心曲，写出次第；故与"昔我往矣，杨柳依依，今我来思，雨雪霏霏"同一达情之妙。❸

上引谢榛、王夫之二家说法博综该洽，远在白石的"意中有景，景中有意"之上，这也是白石的说法被定位在"情景交融"理论发展初阶的原因之一。那么，作者如何经由对景物的描写，透露出自身的情意，从而实现有"余意"的美学效果呢？梅圣俞自举诗例值得我们参考：

温庭筠"鸡声茅店月，人迹板桥霜"，贾岛"怪禽啼旷野，落日恐行人"，则道路辛苦，羁愁旅思，岂不见于言外乎？❶

引文里的梅圣俞以为有言外之意、景外之情的温庭筠、贾岛诗句，其实有两个共同的特色，首先它们都是写景语，其次这两首诗里均由极鲜明的意象所构成。由是可见，"景中有意"的写法能否成功，及是否能从中产生"余意"，取决于两个因素：第一，作者能否经营出鲜明的意象；第二，读者是否可以深入意象之中而出意象之外，体会到作者的情意。以

---

❶《四溟诗话》，第 69 页。
❷《姜斋诗话》，第 144 页。
❸《姜斋诗话》，第 154 页。
❶《六一诗话》，第 267 页。

"鸡声茅店月，人迹板桥霜"来说，温庭筠所创构的清晨霜景确实鲜明至极，就意象的创造来说绝对是成功的，然而要是读者的目光只停留在这霜景上，而没想过或不能体会该景色背后的羁旅之思、远行之苦，则该诗内的意象还是意象，悲苦于羁旅的"言外之意"始终没有诞生的可能，这也是笔者以为上述两个因素彼此涵系，缺一不可的原因。

如果说白石透过"意中有景，景中有意"的创作手法，使诗歌作品生发出"余意"，是从诗歌的整体面出发，属于较全面性的看法的话；那么借经营一首诗的尾句，以产生诗歌"余意"的创作手法，则是针对诗歌的局部形式所作的立论。《白石道人诗说》第二十八则就是讨论结句的问题，该段文字的前面部分，尝为渔洋所引述：

> 一篇全在尾句，如截奔马。词意俱尽，如临水送将归是已；意尽词不尽，如抟扶摇是已；词尽意不尽，刬溪归棹是已；词意俱不尽，温伯雪子是已。所谓词意俱尽者，急流中截后语，非谓词穷理尽者也。所谓意尽词不尽者，意尽于未当尽处，则词可以不尽矣，非以长语益之者也。至如词尽意不尽者，非遗意也，辞中已彷佛可见矣。词意俱不尽者，不尽之中，固已深尽之矣。❶

笔者认为白石借"如截奔马"之喻加强诗歌"一篇全在尾句"的说法，主要有两个深意：第一，在于凸显结句之举在整个诗歌写作里的关键地位，而以骑马过程中的最后那个停马动作，比喻诗歌结句的重要性。第二，在于强调结句之举的不易掌控，而以骑者急速驱马时欲实时勒马停止的征喻，强调顺利完成诗歌结句的困难度。白石在上引论述里，归结出"词意俱尽"、"意尽词不尽"、"词尽意不尽"、"词意俱不尽"四种结句之法，并个别以小段文字加以说明，其中"词尽意不尽"与"词意俱不尽"是属于经由结句而产生"余意"的方法。先说"词意俱尽"。白石以"临水送将归"，形容该结句之法，并以"急流中截后语，非谓辞穷理尽者也"解释"词意俱尽"的内容。考"临水送将归"一语，出自战国赋家宋玉的《九辩》：

---

❶ 《白石道人诗说》，第 682 – 683 页。

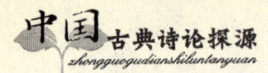

憭栗兮若在远行，登山临水兮送将归。❶

据东汉王逸的解释，"登山临水"意为"升高远望，视江河也"，而"送将归"则有"族亲别逝，还故乡也"之意。合而言之，"临水送将归"其实就是即将远行之人登高望江，同亲友道别珍重的意思。"临水送将归"一语背后所蕴藉的情感，显然是离人与送者今日絮语道别之后，更不知有无相见之日的离情与惆怅。白石正借此意以说明"急流中截"的"词意皆尽"之法，其法之妙，乃在句意已将说尽时，即断然收束，毫不摧沓，务使文气有一气呵成之妙。笔者以为白石所谓"词意皆尽"，其实就相当于北宋文学名家苏洵《嘉祐集》卷十二《上欧阳内翰第一书》所言的"孟子之文，语约而意尽，不为巉刻斩绝之言"❷之意。

次说"意尽词不尽"。白石以"抟扶摇"形容该结句之法，并以"意尽于未当尽处，则词可以不尽矣，非以长语益之者也"解释"意尽词不尽"的内容。《庄子·逍遥游》内有关大鹏海运飞徙南冥，"抟扶摇而上者九万里"之说，或为白石"抟扶摇"意之所本。考《庄子·逍遥游》云：

> 齐谐者，志怪者也。谐之言曰："鹏之徙于南冥也，水击三千里，抟扶摇而上者九万里，去以六月息者也。"❸

关于"抟扶摇"一语，西汉司马彪解释说："抟，圜飞而上也。上行风谓之扶摇。"足见"抟扶摇"即上行飞旋而去之意。在庄子寓言中，虽然大鹏之翼若垂天之云，一飞九万里而不见其踪，然而因其鼓翼波动空气所形成的气流，却始终是存在而可被查知的。白石用"抟扶摇"形容"意尽词不尽"的结句法，系取上理。盖在"意尽辞不尽"的结句法里，诗之"意"虽尽，但诗之"词"若有绵延不绝之态，如大鹏已去，然气流却仍生发在鹏飞之后一般，故白石说"意尽于未当尽处，则词可以不尽矣"。

再说"词尽意不尽"。白石以"剡溪归棹"，即东晋王子猷夜访戴逵"乘兴而行，兴尽而返"之事，形容结句之法，并以"非遗意也，词中已仿佛可见"解释"词尽意不尽"的内容。"王子猷雪夜访戴"故事见于

---

❶ （宋）洪兴祖《楚辞补注》，北京：中华书局，1957年版，第303页。

❷ （宋）苏洵《嘉祐集》，文渊阁四库全书本，集部四三。

❸ （清）郭庆藩撰，王孝鱼点校《庄子集释》，北京：中华书局，1961年版，第4页。

《世说新语·任诞第二十三》：

王子猷居山阴，夜大雪，眠觉，开室，命酌酒。四望皎然，因起彷徨，咏左思《招隐》诗。忽忆戴安道，时戴在剡，即便夜乘小船就之。经宿方至，造门不前而返。人问其故，王曰："吾本乘兴而行，兴尽而返，何必见戴？"❶

据上引文所述，王徽之所以兴起启棹夜行之举，系源于雪夜思忆戴逵时所发的兴致，所以当此兴致已有所尽时，非必一定要完成见访戴逵的动作，王徽之一样可以欣然归返，此即王徽之所谓"吾本乘兴而行，兴尽而返，何必见戴"之意。因此与其说王徽之是因为思念戴逵而至剡溪一地，倒不如说他是乘着突发的兴致而来的，王徽之这种放达任性之举正是魏晋名士风度的典型表征。白石以"剡溪归棹"取喻"词尽意不尽"的结句法，主要着眼于王徽之"兴尽而返"的部分。盖王徽之兴致所发而小舟启航的"乘兴而行"，如创作过程里诗人之"意"动，而笔下之"词"亦随之发动的状态；而王徽之的"兴尽而返"，兴致已在乘棹访戴逵的旅途得到满足，所以说兴致已在当中；这就如同创作过程结束时，笔下之"词"虽已告终结，但是作者之"意"仍然存在于文中，久久不去，就此白石才说"词中已仿佛可见"。此即谓"意有余而约以尽之，善措辞者也"❷。

最后说"词意俱不尽"。白石以"温伯雪子"，即《庄子·田子方》孔子赞温伯雪子能存道之典，形容该结句之法，并以"不尽之中，固已深尽之矣"解释"词意俱不尽"的内容。《庄子·田子方》载温伯雪子事：

（温伯雪子）至于齐，反舍于鲁。……仲尼见之而不言。子路曰："吾子欲见温伯雪子久矣。见之而不言，何邪？"仲尼曰："若夫人者，目击而道存矣。亦不可以容声矣。"❸

孔子见温伯雪子而不发一语的原因，是因为他见温伯雪子能体乎道，所以无须进行任何言说。"目击而道存矣。亦不可以容声矣"一句，东晋郭象注曰："目裁往，意已达，无所容其德音也。"唐成玄英疏云："击，

---

❶ 余嘉锡撰《世说新语笺疏》，北京：中华书局，1983 年版，第 760 页。

❷ 《白石道人诗说》，第 681 页。

❸ 《庄子集释》，第 164 页。

动也。夫体悟之人，忘言得理，目裁运动而玄道存焉，无劳更事辞费，容其声说也。"❶ 明宣颖释为："目触之而知道在其身，复何所容其言说邪。"❷。前文引用李白《夜泊牛渚怀古》"明朝挂帆去，枫叶落纷纷"和孟浩然《晚泊浔阳望庐山》"东林精舍近，日暮空闻钟"等句，就是结句"辞意俱不尽"的典范。

约略讨论完白石创作论里的第一类主题后，我们可以进行第二类主题的问题讨论。与上述第一类主题相较，第二类主题大抵集中在诗歌当如何用事上。《白石道人诗说》第七则说：

> 僻事实用，熟事虚用。❸

这段话同时也曾为王渔洋引述过。所谓的"僻事"，指的是较罕为人所知的典故，"实用"则是指对该典故的直接袭用，而不作变化。所谓"僻事熟用"，即告诉诗人，若运用较罕为人知的典故，其实不妨采取直接袭用的方式。盖"僻事"本来就鲜为人知，若诗人再将"僻事"变化运用，则可能会形成整首诗意义模糊不清的弊病。与其如此，还不如"僻事实用"，以力求全诗意义的昭晰。至于"熟事"，是指较为人所习晓的典故，"虚用"指的则是尽量避免对该典故进行直接的使用，而略加以变化。白石要人"熟事虚用"，是提示诗人若运用常为人所道知的典故时，要下化用典故的功夫。盖"熟事"原本就较为常人所知晓，若不从中加以变化的话，则用该事者千篇一律，必落于俗套而有陈言之失。就此而言，诗人与其同众人因因相袭于窠臼之中，还不如力思如何巧妙化用典故，以求能自树一格，展现其独创性，此相当于《白石道人诗说》第二十一则"岁寒知松柏，难处见作者"❶ 之意。

既然白石是如此地热衷于讨论"僻事实用，熟事虚用"之类的问题，那显然他并不反对诗歌创作里的典故运用，问题反而是该怎样恰当地使用典故。就此，白石提出以学力和才力驾驭事典的观点。曾被王渔洋引论过的《白石道人诗说》第十则说：

---

❶ 《庄子集释》，第 706 页。

❷ （清）王先谦《庄子集解》，北京：中华书局，1954 年版，第 118 页。

❸ 《白石道人诗说》，第 680 页。

❶ 《白石道人诗说》，第 682 页。

学有余而约以用之，善用事者也。❶

白石在上引文内提出善用事者所必须具备的两个条件：第一是"学有余"，第二则是"约以用之"。"学有余"指的是诗人积学的功夫，属于学力的问题。盖诗人若多在学识上自我充实，如是当诗歌创作有需要使用到事典之际，则方可左右拈来而无匮乏之虞。只是，倘若诗歌仅仅铺列典故而不加剪裁，那又何异于前人的獭祭鱼、点鬼簿之讥呢？就此白石又提出"约以用之"的说法，以补足单提出"学有余"说法所可能产生的问题。所谓"约以用之"，是指诗歌创作时，诗人视创作的实际情形，对典故加以剪裁变化的能力，这是诗人面对浩瀚如海的典故群时，所必须具备的能力，而与诗人的才力有密切关联。不过从某个角度看才力时，它也是可能随着学识的增长而逐步提升的，如此说来，"约以用之"不单单是涉及才力的问题，也与学力相关了。总之，白石认为"学有余"与"约以用之"是成为一个善于用事者的两个必要条件，缺一不可。真正理想的诗歌用事模式，是能将所积累的典故，化于作者的才气之内，再依才气的活动，向外涌现，以直接与外物接合，如此则没有"人为事使"的景况，这即是"不隔"。

三、余论

综合前文所述，渔洋最能默契会心、也特意标举白石诗论的部分，当属《白石道人诗说》里同"余意"相关的论点，诸如"意有余而约以尽之，善措辞者也"、"句中无余字，篇中无长语，非善之善者也；句中有余味，篇终有余意，善之善者也"、"一篇全在结句：如截奔马，辞意俱尽；如临水送将归，辞尽意不尽；若夫意尽辞不尽，剡溪归棹是也；辞意俱不尽，温伯雪子是也"，等等。这是因为白石对"余意"问题的讨论，与渔洋的"神韵说"有相通之处，而可以为渔洋直接吸收之故。因此，原本在白石诗论中作为结句法出现的"词尽意不尽"，也被渔洋用之以诠释《诗经·蒹葭》一诗，《带经堂诗话》卷三《清言类》第一则云：

---

❶ 《白石道人诗说》，第 681 页。

景文云：庄周云："送君者皆自涯而返，君自此远已。"令人萧寥有遗世意。余谓秦风蒹葭之诗亦然。姜白石所云"言尽意不尽"也。❶

在这一段话中，除了能简确地表达渔洋偏向冲淡寂寥的审美观之外，更说明了《蒹葭》一诗，是渔洋心目中能表现出这种冲淡寂寥、"萧寥有遗世"风貌的典范作品。由渔洋借白石的"词尽意不尽"之说，来诠解《蒹葭》的思考方式看来，《蒹葭》显然是渔洋心目中具有"神韵"特质的诗歌作品。《蒹葭》全诗如下：

蒹葭苍苍，白露为霜。所谓伊人，在水一方。溯洄从之，道阻且长；溯游从之，宛在水中央。

蒹葭萋萋，白露未晞。所谓伊人，在水之湄。溯洄从之，道阻且跻；溯游从之，宛在水中坻。

蒹葭采采，白露未已。所谓伊人，在水之涘。溯洄从之，道阻且右；溯游从之，宛在水中沚。❷

为何渔洋会认为《蒹葭》一诗有"言尽意不尽"的特质呢？我们不妨就此诗作一延伸分析。试将《蒹葭》与《关雎》进行比较，两首诗虽然都同样表现出一种对象追求的意向，但是《关雎》以对象的伦理关怀为重心，其追求对象与追求行为本身蕴含有强烈的伦理性质，而《蒹葭》则不然，诗里除了提示追求对象"在水一方"的情境外，并没有作任何明显的指陈，诗人的心理历程和情感状态是其所要表现的主题与诗歌美感趣味的焦点，这种无明确性的指陈方式，给予了读者"优游不迫"的美感距离，带领读者超越了现实情境中的利害成败与伦理判断，精神的自由境界由是得以展开，读者也得以获致更大的美感观照空间以及伴随美感观照而来的无尽喜悦。"蒹葭苍苍，白露为霜"作为景象本身的丰富优美的美感性质，更是超越了语言的脉络和意指，独立提供了一种"不涉理路，不落言筌"，可以在想象观照中流连品赏的无穷兴味。换句话说就是，"蒹葭苍苍，白露为霜"所呈示的就是我们后来习惯称之为具有"画意"的"景象"。这种"景象"自身早已涵具一种独立自足的美感观照与品位，即使脱离了原

---

❶ 《带经堂诗话》，第87页。
❷ 《汉魏古注十三经附四书章句集注·毛诗》，第52页。

诗的情意脉络，它一样可以提供给我们一种美感质量上的充分满足，某种意义上是可视为一个独立的美学客体的自足单位。

因此，诗歌所表达的是一种美感观照里的"诗情"，而这种"诗情"有赖于"象"来传达，因此具有"画意"的象和呈现"画意"之"象"的语言，变成了传达"诗情"的最有效表现方法。像"蒹葭苍苍，白露为霜"的"兴"句，固然是这种具有"画意"之"象"的呈示，而《蒹葭》一诗与其"兴"句结合一致所呈现的形象化的"象征情境"，其实亦正是一种兼具"诗情""画意"的"象"的表达。这种掌握"立象以尽意"原理，而以美感观照下的心理历程自身为表现之目标，充分的透过深具"画意"的景象来表达"诗情"，因而形成一种"诗情画意"之呈现，却又在欣赏之际要求欣赏者"得意忘象"、"得象忘言"以掌握其"象外之意"的诗歌，就是所谓的"神韵"诗。换句话说，它就是一种以"文已尽而意有余"为理想的诗歌。上文引述柯庆明的说法，不仅很清楚地解释了为何《蒹葭》具有"言尽意不尽"、"文已尽而意有余"的"神韵"诗特质，同时也可借以说明渔洋为何借着白石的"词尽意不尽"，来解读《蒹葭》一诗的原因。渔洋门人吴陈琰在渔洋的《蚕尾续集》序文里说：

> 司空表圣论诗云："梅正于酸，盐正于咸，饮食不可无酸咸，而其美常在酸咸之外。"余尝深旨其言。酸咸之外者何？味外味。味外味者何？神韵也。❶

吴陈琰以司空图"味在酸咸外"的说法诠释"神韵"，显然把握住了渔洋"神韵说"的精髓。

最后，我们再约略谈谈渔洋认为白石"论诗未到严沧浪，颇亦足参微言"的观点。严沧浪对后世诗学的影响，主要集中在明代的"格调说"及清代的"神韵说"上，相较于此，白石诗说则是多角度的影响。换言之，元人杨载的《诗法家数》、明代前后七子的"格调说"、清代的"神韵说"、清人袁枚的"性灵说"、清人张炎的《词源》，都有白石诗说沾溉之痕迹。正如郭绍虞先生所言，白石诗论影响能如是宽广，是因为"白石犹

---

❶ （清）王士禛《蚕尾续集》，载《四库全书存目丛书》，集部卷二二七，第 325 页。

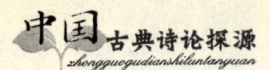

是于甘苦备尝之后，发为体会有得之言"❶。也就是说，白石诗学多源自于自己的创作体验，所以不仅能注意到许多创作过程中可能发生的问题，同时还可以根据自己的经验与判断，解决这类问题。从这点说来，白石持论的确是比较平实而明确的。本此，我们大致可以推测为何渔洋认为白石"论诗未到严沧浪，颇亦足参微言"的原因。郭绍虞说：

> 渔洋所以许其"足参微言"者，以其近于神韵之说，而又称其"未到沧浪"者，则又以是书所论不全属架空之谈，与神韵犹有距离也。❷

这一推断不仅深有理据，而且颇具说服力。不过，郭绍虞的说法仍未全面，"白石犹是于甘苦备尝之后，发为体会有得之言"的论述，仅解释了《白石道人诗说》为何较平实的部分原因。笔者认为其实《白石道人诗说》的成书缘由，是影响"是书所论不全属架空之谈"的关键。今观《白石道人诗说》第二十九则，白石叙该书之缘起云：

> 诗说之作，非为能诗者作也，为不能诗者作，而使之能诗；能诗而后能尽我之说，是亦为能诗者作也。❸

既然《白石道人诗说》是"为不能诗者作"，那么也不可能从理论上去架空论诗，而只能踏踏实实地领导读者品诗作诗。这点是我们在讨论《白石道人诗说》为何较平实时，所应该特别去加以注意的问题。

---

❶ 《宋诗话考》，第 94 页。
❷ 《宋诗话考》，第 95 页。
❸ 《白石道人诗说》，第 683 页。

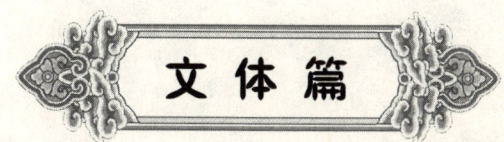

文 体 篇

六诗之"赋"疏证

——兼论"赋"之原初核心功能

摘　要：六诗之"赋"历来被解作"铺"或"铺陈"。但求诸"六诗"最早出处《周礼》，书中除六诗之"赋"外，其余"赋"字用例无一可作此解，可判定六诗之"赋"亦不应作此解。从"赋"字本义"征敛献纳"可引申出"直陈"、"陈说"义。又以《国语》中关于"瞍赋"的记载、《韩诗外传》中孔子诸弟子"登高能赋"的记载以及荀子《赋篇》为旁证，可以证明先秦时期"赋"作为一种特殊的文学创作形式，是直陈的表达手法和讽谏的文体功能的结合，这两个要素的结合使其具备了成为一种独立文体的可能性。

关键词：六诗；赋；直陈；讽谏；文体功能

历来凡论赋体之得名、叙赋体之源起者，莫不追溯至《周礼·春官》所言"大师教六诗，曰风，曰赋，曰比，曰兴，曰雅，曰颂"，或《毛诗序》所言"诗有六义，一曰风、二曰赋、三曰比、四曰兴、五曰雅、六曰颂"。此二说实则一也，可约称为"六诗"说。自古及今，对"六诗"说通行的解释为：风、雅、颂为《诗经》的类别，赋、比、兴为《诗经》的表达方式（或曰表现手法、创作手法、修辞方法，等等）。而由"赋"这一表达方式，又衍生出"赋"之一体。从楚辞的骚体赋，到荀卿的短赋（《荀子·赋篇》中的礼、智、云、蚕、箴等），到汉代一变而为古赋（又称大赋），到六朝再变而为徘赋（又称骈体赋），到唐代又变为律赋，到宋代又变为文赋（又称散体赋），到明清又产生所谓"八股文赋",等等,❶皆冠以"赋"名,同属"赋"体,一变再变,后世的创作者和批评者遂大其流而渺其源。然而溯其源头,六诗之"赋"究作何解?似乎已有定论而犹未确证。自汉末以降,学者均将六诗之"赋"解释为"铺"、"铺陈"或"敷陈"等难以例证的概念(表现手法或文字篇幅需达到何种程度方可称为"铺陈",难以实例说明)。其中最具代表性亦最为人所称引的说法是刘勰《文心雕龙·诠赋》:"诗之六义,其二曰赋。赋者铺也。铺采摛文,体物写志也。"❷意谓六诗之"赋"是一种铺陈事物的修辞方法,以"体物"(描摹物态)之手段达"写志"(抒写情志)之目的,"赋"这一文体也是由此演绎发展而来。至当代,曾有学者对六诗之"赋"与文体之"赋"的关系提出质疑,如褚斌杰先生的《中国古代文体学》说:"赋的意义,无论是郑注、孔疏,还是班固的论点,实际并没有把作为文体之一的'赋',跟《诗经》所谓'六义'联系起来的意思。因为,首先郑玄的话,旨在解释《诗经》中赋比兴的赋,并未涉及作为文体的'赋';而班固的《两都赋序》,其意思只不过是说,赋体是和《诗经》雅颂相通的。"❸许结先生的《中国赋学——历史与批评》也说:"'六义'之'赋',是诗之一种表现方式,……与'赋体'文学亦有距离。"❹两位学者都敏锐地感觉到,六诗之"赋"作为"诗"之一种表现方式,与文体之"赋"似乎没有联系。如果二者没有联系,班固为什么会得出"赋者,古诗之流也"(《两都赋序》)的结论呢?而且汉人是绝对承认"赋"与"诗"(即《诗经》)之间的渊源联系的。如果二者确有联系,这种联系究竟体现在何处?六诗之"赋"本义确是作"铺陈"解吗?其原初功能究竟

---

❶ 铃木虎雄云:"赋史时期之区分,凡得六期:第一,为骚赋,发生成立时期,自周末屈原宋玉前后,至汉文帝景帝之期间属之。第二,为骚赋变化为汉之辞赋,产生汉代特有天赋之时期,自汉武帝时代至魏晋之交之期间属之。昔人所谓古赋者是也。第三,为晋宋以后,声律、对法、字句用法,渐趋工整之时期,自晋宋至唐初之期间属之。昔人所谓俳赋或骈赋时代者是也。第四,为置重声律对偶外,于韵法字数,及其他设限制,因之课于官吏登用试场,而产生律赋之存在之时期,唐及宋初属之。昔人所谓律赋时代者是也。第五,为对法,虽为对法,然或用长句,或用成语,作偶语而带散文单行气势之产生时期,宋代属之。昔人谓之文赋时代者是也。第六,为于对法中,杂入制艺文句法存在之时期,清代属之。是类虽亦可视为文赋之别体,然未闻昔人对之而特有所命名,可假称之八股文赋欤?"(铃木虎雄著,殷石臞译《赋史大要》,正中书局,1947 年版,第 11 页。)

❷ (梁)刘勰著,范文澜注《文心雕龙注》,北京:人民文学出版社,1958 年版,第 134 页。

❸ 褚斌杰《中国古代文体学》,台北:台湾学生书局,1991 年版,第 78 页。

❹ 许结《中国赋学——历史与批评》,苏州:江苏教育出版社,2001 年版,第 29 - 30 页。

是什么？如果说"赋"最初只是一种表达方式，那么它又是如何、在何时发展成为一种文体的呢？文体之"赋"与它之间究竟有无传承接续关系呢？基于以上问题，本文拟从六诗之"赋"的阐释源头谈起，疏证本义，正本清源。

一、《周礼》之"赋"字义探析

对六诗之"赋"加以阐释，最早见于东汉末年郑玄笺注的《周礼·春官·大师》。其注曰："赋之言铺，直铺陈今之政教善恶。"首次将六诗之"赋"训为"铺"，并添字解作"直铺陈"。郑玄生活年代最近于古，其本人又是当世首屈一指的经学大师，其说自然相当可信，这也是后人遵循其说并在此基础上不断延伸的原因。但是训诂作为一种实证科学，讲求的是证据，而证据中最可信者，莫若以本经解本经。也就是说，解释一个古字，最可靠的办法是在该字出现的那部古籍（以及与该书同时期的其他古籍）中找到其全部用例，并作归纳分析，最后释出字义。而当我们逐一考察《周礼》一书中其他"赋"字用例时，却发现没有一例可作"铺"或"直铺陈"解。

《周礼》中"赋"字用例共 44 则，其中"财赋"3 则、"贡赋"3 则、"九赋"5 则、"邦赋"3 则、"赋贡"2 则、"赋用"2 则、"征其赋"2 则，其余如"令赋"、"野之赋"、"邦中之赋"、"四郊之赋"，等等，限于篇幅不一一列举。总的来看，除六诗之"赋"外，其他 43 则用例可分为两类：一类作名词，如财赋、邦赋等，一类作动词且不接宾语，如令赋（即令其赋）等。其含义均不难索解，作动词可释作"征敛"（从天子角度，自上而下）或"献纳"（从诸侯国及民众角度，自下而上），作名词则可释作"征敛献纳之物"。此即为"赋"字的本义，合于《说文解字》对"赋"字的解释："赋，敛也。"与《周礼》同时期的书，如《尚书·禹贡》云："厥土惟白壤，厥赋惟上上错。"（《尚书》传曰："赋为土地所生，以供天子。"）所用"赋"字含义和《周礼》完全相同。因此，"赋"之本义如同今之所谓"赋税"，只不过上古赋税多以实物形式完成，如《周礼》所说"贡草木"、"贡鸟兽"、"贡布帛"、"贡祀物"、"贡货贿"之类。而且，当时的人们基于共同认知，将"赋"直接作为一种制度化行为的专名来使

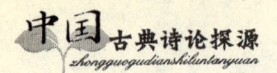

用，无须列举所赋之物名目。因此，"赋"作动词时专指贡赋纳税这一制度化行为，作名词时则专指贡纳之物。

先秦时期讲求循名责实、名实相符，孔子曰："名不正则言不顺"（《论语·子路》）。荀子曰："名无固宜，约以命之。约定俗成谓之宜，异于约则谓之不宜"（《荀子·正名》）。用今天的话说，语言是社会的产物，指称某事物的字或词作为语言的一种基本单位，其意义是社会赋予且为社会所制约的，即所谓"约以命之"、"约定俗成"。据此来看，如果郑玄的解释，即"赋"作"铺"或"直铺陈"解，只在《周礼》中"六诗"这一处讲得通，而在同一部书里再找不到第二个同样的用法和意义，那么就一定违背了语言的使用规律，必将导致读者的不解，从而失去其沟通传播的作用。由此可以推断，《周礼》所说六诗之"赋"其实并没有"铺"或"直铺陈"的含义，而是应当和其他"赋"字的含义相同或者相通，才能使之为读者所理解。

但是，如果我们把六诗之"赋"也解释作"征敛"或"献纳"，这就明显与文学创作上的表达方式无关，无法和"比"、"兴"共同成为《诗经》的三种表达方式。那么，"赋"有没有与"征敛献纳"相通而又与文学创作有关的含义呢？前文说到，"赋"既有"献纳之物"的名词义，当进献之物陈列满庭供天子观看时，则可引申出"赋"的"直陈"义。而当职掌者向天子陈述进献之物的名称、数量、形色、功能、意义等时，又引申出"赋"的"陈说"义。这种陈说发生在特定的场合（王庭），面对着特定的对象（天子或国君），当然就必须有礼仪程序的规范与修辞方法的讲究以合周朝礼制。从这一角度上说，六诗之"赋"作为《诗经》的表达方式之一，其真正含义应是"赋"字的引申义，即"直接陈说"。析言之，六诗之"赋"是源于其"征敛献纳"之本义而引申出的具有特定规范或体式的直接陈说，而并非刘勰所说的"铺采摛文，体物写志"的"铺陈"。

二、六诗之"赋"的原初功能探析

清楚了六诗之"赋"的真正含义是"直接陈说"，那么这种表达方式与"赋"这一文体的形成有何关系？要厘清这一问题，先要找到六诗之"赋"与文体之"赋"的共同或相通之处。如果单从"直接陈说"这一表达方式来考察，我们的确可以看到"诗"（这里指《诗经》）与"赋"之间的相似性，但能不能就此判定，只要是用"直接陈说"的表达方式就可以称之为"赋"呢？唐代经学家孔颖达云：

> 郑以赋之言铺也，铺陈善恶，则诗文直陈其事，不譬喻者，皆赋辞也。❶

孔颖达接受了郑玄的说法，认为《诗经》中只要是"直陈其事，不譬喻者"❷，都是"赋辞"。这一结论显然是不能成立的。而在郑玄之后，关于六诗之"赋"的阐释概莫能跳出"铺"或"铺陈"说的底子。年代稍晚于郑玄的训诂专家刘熙说"敷布其义谓之赋"❸；到了魏晋南北朝，挚虞说"赋者，敷陈之称也"❹，刘勰说"赋者铺也，铺采摛文，体物写志也"，钟嵘说"直书其事，寓言写物，赋也"（《诗品序》）；到了宋代，李仲蒙说"叙物以言情谓之赋"❺；到了南宋朱熹那里，对"赋"的阐释形成了定论，即"赋者，敷陈其事而直言之也"❻。当代学者也多继承朱熹之说，如叶嘉莹说："所谓'赋'者，有铺陈之意，是把所欲叙写的事物加以直接叙述的一种表达方法。"❼上述种种说法，均脱胎于郑玄的"直铺陈"说，或取其"铺陈"义，如挚虞、刘勰；或取其"直陈"义，如钟嵘、朱熹。但是，上述诸家都只是停留在文体之"赋"对六诗之"赋"的表达方式上的相似，未能从本质上确立从六诗之"赋"到文体之"赋"的演变关系。

究其原因，乃后世阐释六诗之"赋"者忽略了郑注中另一个关键部分，即直陈的内容是"今之政教善恶"，直陈之目的在于讽谏。也就是说，郑玄所阐释的六诗之"赋"，不仅仅是表达方式上的"直接陈说"，同时还要承担讽谏天子知善恶、明得失、行正道、施仁政的政治功能。而这才是

---

❶ （汉）毛亨传，郑玄笺，（唐）孔颖达疏《毛诗正义》，北京：北京大学出版社，1999年版，第12页。

❷ 这里的"譬"为引譬连类，指六诗之"比"；"喻"为以物喻事，指六诗之"兴"。

❸ （汉）刘熙《释名》，文渊阁四库全书本。

❹ （唐）欧阳询《艺文类聚》，上海：上海古籍出版社，1982年版，第1018页。

❺ （清）刘熙载《艺概》卷三《赋概》，上海：上海古籍出版社，1982年版，第121页。

❻ （宋）朱熹《诗集传》，上海：中华书局上海编辑所，1958年版，第3页。

❼ 叶嘉莹《迦陵论诗丛稿》，北京：中华书局，1984年版，第324页。

六诗之"赋"的原初核心功能，也是六诗之"赋"的本质特征，也是后来"赋"得以成为一种独立文体的渊源所在。

能够证明这一论断信而有征的证据是，与《周礼》时代相当接近的《国语·周语》记载周天子"听政"制度时所提到的"瞍赋"：

> 故天子听政，使公卿至于列士献诗，瞽献曲，史献书，师箴，瞍赋，蒙诵，百工谏，庶人传语，近臣尽规，亲戚补察，瞽史教诲，耆艾修之，而后王斟酌焉，是以事行而不悖。❶

三国东吴韦昭释"瞍赋"曰："无眸子曰瞍。赋，公卿列士所献诗也。"这一解释源自东汉郑众的说法："郑司农云：讽诵诗，主诵诗以刺君过，故《国语》曰：瞍赋蒙诵，谓诗也。"按郑氏解，"赋"和"诵"均指向"公卿列士所献诗"，但《国语》原文及其他地方均没有这样的暗示。且揆之常理，公卿列士既已献诗于前，又何劳瞍、蒙"赋、诵"于后？如此叠床架屋，周天子岂非不堪其烦？因此，这里"瞍赋"的"赋"、"蒙诵"的"诵"，包括前面"师箴"的"箴"，都应当是某种特定的陈说形式，而且指向不同的内容以期达到特定的讽谏目的。

在礼制完备的周代，周天子身边的每一种人都有其特定的地位和职能。三公、九卿、列士参议国事，遂献讽谏之诗；瞽为乐师，遂献曲，以与诗配乐；史为外史，掌三坟五典，为天子执政提供借鉴，遂献书。此三者均用"献"，这不仅是"进献"动作的完成，还包括公卿列士的吟唱、瞽师的演奏、史官的叙述讲解这些实质内容。同样，师、瞍、蒙等人因其职责不同，或进箴言，或直陈，或婉言（按：此处用王力释"诵"之义项三："用婉言隐语讽谏。《左传·襄公四年》：国人诵之曰：臧之狐裘，败我于狐骀。《国语·周语上》：瞍赋，蒙诵。"❷），从不同角度、以各种方式向君王表达讽谏之义。所以，在此三者之下，又有"百工谏，庶人传语，近臣尽规，亲戚补察，瞽史教诲，耆艾修之"，等等，其目的都是讽谏君王斟酌行事、不悖正道。

六诗之"赋"与"瞍赋"之"赋"处于同一时期，且后者也不可能

---

❶ （清）汪远孙《国语发正》，皇清经解续编本，第 22－23 页。
❷ 王力主编《王力古汉语字典》，北京：中华书局，2000 年版，第 1278 页。

作"征敛"、"献纳"解，二者含义应该是相同，即斯时之"赋"，既有在特定场合、面对特定对象的体式规范，又有讽谏天子明察"今之政教善恶"的政治功能。这两个要素的结合就使"赋"具备了成为一种独立文体的可能性。

三、从六诗之"赋"到文体之"赋"演变的早期面貌

虽然汉大赋是赋体成熟的典型，但它并不是赋体的原初形态。赋史上第一篇以"赋"冠名的作品是先秦《荀子·赋篇》，其中有"礼、智、云、蚕、箴"等所谓"五赋"及"佹诗"一篇。通过考察《荀子·赋篇》❶，我们可以从体式规范和政治功能这两方面看到先秦时期从六诗之"赋"到文体之"赋"演变的面貌。

"五赋"只选其首篇"礼"为例，全文如下：

爰有大物，非丝非帛，文理成章；非日非月，为天下明。生者以寿，死者以葬。城郭以固，三军以强。粹而王，驳而伯，无一焉而亡。臣愚不识，敢请之王？王曰：此夫文而不采者与？简然易知，而致有理者与？君子所敬，而小人所不者与？性不得则若禽兽，性得之则甚雅似者与？匹夫隆之则为圣人，诸侯隆之则一四海者与？致明而约，甚顺而体，请归之礼。

"佹诗"全文如下：

天下不治，请陈佹诗：天地易位，四时易乡。列星殒坠，旦暮晦盲。幽暗登昭，日月下藏。公正无私，见谓纵横。志爱公利，重楼疏堂。无私罪人，憼革贰兵。道德纯备，谗口将将。仁人绌约，敖暴擅强。天下幽险，恐失世英。螭龙为蝘蜓，鸱枭为凤凰。比干见刳，孔子拘匡。昭昭乎其知之明也，郁郁乎其遇时之不祥也，拂乎其欲礼义之大行也，暗乎天下之晦盲也，皓天不复，忧无疆也。千岁必反，古之常也。弟子勉学，天不忘也。圣人共手，时几将矣。与愚以疑，愿闻反辞。其小歌曰：念彼远

---

❶ （清）王先谦撰，沈啸寰、王星贤点校《荀子集解》，北京：中华书局，1988 年版，第472－484 页。

方，何其塞矣，仁人绌约，暴人衍矣。忠臣危殆，谗人服矣。璇、玉、瑶、珠，不知佩也，杂布与帛，不知异也。闾娵子奢，莫之媒也；嫫母力父，是之喜也。以盲为明，以聋为聪，以危为安，以吉为凶。呜呼！上天！曷维其同！

两篇文意均不难理解，"礼"篇以隐语形式导出国君当以礼治国的政治主张，"佹诗"则历数天下之不治，以盲为明、以聋为聪、以危为安、以吉为凶，直陈其事，略无避讳。在表达方式上二者虽有不同，即前者为隐语，委婉引导国君树立正确观念；后者为直言，直接警醒国君当有忧患意识，但二者讽谏国君行正道、施仁政的政治目的是一致的。

关于《荀子·赋篇》的文体，前辈学人多有论述，比较而言，陆侃如、冯沅君两位先生的说法似乎更接近《荀子·赋篇》之本意。

这七段合成一整篇，并非如前人所谓五赋末附一诗。"赋"字乃是这七段的总题。"赋"训"直陈"，言直陈作者对政治的意见。❶

如果将陆、冯二先生的说法展开来，我们是否可以说，"赋"作为一种讽谏文体的专名在荀子的时代甚至更早就已出现，否则荀子不可能凭空以"赋"名篇。从《赋篇》来看，"赋"作为一种文体的要素已经形成：（1）文辞形式上，源于《诗经》，以四言为主，押韵；（2）表达手法上，以直接陈说为主，前"五赋"虽以隐语形式开篇，但收结于国君之自我陈述，言在彼而意在此，总体上仍可视作直接陈说，而这又暗合于汉赋的"主客问答"体；（3）文体功能上，直接表达政治主张，讽谏国君行正道、施仁政，具有强烈的政治教化意味。

考据学上以孤证得出的结论是没有说服力的，那么在两周时期，是否还能找到像《荀子·赋篇》这样的以"赋"冠名、以"赋"为体的证据呢？试看以下两则。

《毛诗传·墉风·定之方中》曰：

建国必卜之，故建邦能命龟，田能施命，作器能铭，使能造命，升高能赋，师旅能誓，山川能说，丧纪能诔，祭祀能语，君子能此九者，可谓

---

❶ 陆侃如、冯沅君《中国诗史》，济南：山东大学出版社，2000 年版，第 129 页。

有德音，可以为大夫。❶

《韩诗外传》曰：

孔子游于景山之上，子路、子贡、颜渊从。孔子曰："君子登高必赋，小子愿者，何言其愿，丘将启汝。"子路曰："由愿奋长戟，荡三军，乳虎在后，仇敌在前，蠡跃蛟奋，进救两国之患。"……子贡曰："两国构难，壮士列阵，尘埃张天，赐不持一尺之兵，一斗之粮，解两国之难，用赐者存，不用赐者亡。"……颜渊曰："愿得小国而相之，主以道制，臣以德化，君臣同心，外内相应，列国诸侯莫不从义向风，壮者趋而进，老者扶而至，教行乎百姓，德施乎四蛮，莫不释兵，辐辏乎四门，天下咸获永宁，蝝飞蠕动，各乐其性，进贤使能，各任其事。于是君绥于上，臣和于下，垂拱无为，动作中道，从容得礼，言仁义者赏，言战斗者死，则由何进而救？赐何难之解？"❷

孔颖达对"升高能赋"的解释是："升高能赋者，谓升高有所见，能为诗赋其形状，铺陈其事势也。"按此，"升高能赋"是指用"作诗"的方式来陈述登高所见。但我们看《韩诗外传》所载孔子诸弟子所"赋"却并不是"诗"。而且，揆诸前文所列"赋"作为一种文体的三要素，我们可以发现孔子诸弟子之"赋"与荀子《赋篇》的相同之处：（1）文辞形式以四言为主，且押韵，如子路赋中的"军"与"奋"，"前"与"患"，子贡赋中的"难"与"天"，"阵"与"存"，"粮"与"亡"，颜回赋中的"心"、"应"、"进"、"姓"、"兵"、"门"、"宁"、"能"，等等。（2）表达手法皆为直接陈说，即所谓"言所愿"。而且在《论语》"子路、曾皙、冉有、公西华侍坐"和"颜渊、季路侍"等章中我们可以看到如出一辙的情节。这两章中所记弟子言志，文辞虽简朴平易，但一样有格式上和修辞上的讲究，如曾皙说"暮春者，春服既成，冠者五六人，童子六七人，浴乎沂，风乎舞雩，咏而归"，就绝不同于平时的说话。（3）表达目的虽然不是讽谏国君，但却是表达个人政治主张的典型样板。

从孔子诸弟子登高作赋，到荀子《赋篇》，透露了从六诗之"赋"到

---

❶ （汉）班固撰，陈国庆编《汉书艺文志注释汇编》，北京：中华书局，1983 年版，第 183 页。

❷ （汉）韩婴撰，许维通校释《韩诗外传集释》，北京：中华书局，1980 年版，第 268 页。

文体之"赋"的演变关系。到了东汉，班固对这一演变进程的早期阶段作了完整的阐述。《汉书·艺文志·诗赋略》云：

> 古者诸侯卿大夫交接邻国，以微言相感，当揖让之时，必称《诗》以谕其志，盖以别贤不肖而观盛衰焉。故孔子曰"不学《诗》，无以言"也。春秋之后，周道浸坏，聘问歌咏不行于列国，学《诗》之士逸在布衣，而贤人失志之赋作矣。大儒孙卿及楚臣屈原离谗忧国，皆作赋以风，咸有恻隐古诗之义。❶

由此可见，从孔子到荀子、屈原，"赋"已经从《诗经》的一种表达方式独立出来，成为一种专用文体而被时人所接受、所运用，也就是班固所说的"学《诗》之士逸在布衣，而贤人失志之赋作矣"。

这种文体之所以定名为"赋"，盖因首先它不可能称作"诗"，因为在这个时期，"诗"专指《诗经》，如孔子曰"不学诗，无以言"、诗可以"兴、观、群、怨"。也不能称作"文"，因为在这个时期，"文"并非指"文章"或"文学"，而是指"修饰"或"修辞"，如孔子曰"言之无文，行而不远"，后世"文"的含义也是由此生发出来，这个时期还没有后来所谓的"文人"。也不能称作"诵"（班固说"不歌而诵谓之赋"，那古人为何不直接以"诵"为名，可见此说之谬），前文已释"诵"为婉言隐语，没有固定程序步骤，所以说"蒙诵"，"赋"则不然，它是政治的、制度的、仪式的。更不能称作"言"或"辞"，"言"、"辞"范围太广，既有无修饰的，又有讲技巧的，不能专指一种文体。因此，这种文体无法冠以他名，只能称作"赋"。同时，"赋"具备成为一种文体专名的条件。首先，它源于《诗经》又有别于《诗经》，其表达方式合乎时人的审美习惯，易于被时人所接受，所以班固才说"赋者，古诗之流也"。其次，它原本具有的直接陈说的表达方式和讽谏天子的政治功能，使其具备了成为一种独立文体的可能性。最后，也是最关键的一点，是经过孔子、荀子、屈原及同时代人的创作实践，它已经基本完成了从依附到独立、从表达方式到文体的转变，文体功能已趋于成熟。中国古代文论之一大宗就是文体论，而古代文体论最为讲求的就是尊体和辨体。这里的"体"不仅是指形式，

❶ 陈国庆《汉书艺文志注释汇编》，北京：中华书局，1983年版，第183页。

更重要的是指精神，所谓尊体，就是尊其"当行本色"，所谓辨体，就是辨其"正体"、"变体"。"赋"的"当行本色"、"正体"，并不仅仅表现在修饰文字的文辞形式和直接陈说的表达方式上，最核心、最关键的乃在于其内蕴的讽谏功能和政教力量，这就是班固为什么说"作赋以风，咸有恻隐古诗之义"的真正原因。

到了汉代，我们看到，基于"赋者古诗之流"的传统认识，汉人对赋的创作和批评，仍然以讽谏作为最高原则，从理论到实践都自觉地把讽谏当成赋的生命。如扬雄说"诗人之赋丽以则，辞人之赋丽以淫"，就是将先秦荀子、屈原等人之赋和时人渲染文辞、劝百讽一之赋作了明确分野和价值评判，而且司马相如、扬雄、班固、张衡等人在他们的许多赋作中都自觉主动地涂抹上讽谏色彩。这无疑是汉人对"赋"的原初核心功能的继承与遵守，同时也证明了：从六诗之"赋"到文体之"赋"的源流关系是建立在文体原初核心功能传承的基础之上，而并非简单地继承其直陈的表达方式。

荀子《赋篇·佹诗》辨体

——兼论"赋"之文体学意涵在先秦的萌芽

摘　要： 荀子《赋篇》在中国赋学史上首次以"赋"名篇，往往被视作"赋"的源头。但《赋篇》中有《佹诗》及其小歌，遂引发"诗"为何是"赋"的问题。通过考察前人研究成果及"赋"在先秦时代的用例，可得出结论："赋"在先秦时代具备了口述文学样式的某些特征，已有文体学意涵的萌芽；荀子《赋篇》之名乃取"口述文章"之义，与后世"赋"之文体学概念无关。

关键词： 佹诗；赋；口述文学

　　我们在细读中国古代经典文献时经常会遇到这样一个问题，即文学史或文学理论批评史上一些陈陈相因的基本概念和传统观念往往会影响我们的理解与判断，使我们先入为主地形成一些似是而非的结论，并为印证结论去寻找证据。当我们碰到那些与既有结论不符甚至相悖的材料时，不得不采取或避而不谈，或穿凿附会，或质疑其真实性的态度和做法，以至于某些结论并非（至少不全是）历史语境下的真实。比如，我们通常认为，"诗"与"赋"是各自独立的两种文体，二者没有交集，一首作品不能既是诗又是赋。但是在这样一个观念背景下，当我们读到《荀子·赋篇》时，发现其中除"礼、智、云、蚕、箴"所谓"五赋"外还有《佹诗》及其小歌，就不由得产生疑问：《佹诗》是"赋"吗？若是"赋"，何以荀子名之曰"诗"？若不是"赋"，何以又隶属于《赋篇》？是后人编排《荀子》各篇章时的误入？还是在荀子时代，"诗"、"赋"本同义？又或者《赋篇》纯系伪作，为后人假荀子之名羼入？在荀子时代，"赋"是否已经有了区别于"诗"的文体学意涵的萌芽？当代学者有论及此，歧见颇多，下文拟结合前人之研究，对此问题加以辨析。

一

前人对荀子《赋篇》的考释归纳起来大致有以下七种：

（一）"赋"为"自作诗"

"赋"有自作诗与诵古人之作两义。唐孔颖达分别在《毛诗正义》和《春秋左传正义》中援引东汉郑玄之说，但文字与郑玄略有出入。《毛诗正义》释《常棣》：

郑答赵商云：凡赋诗者，或造篇或诵古。所云诵古，指此召穆公所作诵古之篇，非造之也。❶

《春秋左传正义》释"所为赋《硕人》也"：

郑玄云：赋者，或造篇或诵古。然则赋有二义，此与闵二年郑人赋《清人》，许穆夫人赋《载驰》，皆初造篇也。❷

《春秋左传正义》所引郑玄语较《毛诗正义》少一"诗"字，或引起理解上的偏差，但只要一对比我们就会发现，两处文中的"赋"字或是作动词，或是表示一种创作行为，即"赋"可以是自作，也可以是诵古，但所作、所诵者皆为《诗经》作品或与《诗经》相类似的作品。

朱自清援引了这一说法，他认为"荀子《赋篇》称'赋'，当也是自作诗之义"❸。但他没有解决的问题有二：一，既然是自作诗，为何要在篇目上冠以"赋"名，而不直接以"诗篇"为篇目？二，既然所作都是诗，为何前五首题目均不标名曰"诗"，独《佹诗》着一"诗"字？前五首与《佹诗》究竟有哪些本质区别？

---

❶ （汉）毛亨传，（汉）郑玄笺，（唐）孔颖达疏《毛诗正义》，十三经注疏本，北京：北京大学出版社，1999年版，第568页。

❷ （周）左丘明传，（晋）杜预注，（唐）孔颖达正义《春秋左传正义》，十三经注疏本，北京：北京大学出版社，1999年版，第79页。

❸ 朱自清《诗言志辨》，载《朱自清说诗》，上海：上海古籍出版社，1999年版，第76页。

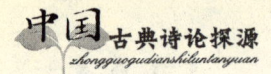

（二）"赋"即"铺陈"

《文心雕龙·诠赋》开宗明义曰："诗有六义，其二曰赋。赋者，铺也；铺采摛文，体物写志也。"有学者立足于这一解释，将铺陈体物作为"赋"的基本表现手法和基本特征，并以此来对照解释荀子《赋篇》。如袁济喜云："荀子的《赋篇》首次将自己的创作命名为赋。而他所说的赋，就是用铺陈的手法，描写五种事物的状态。"❶ 许结、郭维森则认为："此五节（礼、智、云、蚕、箴）所以冠以赋名，也因为一是韵语，二用铺陈，论及一物必多方形容，设谜面形容一番，揭谜底又形容一番，称作赋是有其根据的。"❷ 此二说认为这五则短文皆用铺陈手法，所以荀子名之曰"赋"。但问题是，《佹诗》及其小歌没有使用铺陈手法，为何也同列于《赋篇》？

（三）"赋"即"隐语"（谜语）

有学者认为，荀子《赋篇》之"赋"乃"隐语"。朱光潜云：

（隐语）它是一种雏形的描写诗。……中国大规模的描写诗是赋，赋就是隐语的化身。战国秦汉间嗜好隐语的风气最盛，赋也最发达，荀卿是赋的始祖，他的《赋篇》本包含礼、智、云、蚕、箴、乱六篇独立的赋。❸

马世年在其《荀子〈赋篇〉体制新探》一文中认可了这一说法，他认为：在荀子的时代，"赋"并非严格的文体名称，而只是一种用来讽谏的表述形式。"隐"可用来讽谏，故可将"隐"称作"赋"。又因为刘勰《文心雕龙》的《诠赋》、《谐隐》两篇分别提及荀子的《礼》、《智》和《蚕赋》，所以刘勰是明确将"礼、智、云、蚕、箴"这五篇隐语称为"赋"的。至于《佹诗》之所以能与前五首并列，盖因《战国策》"客有说春申君"章和《韩诗外传》节录其小歌且有"因为赋曰"字样，刘向

❶ 袁济喜《中国古代文体丛书·赋》，北京：人民文学出版社，1999 年版，第 13－14 页。
❷ 许结、郭维森《中国辞赋发展史》，南京：江苏教育出版社，1996 年版，第 85 页。
❸ 朱光潜《诗论》，上海：上海古籍出版社，2001 年版，第 31 页。

《别录·孙卿新书叙录》也说"因为歌赋",因此,《佹诗》也可以称作"赋"。❶

马氏之说似乎告诉我们:在汉代人眼里,"诗"、"隐"、"赋"是同义的,可以互相置换的。这一结论是否成立颇值得商榷,毕竟刘勰只说"荀卿《蚕赋》,已兆其体",即《蚕赋》给后来的"隐语"文体开了个头,但并没有明确表示《蚕赋》就是"隐",更没有说只要是"隐"就可以称为"赋"。我们看《文心雕龙》,既有《诠赋》,又有《谐隐》,如果二者没有区别,刘勰何必分而论之?此外,《佹诗》的内容完全不是"隐语",又如何与"隐"同义呢?

(四)《佹诗》为"赋","礼、智、云、蚕、箴"五篇为"隐"

赵逵夫认为,《赋篇》前五首为"隐",但他没有将"隐"与"赋"视作同义语。正是因其不同,赵氏对《赋篇》的划分界属提出新的看法。他认为,前五首不应划入《赋篇》,《佹诗》及其小歌才是名副其实的"赋"。也就是说,前五首应为"隐篇",《佹诗》及其小歌才是真正的"赋篇"。理由是:

第一,它明白标曰"佹诗"。《汉书·艺文志》说:"诵其言谓之诗,咏其声谓之歌","不歌而诵谓之赋"。则所谓"诵其言谓之诗"的"诗",同"不歌而诵谓之赋"的"赋",实为同一概念。故《艺文志》又说:"学诗之士,逸在布衣,而贤人失志之赋作矣。"屈原的作品亦是既谓之诗,亦谓之赋。杨树达说:佹,假为恑。《说文》:恑,变也。变诗,犹变风变雅。所谓佹诗,正显示了从屈原以来歌诗向诵诗的转变。第二,此部分有小歌。所谓小歌,即屈原抽思中的《少歌》,与乱的性质相同。则这一部分在结构形式上与屈原之赋相似。第三,句式同于屈原橘颂及涉江、抽思、怀沙三篇的乱辞。第四,有些句子,是从屈赋化出。❷

赵氏将"诗"与"赋"均出之以"诵"这一形式而将二者视为同一概念,似乎不当。许结、郭维森《中国辞赋发展史》认为:

---

❶ 详参马世年《荀子〈赋篇〉体制新探》,载《文学遗产》2009 年第 4 期,第 25 – 26 页。
❷ 赵逵夫《屈原和他的时代》,北京:人民文学出版社,2002 年版,第 599 页。

《赋篇》后有佹诗一首，或云应独立成篇。……此篇句式参差，末称"愿闻反辞"，又有小歌，当属楚辞体。所以称"诗"，亦犹《惜诵》之称诗。❶

上引二说都将《佹诗》与屈原楚辞相对照，认为二者形似，既然楚辞可称屈赋，那么《佹诗》亦可称"赋"；既然《惜诵》可称诗，那么《佹诗》亦可称诗。但细察之仍有很多不解之处：如果"诗"与"赋"本同义，《赋篇》只包括《佹诗》及其小歌，那么荀子为何不直接标名"佹赋"，岂不更符合"赋篇"之篇目？若前五篇是"隐"而不是"赋"，那么刘勰为何将荀子《礼》、《智》与宋玉《风赋》、《钓赋》并举，说它"爰锡名号，与诗画境，六义附庸，蔚成大国"，为"别诗之原始，命赋之厥初"？很明显他是把荀子这五篇（至少两篇）作品视作"赋"的起源。此外，屈原《惜诵》等楚辞作品既可称诗、亦可称赋，能用来证明《佹诗》既可称诗、亦可称赋吗？

（五）前五首为"赋"，《佹诗》为篇末所附

一些学者在论及《赋篇》时，以"末附《佹诗》"、"后附《佹诗》"、"篇末附有《佹诗》两首"等语一笔带过❷，仿佛《佹诗》及其小歌不属于正文。又如郭建勋文《汉人观念中的"辞"与"赋"》云：

《荀子·赋篇》虽总题中有"赋"字，但所辖的五个单篇并未命名为"礼赋"、"知赋"等，况且《赋篇》末尾又附有"佹诗"和"小歌"。《赋篇》之"赋"，非确指"赋篇"。❸

郭氏所言令人费解，《赋篇》之"赋"如果不是确指"赋篇"，那它所指究竟为何？

（六）《赋篇》系伪作

张小平《荀子赋篇真伪问题及研究》一文提出以下观点：一，班固

---

❶ 郭维森、许结《中国辞赋发展史》，南京：江苏教育出版社，1996年版，第85页。

❷ 分见李涤生《荀子集解》，台北：学生书局，1988年版，第587页；章培恒、骆玉明《中国文学史新著》，上海：复旦大学出版社，2007年版，第99页；李希运《论荀况与宋玉的造赋成就》，《临沂师范学报》2000年第4期，第60页。

❸ 郭建勋《汉人观念中的"辞"与"赋"》，载马积高、万光治编《赋学研究论文集》，成都：巴蜀书社，1991年版，第212页。

《汉书·艺文志》对荀赋的评论非指今日所见《荀子·赋篇》中的作品，而是指《诗赋略》所列"孙卿赋十篇"，这十篇不包括今日所见《赋篇》和《成相篇》等杂体赋。二，《赋篇》的民间隐语特点以及各篇相对独立的杂凑性质，显示了它可能出自众多民间无名氏之手。至汉初，有人把它杂凑而成，托名荀子以行世。三，《赋篇》全文不见一"赋"字，且拟题格式与"孙卿书录"其他篇章不相符合，故推测其原本为"唐勒赋四篇"、"宋玉赋十六篇"这样的格式，即"荀卿赋若干篇"，在流传中脱字而被误作"荀卿赋篇"沿用至今，后人加标点为"荀卿《赋篇》"。四，《赋篇》中诸篇"隐语"是杂体赋，不能将此诸篇定性为赋之正体，更不能作为赋源之正宗。❶

《赋篇》真伪及其是否为赋源正宗暂且不论，既然张氏承认前五首单篇作品是班固所说"杂体赋"，那么与之并列的《佹诗》及其小歌也应是"杂体赋"，这就又回到了"诗"为何是"赋"的问题。

（七）"赋"为"直陈"，《赋篇》为一整体

陆侃如、冯沅君《中国诗史》云：

> 这七段合成一整篇，并非如前人所谓五赋末附一诗。"赋"字乃是这七段的总题。"赋"训"直陈"，言直陈作者对政治的意见。❷

此说没有引起学界的重视和认可，但提出了一种全新的解释，为理解先秦时代"赋"的含义提供了新的角度，可惜陆、冯两位先生没有提出这一说法的依据。

上述诸家之说，均未能解释清楚为何《佹诗》及其小歌为何是"赋"的问题。如果我们揭去后人强加于这一问题上的种种障目之叶，不用主客问答、铺陈描写等文体要素去比附之，而是直接将其放在荀子的时代去探究，或许可以得出耳目一新的结论。也就是，"赋"这一词在荀子及其之前的时代人们是如何理解与使用的？厘清这一问题，《佹诗》为何是"赋"的问题也就迎刃而解了。

❶ 张小平《荀子赋篇的真伪及研究》，载《江淮论坛》1996 年第 6 期，第 95－102 页。
❷ 陆侃如、冯沅君《中国诗史》，济南：山东大学出版社，2000 年版，第 129 页。

二

荀子《赋篇》中的文字除原书外，最早见于西汉前期。《佹诗》之小歌的后半段见于《韩诗外传》及《战国策·楚册四·客说春申君》，此二者皆不称《佹诗》或小歌，而径称之为"赋"。《客说春申君》所录如下：

（荀卿）因为赋曰：宝珍隋珠，不知佩兮，袆布与丝，不知异兮。闾妹子奢，莫知媒兮，嫫母求之，又甚喜之兮。以瞽为明，以聋为聪，以是为非，以吉为凶，呜呼上天，曷惟其同！❶

《韩诗外传》所录如下：

（荀卿）因为赋曰：琁玉瑶珠不知佩，杂布与锦不知异。闾娵子都莫知媒，嫫母力父是之喜。以盲为明，以聋为聪，以是为非，以吉为凶，呜呼！上天！曷惟其同！❷

与今传《佹诗》对照，《客说春申君》与《韩诗外传》所录仅有个别文字或少量句子分合之差异。总体观之，三者用字稍异，但意旨无别，系同一篇作品在流传过程中的不同版本。

刘向《别录·孙卿新书叙录》也说：

春申君使人聘孙卿，孙卿遗春申君书，刺楚国，因为歌赋以遗春申君。❸

上引三部典籍，《韩诗外传》为西汉初年韩婴所著，《战国策》、《别录》是西汉末年刘向所著。以此三者观之，战国时人已将《佹诗》视为"赋"，直到西汉末年，这一认知仍然不变。

至东汉，班固《汉书·艺文志·诗赋略》始言"不歌而诵谓之赋"，很多学者认为这是"赋"在文体学上的首次界定。但我们细读班固原文，似乎并无此义。文云：

---

❶ （汉）刘向《战国策》，上海：上海古籍出版社，1985 年版，第 567 页。
❷ （汉）韩婴撰，许维遹校释《韩诗外传集释》，北京：中华书局，1980 年版，第 157 页。
❸ （汉）刘向《别录》，载（清）姚振宗辑录《七略别录佚文》，师石山房丛书第一部。

传曰:"不歌而诵谓之赋。登高能赋,可以为大夫。"言感物造端,材知深美。可与图事,故可以列为大夫也。古者诸侯卿大夫交接邻国,以微言相感,当揖让之时,必称《诗》以谕其志,盖以别贤不肖而观盛衰焉。故孔子曰"不学《诗》,无以言"也。春秋之后,周道浸坏,聘问歌咏不行于列国,学《诗》之士逸在布衣,而贤人失志之赋作矣。大儒孙卿及楚臣屈原离谗忧国,皆作赋以风,咸有恻隐古诗之义。❶

班固将"不歌而诵谓之赋"与"登高能赋"并用,说明这两个"赋"意思是相同的。"登高能赋"见于《毛诗传·墉风·定之方中》:

建国必卜之,故建邦能命龟,田能施命,作器能铭,使能造命,升高能赋,师旅能誓,山川能说,丧纪能诔,祭祀能语,君子能此九者,可谓有德音,可以为大夫。❷

"升高能赋"是君子"九能"之一。孔颖达《毛诗正义》对"升高能赋"的解释是:"升高能赋者,谓升高有所见,能为诗赋其形状,铺陈其事势也。"❸ 按此,"升高能赋"是指用"作诗"的方式来铺陈描述登高所见。但我们看《韩诗外传》所载孔子令诸弟子登高作赋,所"赋"却并不是诗。

孔子游于景山之上,子路、子贡、颜渊从。孔子曰:"君子登高必赋,小子愿者,何言其愿,丘将启汝。"子路曰:"由愿奋长戟,荡三军,乳虎在后,仇敌在前,蠡跃蛟奋,进救两国之患。"……子贡曰:"两国构难,壮士列阵,尘埃张天,赐不持一尺之兵,一斗之粮,解两国之难,用赐者存,不用赐者亡。"……颜渊曰:"愿得小国而相之,主以道制,臣以德化,君臣同心,外内相应,列国诸侯莫不从义向风,壮者趋而进,老者扶而至,教行乎百姓,德施乎四蛮,莫不释兵,辐辏乎四门,天下咸获永宁,蝖飞蠕动,各乐其性,进贤使能,各任其事。于是君绥于上,臣和于下,垂拱无为,动作中道,从容得礼,言仁义者赏,言战斗者死,则由何

---

❶ (汉)班固撰,陈国庆编《汉书艺文志注释汇编》,北京:中华书局,1983 年版,第 183 页。

❷ 陈国庆《汉书艺文志注释汇编》,北京:中华书局,1983 年版,第 183 页。

❸ (汉)毛亨传,郑玄笺,(唐)孔颖达疏《毛诗正义》,北京:北京大学出版社,1990 年版,第 200 页。

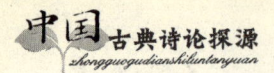

进而救？赐何难之解？"❶

从子路、子贡、颜回三人所"赋"，明显可以看出"登高必赋"的"赋"不是（至少不一定是）"诗"，而是一种口头陈说（即所谓"言其愿"），类似于我们今天所说的"即兴演讲"。陈说的内容可以是登高所见之景，也可以是游目骋怀之志；陈说的形式不是拉长声调的吟唱，而是不被曲调、情感充沛的演说；陈说的手段和普通对话不同，它在特定的场合下（登高）产生，且运用了丰富的修辞手法和高超的语言技巧，使人听之悦耳、闻之动心。所以班固才称其为"不歌而诵"，这里的"诵"绝非背诵或朗诵，而是一种感情充沛、言辞动人的演说，是先秦时期的一种口述文学样式。

这种口述文学样式的生成与《诗经》渊源颇深。西周时期，礼乐兴旺，周天子与诸侯国之间以及诸侯国相互之间会面，以吟唱《诗经》作品来委婉地表达态度和意愿，这是一种讲"礼"的表现，体现了一种高层次、高品位的规格，同时也带动了这一套含蓄有礼的外交辞令在社会上的流行。所以孔子批评其子孔鲤说："不学《诗》，无以言。"进入春秋时代，列国纷争，礼崩乐坏，"学《诗》之人"如今"贤人失志"，于是"作赋以风"。这里的"风"不是指像荀子、屈原这样的失志贤人以作"赋"的途径来向君王或大夫表达劝谏讽喻，而是指他们虽"离谗"仍不忘"忧国"，在命途多舛、民生多艰的环境下，抛弃了"诗"那种优雅有礼的表达方式，而使用即景生情、借物言志的方式来作一番自我情绪或意见的诉说。因此，鲁迅先生说，"离骚者，因得忧患而发牢骚也"，陆侃如、冯沅君说，荀子《赋篇》是"直陈作者对政治的意见"，不为无据。

通过上述分析，我们可以合理地假设："赋"在先秦时代，尤其是荀子的时代，已然有了一点后世文体学意涵上的萌芽，即它是一种早期口述文学的样式。虽然存世文献未见详载其作为这样一种文学样式的具体要求与规范，但我们差可判断："赋"作为一种口述文学样式，不是一般人可以掌握和使用的，其作者必须具备一流的语言修辞能力，即所谓"能赋"。

---

❶ （汉）韩婴《韩诗外传集释》，北京：中华书局，2009年版，第268页。

三

能够证明这一判断的是较之"升高能赋"、"登高必赋"更早的一条关于"赋"的记载,即《国语·周语》记载周天子"听政"制度所提到的"瞍赋":

故天子听政,使公卿至于列士献诗,瞽献曲,史献书,师箴,瞍赋,矇诵,百工谏,庶人传语,近臣尽规,亲戚补察,瞽、史教诲,耆、艾修之,而后王斟酌焉,是以事行而不悖。❶

三国东吴韦昭释"瞍赋"曰:"无眸子曰瞍。赋,公卿列士所献诗也。"这一解释源自东汉郑众的说法:"郑司农云:讽诵诗,主诵诗以刺君过,故《国语》曰:瞍赋矇诵,谓诗也。"按郑氏解,"赋"和"诵"均指向"公卿列士所献诗",但《国语》原文及其他地方均没有这样的暗示。且揆之常理,公卿列士既已献诗于前,又何劳瞍、蒙"赋、诵"于后?如此叠床架屋,周天子岂非不堪其烦?因此,这里"瞍赋"的"赋"、"蒙诵"的"诵",包括前面"师箴"的"箴",都应当是某种特定的口头陈说形式,而且指向不同的内容以期达到特定的目的。

在礼制完备的周代,周天子身边的每一种人都有其特定的地位和职能。三公九卿列士参议国事,遂献讽谏之诗;瞽为乐师,遂献曲;史为外史,掌三坟五典,为天子执政提供借鉴,遂献书。此三者均用"献",这不仅是"进献"动作的完成,还包括公卿列士的吟唱、瞽师的演奏、史官的叙述讲解这些实质内容。同样,师、瞍、蒙等人因其职责不同,或进箴言,或直陈,或婉言(按:此处用王力释"诵"之义项三:"用婉言隐语讽谏。《左传·襄公四年》:国人诵之曰:臧之狐裘,败我于狐骀。《国语·周语上》:瞍赋,矇诵。"❷),从不同角度、以各种方式向君王表达劝谏之义。所以,在此三者之下,又有"百工谏,庶人传语",等等,其目的都是劝谏君王斟酌行事。

---

❶ (清)汪远孙《国语发正》,皇清经解续编本,第22-23页。
❷ 王力主编《王力古汉语字典》,北京:中华书局,2000年版,第278页。

　　因此，"瞍赋"的"赋"当是一种独立于"诗"、"曲"、"箴"、"诵"之外的口头陈说形式，而且它对使用者的身份、语言能力以及使用时的内容和程序有着特殊的要求和规定。当这种口头陈说形式从特定人物（瞍）的专门职能逐渐演变成为"大夫"、"君子"必须具备的基本能力之后，就有了前文引述的"升高能赋"、"登高必赋"等说法，这也正是班固所谓"失志贤人作赋以风"之所本。

　　"瞍赋"的内容也绝不是"诗"。因为在先秦语汇中，凡提到"诗"，均特指《诗经》及与之相类似的作品；而且"诗人"一词在先秦典籍中从未出现过，在《史记》、《汉书》中出现凡二十三例，无一例外指向《诗经》之作者。这说明，从先秦直到汉代，人们对"诗"的认知和使用是十分固定的。

　　我们从"赋"字的本义上来看，为赋税之义，《说文解字》释作："赋，敛也。"《尚书·禹贡》云："厥土惟白壤，厥赋惟上上错。"《尚书》传曰："赋为土地所生，以供天子。"可见，"赋"可作动词，亦可作名词。作动词即征敛，作名词即征敛之物。这是从天子的角度自上而下，如果换成被征敛者的角度就是自下而上，"赋"又有"进献、贡纳"的动词义和"进献之物"的名词义。征敛之物铺陈满庭供天子观看，又引申出"赋"的"铺陈"义。而当职掌者向君王陈述进献之物的名称、数量、形色、功能等时，又引申出"赋"的"陈说"义。这种陈说在特定的场合（王庭），面对特定的听众（天子或国君），当然就必须有程序的轨范与修辞的讲究。形式上，它可以是韵文，也可以是散文，可以是齐言，也可以是杂言，关键在于它是"不歌而诵"或曰"不歌而说"的口述文章。

　　当我们把先秦文献中凡涉及言语行为的"赋"之用例集中到一起来对照这一结论，我们发现，"口述文章"这种解释是完全说得通的。从"瞍赋"到"升高能赋"、"登高必赋"，再到"公入而赋"、"姜出而赋"、"卫人赋《硕人》"、"许穆夫人赋《载驰》"、"郑人赋《清人》"、"秦人赋《黄鸟》"等用例，我们可以看出"赋"在先秦时代作为一种口述文学样式的演变脉络，即作者从周天子身边的特定官人，到春秋时期的诸侯国君、大夫阶层，再到战国时期的普通百姓皆可"赋"；形式从"瞍"之遵循特定规范的口述，到诸侯国君、大夫、士人及普通百姓的即兴口述；目的从最初的劝谏君王斟酌行事、谨慎为政，到充分表达作者的情绪、态度和意见。这种种变化围绕着唯一、核心的不变，即运用丰富的修辞手法来进行口述的这一表达方式，这应当就是"赋"的文体学意涵在先秦时代的萌芽。到汉代，"润色鸿业、劝百讽一、铺张扬厉"的汉大赋只不过继承了先秦"赋"的名称，且逐渐淡化了"口述"和"即兴"的色彩，同时强化了主客问答式的书写方式和繁缛的修辞技巧，逐渐形成后世文体学意义上的"赋"的特色，而这已经与先秦"赋"渐行渐远、分道扬镳了。

　　行文至此，《佹诗》及小歌为什么是"赋"的答案已十分明显。那就是，荀子所称"赋"乃"口述文章"之义，而礼、智、云、蚕、箴等五首与《佹诗》及小歌等均为"口述文章"，荀子将其"口述文章"归为一类，遂名之曰《赋篇》。

扬雄"诗人之赋"辨义

摘　要：西汉辞赋大家扬雄关于"赋"的评论"诗人之赋丽以则，辞人之赋丽以淫"，在中国文学批评史上影响深远。但是"诗人之赋"含义隐晦，引发了后人的诸多揣测。通过分析《史记》、《汉书》及扬雄本人作品中的"诗人"，以及《左传》中的"赋"的用法，可知扬雄所谓"诗人"即指《诗经》作者，"诗人之赋"即为《诗经》中的作品。

关键词：诗；诗人；赋；诗人之赋

中国古代文论中陈陈相因的一些基本概念和传统观念往往会自觉不自觉地影响我们的文本细读和研究，使我们先入为主地形成一些似是而非的结论，并为印证结论而去寻找证据。当我们碰到那些与既有结论不相符甚至相违背的史料文献时，则不得不采取或视而不见，或穿凿曲解，或质疑其真实性的态度和做法，以至于某些结论并非（至少不全是）历史语境下的真实。比如，我们通常认为，"诗"与"赋"是各自独立、判然有别的两种文体，二者没有交集，一首作品不能既是诗又是赋，但是在这样一个观念背景下，当我们仔细琢磨西汉辞赋大家扬雄关于"赋"的一段经典评论时就产生了困惑。下文拟就此加以辨析。

一

扬雄《法言·吾子》篇曰：

或问："景差、唐勒、宋玉、枚乘之赋也，益乎？"曰："必也淫。""淫，则奈何？"曰："诗人之赋丽以则，辞人之赋丽以淫。如孔氏之门用

赋也，则贾谊登堂，相如入室矣，如其不用何？"❶

扬雄按照作者性质不同将"赋"分为两类，即"诗人之赋"与"辞人之赋"。就其字面意义观之，"辞人"之所指是明确的，即文中提到的景差、唐勒、宋玉、贾谊、枚乘、司马相如等人，他们的作品即为"辞人之赋"。但"诗人"的含义就十分隐晦了，按正常的逻辑推论，既称之为"诗人"，则必然是"诗"的作者。先秦凡提到"诗"皆特指《诗经》，至西汉扬雄时代在多数情况下仍然如此，那么"诗人"就应该指的是《诗经》的作者。但是这样理解就带来两个难以解释的问题：一，《诗经》的作者绝大多数不可考，即便此处所谓"诗人"并非确指而是泛指，我们在《诗经》中也找不到一篇可归属于"赋"的作品；二，《文心雕龙·诠赋》篇云："然赋也者，受命于诗人，拓宇于楚辞也。于是荀况《礼》《智》，宋玉《风》《钓》，爰锡名号，与诗画境，六义附庸，蔚成大国。遂客主以首引，极声貌以穷文。斯盖别诗之原始，命赋之厥初也。"❷刘勰认为，"赋"继承了《诗经》之"美刺"功能（所谓"受命于诗人"，这里的"诗人"明显是指《诗经》作者），但它作为一种"体"的定名和独立是在荀况和宋玉之后，而《诗经》中的作品皆早于战国，其作者显然不可能作"赋"。既如此，则扬雄所谓"诗人之赋"缘何而来呢？

《汉书·艺文志》引扬雄此说，但并无阐释，历史文献中首先针对此说加以论述发挥的是西晋挚虞的《文章流别论》：

赋者，敷陈之称，古诗之流也。古之作诗者，发乎情，止乎礼义。情之发，因辞以形之；礼义之旨，须事以明之。故有赋焉，所以假象尽辞，敷陈其志。前世为赋者，有孙卿、屈原，尚颇有古诗之义，至宋玉则多淫浮之病矣。《楚辞》之赋，赋之善者也。故扬子称赋莫深于《离骚》。贾谊之作，则屈原俦也。古诗之赋，以情义为主，以事类为佐。今之赋，以事形为本，以义正为助。情义为主则言省而文有例矣；事形为本，则言富而辞无常矣。文之烦省，辞之险易，盖由于此。夫假象过大，则与类相远；逸辞过壮，则与事相违；辩言过理，则与义相失；丽靡过美，则与情相

---

❶ 汪荣宝撰《法言义疏》，北京：中国书店，1991 年版卷二。

❷ （南朝梁）刘勰著，范文澜注《文心雕龙注》，北京：人民文学出版社，1962 年版，第 134 页。

悖。此四过者，所以背大体而害政教，是以司马迁割相如之浮说，扬雄疾"辞人之赋丽以淫"。❶

挚虞将"古诗之赋"与"今之赋"对举，虽然没有明确将此二者与扬雄所谓"诗人之赋"、"辞人之赋"画等号，但因为"今之赋"有"四过"，"背大体而害政教"，明显对应于扬雄所批判的"丽以淫"的"辞人之赋"，相应地，"古诗之赋"就对应于"诗人之赋"。于是，按照挚虞的解释，"诗人之赋"乃衍生于"古诗"，成为"古诗"的一个支流，这里的"古诗"当然是指《诗经》中的作品，然而"诗人之赋"或曰"古诗之赋"究竟指《诗经》中的哪些作品呢？仍然没有着落。

换一个角度思考，扬雄所谓"诗人之赋"，是否只是他心目中设定的一个理想化的创作原则和批评基准，以用来批判"辞人之赋"，事实上并不存在呢？但细析其文，仿佛事实又并非如此，试看当代学者的阐述：

一，他承认"丽"是赋的共同特点。但由于作者不同，而其作品有"丽以则"和"丽以淫"的区别，"则"是合乎法度，"淫"是烦滥放荡。他以此为标准，把赋划分为两大类，"丽以则"的称为"诗人之赋"，"丽以淫"的称为"辞人之赋"，并肯定前者，不满后者。二，从时代言，"辞人之赋"起于景差、宋玉诸人，下及西汉诸家。❷

这段话的前提是："诗人之赋"与"辞人之赋"均为"赋"。如果我们承认这一前提成立的话，那么二者句型相同，结构对称，其意义也应当是平衡的。如果说"景差、宋玉诸人，下及西汉诸家"之赋是"丽以淫"的"辞人之赋"，那么作为典范和法度的"诗人之赋"就必须有所指，必须有具体的作品放在那里以供对照，否则扬雄的批评就成了无根之木、无源之水，完全立不住脚了。

于是又产生另一种解释，即扬雄所谓的"诗人"并不是指《诗经》的作者，而是挚虞文中提到的"前世为赋"且"颇有古诗之义"的荀子和屈原，如郭绍虞注释《文章流别论》云：

---

❶ 郭绍虞、王文生《中国历代文论选》第一册，上海：上海古籍出版社，2004 年版，第 190－191 页。

❷ 顾易生、蒋凡《中国文学批评通史·先秦两汉卷》，上海：上海古籍出版社，1996 年版，第 551 页。

古诗之赋，这里指继承《诗三百篇》传统精神的"诗人之赋"，即《骚》。❶

将"古诗之赋"判定为屈原的作品。诚然，荀子、屈原的作品在汉代被称作"孙卿赋"、"屈原赋"或"屈赋"的情况比较多见，且荀子、屈原早于景差、唐勒、宋玉、枚乘等人。另外，《荀子·赋篇》中还有以诗为题的作品——《佹诗》。种种迹象表明，荀子和屈原最有可能是扬雄所谓的"诗人"。如果此论成立，问题又来了：一，既然荀子、屈原是诗人，那么其作品当然可称"诗"，但同时又可称"赋"，难道在扬雄时代，"诗"与"赋"本无差别？二，假设"当时诗赋无差别"之说成立，那么景差、唐勒、宋玉、枚乘以至西汉诸家也就既是赋家，又是诗人了，那为何扬雄又称之为辞人？三，如果说在当时"诗"、"辞"与"赋"是对同一种文类的三种称谓，其实无差别，那么扬雄为何不说"诗人之诗丽以则，辞人之辞丽以淫"？这样更便于理解嘛。因此，弄清问题的关键仍然落脚在对"诗人"一词的解释上。

二

笔者检索文渊阁四库全书电子版，其中十三经以及《荀子》、《老子》、《庄子》、《列子》、《墨子》、《晏子春秋》、《管子》、《商君书》、《慎子》、《韩非子》、《孙子》、《吴子》、《尹文子》、《吕氏春秋》等共计二十七部先秦典籍，居然没有一处用到"诗人"一词。最早使用的是《史记》，有九处，另外，《汉书》除《艺文志》引扬雄之说外有十四处。司马迁和班固一前一后，与扬雄时代相近，而且这两部正史中的"诗人"用例并非零星个案，足可反映西汉至东汉初年人们对"诗人"一词的认知。

出自《史记》的有：

（1）"周道之兴自此始，故诗人歌乐思其德。"唐司马贞《史记索隐》释为："即诗大雅篇'笃公刘'是也。"

（2）"诗人道西伯，盖受命之年称王而断虞芮之讼。"方苞释曰："史

---

❶ 《中国历代文论选》第一册，第 190 – 191 页。

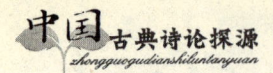

公盖据大雅有声之诗'文王受命',而误为此说也。"

(3)"懿王之时,王室遂衰,诗人作刺。"《史记索隐》引宋忠注:"时王室衰,始作诗也。"

(4)"诗人美而颂之曰'殷社芒芒,天命玄鸟,降而生商'。"见《商颂·玄鸟》。

(5)"诗人美而颂之曰'厥初生民'。"见《大雅·生民》。

(6)"周道缺,诗人本之衽席,《关雎》作,仁义陵迟,《鹿鸣》刺焉。"

(7)"周西伯政平,及断虞芮之讼,而诗人称西伯受命曰文王。"

(8)"故诗人歌之曰'戎狄是应','薄伐猃狁,至于大原','出舆彭彭,城彼朔方'。"见《鲁颂·閟宫》、《小雅·六月》、《小雅·出车》。

(9)"汤武之隆,诗人歌之。"

出自《汉书》的有:

(1)"皇甫、三桓,诗人所刺,春秋所讥,亡以甚此。"颜师古注:"皇甫,周卿士之字也。用后嬖宠,而处职位,诗人刺之,事见小雅十月之交篇。"

(2)"下至幽、厉之际,朝廷不和,转相非怨,诗人疾而忧之曰:'民之无良,相怨一方。'"颜师古注:"此小雅角弓之篇刺幽王之诗也。"

(3)"夫遵衰周之轨迹,循诗人之所刺,而欲以成太平,致雅颂,犹却行而求及前人也。"

(4)"诗人美之,《斯干》之诗是也。"颜师古注:"小雅篇名,美宣王考室。其首章曰'秩秩斯干'。"

(5)"至于宣王,……周道粲然复兴,诗人美之而作。"

(6)"故诗人疾而刺之,曰:'节彼南山,惟石岩岩,赫赫师尹,民具尔瞻。'"颜师古注:"小雅节南山之诗也。"

(7)"余闻之先人曰:'……汤武之隆,诗人歌之。……'"

(8)"诗人歌功,乃列于雅。"颜师古注:"大雅、小雅之诗也。"

(9)"诗人美而颂之曰'薄伐猃狁,至于太原',又曰'啴啴推推,如霆如雷,显允方叔,征伐猃狁,荆蛮来威'。"颜师古注:"小雅采芑之诗也。"

(10)"唯陛下留意诗人之言,少抑外亲大臣",颜师古注:"小雅十月之交之诗也。"

（11）"昔诗人所刺，春秋所讥，指象如此，殆不在它。"

（12）"（韩）婴推诗人之意，而作内外传数万言。"

（13）"中国被其苦，诗人始作，疾而歌之曰：'靡室靡家，猃狁之故'，'岂不日戒，猃狁孔棘'。"

（14）"诗人美大其功曰：'薄伐猃狁，至于太原'，'出车彭彭，城彼朔方'。"

另外，在扬雄本人的其他作品中也用到"诗人"，如《赵充国颂》："昔周之宣，有方有虎，诗人歌功，乃列于雅。"《太仆箴》："诗好牧马，牧于坰野。辇车就牧，而诗人兴鲁。"

上文列举的"诗人"用例无一例外地指向《诗经》的作者。王力先生曾说："如果我们所作的词义解释只在这一处讲得通，不但在别的书上再也找不到同样的意义，连在同一部书里也找不到同样的意义，那么，这种解释一定是不合语言事实的。作家使用这种在社会上不通行的词义，只能导致读者的不了解，为什么不用一个能为社会所接受的词呢？实际上，作家并没有使用这个词义，而只是注释家误解罢了。"❶ 因此我们当可断定"诗人之赋"中的"诗人"不是荀子或屈原，也不是通常意义上的"作诗者"或"以诗名家者"，而是专指《诗经》的作者。

三

既然确定扬雄所谓"诗人"是指《诗经》的作者，那么《诗经》中"赋"从何来？历史文献中能否找到"诗人"作赋的记载？如果我们继续拘泥于关于文体的传统观念，认为诗与赋判然有别、互不兼容，那么对此依然无法给出令人信服的解释。首先我们必须承认，文学史上某种"体"的建立，是后人根据前人创作的大量积累，经过一段较长时间的比较分析、区别异同、综合归纳而最终确定的，而且在其建立后并非一成不变，而是不断发展的。春秋战国甚至更早时期，华夏先民并没有事先设计并区

---

❶ 王力《训诂学上的一些问题》，载王力著《语言学论文集》，北京：商务印书馆，2000年版，第521页。

分"诗"或"赋"的体裁形式,亦或者事先界定所谓"敷陈"、"喻类"、"起兴"等表现手法之后再开始创作。因此,我们仍然要从历史的语境中去探寻"诗人之赋"在当时的含义。

杨伯峻先生《春秋左传注》对"赋"之用法的解释使这个问题涣然冰释。《左传·隐公四年》原文:"卫庄公娶于齐东宫得臣之妹,曰庄姜,美而无子,卫人所为赋《硕人》也。"杨注:

> 赋有二义,郑玄曰,"赋者或造篇,或诵古",是也。此赋字及隐元年传之"公入而赋"、"姜出而赋",闵二年传之"许穆夫人赋《载驰》"、"郑人为之赋《清人》",文六年之"国人哀之,为之赋《黄鸟》",皆创作之义,其余赋字,则多是诵古诗之义。卫人所为赋《硕人》,即卫人为之赋《硕人》,与闵二年"郑人为之赋《清人》",文异义同。❶

首先,杨先生肯定了东汉郑玄的解释,并归纳《左传》中其他四处"赋"之用例,得出"皆创作之义"的结论。

此外,孔颖达《毛诗正义》解《有女同车》篇,引《郑志》张逸问:

> 此序云"齐女贤",经云"德音不忘",文姜内淫,适人杀夫,几亡鲁国,故齐有《雄狐》之刺,鲁有《敝笱》之赋,何德音之有乎?❷

这里的"赋"仍系创作之义,只不过动词变成名词,即作品。

通过上述辨析,我们对扬雄"诗人之赋"的解释当可下一断语:"诗人之赋"就是指《诗经》作者所创作的作品。相应地,"辞人之赋"就是指景差、唐勒、宋玉、贾谊、枚乘、司马相如等人的作品。这里的"赋"与后世将"赋"作为一种"体"的概念毫不相涉。

---

❶ 杨伯峻编著《春秋左传注》,北京:中华书局,1981 年版,第 31 页。
❷ (汉)毛亨传,(汉)郑玄笺,(唐)孔颖达疏《毛诗正义》,北京:北京大学出版社,1999 年版,第 297 页。

尊体·分体·辨体

——胡震亨《唐音癸签》之诗体观述论

摘　要：中国古典诗歌至唐而体备，宋元以来，"尊体"、"辨体"观念渐次形成。至明代，诗人和诗论家的辨体意识更为强烈。胡震亨的《唐音癸签》通过选录编排前人诗话来表达其诗体理论，其诗体观可析为"分体论"、"辨体论"两个层面。前者依声律、句式、音乐来全面认识唐诗体裁；后者则分别从风格、声调、作法等角度论述各体特色及创作原则。前者为体，后者为用。这是胡震亨在明代复古主义诗学的直接影响下必然形成的诗体观。

关键词：《唐音癸签》；诗体；分体；辨体；创作原则

中国古典诗歌体以代变，从诗经、楚辞，到汉乐府，到汉末魏晋之五言诗，到唐之近体律绝，经过历代诗人的创作实践和审美批评的长期积累，以时代、作者、句式、风格等命名的各种诗体纷繁出现，而一系列对应于某种诗体的或大而化之，或具体而微的创作原则和批评标准也相应地逐渐形成并且固定。到了宋代，各种诗体的创作经验和理论批评都已经相当丰富，对诗体的共识基本形成，此时的诗人开始提出并倡导"尊体"的观念。所谓"尊体"，就是要求恪守某一诗体经过长期积淀而固定下来的创作原则、方法和风格，如诗僧惠洪引沈括语批评韩愈"以文为诗"："退之诗，押韵之文耳，虽健美富赡，然终不是诗。"❶ 严羽则提出"辨体"论："作诗正须辨尽诸家体制，然后不为旁门所惑。……于古今体制，若辨苍素。"又提出"当行本色"说："禅道惟在妙悟，诗道亦在妙悟，……

---

❶　（宋）惠洪撰，陈新点校《冷斋夜话》卷二引沈括语，北京：中华书局，1988 年版，第23 页。

惟悟乃为当行，乃为本色。"❶"辨体"也好，"当行本色"也罢，都是在"尊体"观念的主导下提出的。体制一旦确定，即为不易之法，如是之论，对后世产生了深远的影响。

至明代，诗人"辨体"的意识更为强烈，高棅的《唐诗品汇》、胡应麟的《诗薮》、许学夷的《诗源辨体》等，关于诗体的本质论、风格论、创作论都渐趋规范化和系统化。而明末胡震亨的《唐音癸签》（以下简称《癸签》）则以全面总结唐诗创作的得失为动机，爬梳剔抉前人关于唐诗的经典论述，通过精心选录编排前人诗话来表达个人观点，对唐诗诗体的源流、分类及特征做了详尽的说明。

《癸签》的诗体理论，大致可以分为两个层面：一是纵观历代诗体之流变及其与唐诗之关系，指出唐诗体制的定型与"声律"密切相关。又通过考查历代唐诗集录，从其中所载诗体名称来全面认识唐诗体裁；二是将唐诗依其体制分成数类，分别从风格、声调、作法等角度，论述各体特色并确立创作原则与方法。简言之，前者为唐诗的"分体论"，后者则为各诗体的"辨体论"，二者又统摄于"尊体"观念之下。

一

先说"分体论"。《癸签》通过全面考查唐人自编别集、总集，以及宋元人所编唐诗总集，详列唐诗各体名称。其分类依据大致有三，一曰声律，二曰句式，三曰音乐。

（一）依声律而分

唐人依声律分体，《癸签·体凡》云：

> 今考唐人集录，所标体名，凡效汉、魏以下诗，声律未叶者，名往体；其所变诗体，则声律之叶者，不论长句、绝句，概名为律诗、为近体；而七言古诗，于往体外另为一目，又或名歌行。举其大凡，不过此三

---

❶（宋）严羽著，郭绍虞校释《沧浪诗话校释》，北京：人民文学出版社，1983 年版，分见第 251、12 页。

者为之区分而已。❶

　　往、近二体依"声律"而分，七古虽为往体，但由于唐人对七古非常重视，遂别立一体曰"歌行"。往、近体之分，早在唐、宋就已有之。如五代后蜀韦縠编唐诗选集《才调集》，于每卷卷首标明"古律杂歌诗一百首"，清人冯班《古今乐府论》对此解释为："古律杂歌诗一百首。古者，五言古也；律者，五七言律也；杂者，杂体也；歌者，歌行也。此是五代时书，故所题如此，最得之，今亦鲜知者矣。"❷ 宋人张表臣说："苏、李而上，高简古澹谓之古；沈、宋而下，法律精切谓之律。"❸ 宋人李之仪也说："近体见于唐初，赋平声为韵，而平侧（仄）协其律，亦曰律诗。由有律体，遂分往体，就以赋侧声为韵，从而别之，亦曰古诗。"❹ 可见，《癸签》所述乃是对前人已有之理论做了一个概要总结。

（二）依句式而分

　　宋、元人在古、近体的框架下，又依四、五、七言等句式细分诗体。《癸签·体凡》云：

　　至宋、元编录唐人总集，始于古、律二体中备析五七等言为次。于是流委秩然，可得具论：一曰四言古诗、一曰五言古诗、一曰七言古诗、一曰长短句；一曰五言律诗、一曰五言排律、一曰七言律诗、一曰七言排律、一曰五言绝句、一曰七言绝句。❺

　　宋、元人所称"长短句"即唐人所称"歌行"。

　　此外，《癸签》又列出一些不常见的诗体并将其分别纳入古体或律体：古体有三字诗、六字诗、三五七言诗、一字至七字诗、骚体杂言诗。

---

❶（明）胡震亨《唐音癸签》，上海：上海古籍出版社，1981 年版，第 1 页。

❷（清）冯班《钝吟杂录》，（清）王夫之辑《清诗话》本，上海：上海古籍出版社，1978 年版，第 38 页。

❸（宋）张表臣《珊瑚鈎诗话》，（清）何文焕辑《历代诗话》本，北京：中华书局，1997 年版，第 476 页。

❹（宋）李之仪《谢人寄诗并问诗中格目小纸》，载丛书集成初编本《姑溪居士文集》卷一六，上海：上海书店，1984 年版，第 129 页。

❺《唐音癸签》，第 1 页。

律体有五言小律、七言小律，又六言律诗，及六言绝句。❶

在每一种诗体之下，《癸签》均有简要评述或源流说明。

（三）依音乐而分

关于诗与乐的关系，《癸签》于《唐人乐府不尽谱乐》一文中简述诗乐分流之脉络：

> 古人诗即是乐。其后诗自诗，乐府自乐府。又其后乐府是诗，乐曲方是乐府。诗即是乐，三百篇是也。诗自诗，乐府自乐府，谓如汉人诗，同一五言，而"行行重行行"为诗，"青青河畔草"则为乐府者是也。乐府是诗，乐曲方是乐府者，如六朝而后，诸家拟作乐府铙歌……，只是诗；而吴声子夜等曲方入乐，方为乐府者是也。❷

"乐府"与"诗"有别，而"乐府"内部又有古题、新题之别。《癸签》云：

> 而诸诗内又有诗与乐府之别，乐府内又有往题、新题之别。往题者，汉、魏以下，陈、隋以上乐府古题，唐人所拟作也；新题者，古乐府所无，唐人新制为乐府题者也。其题或名歌，亦或名行，或兼名歌行。又有曰引者，曰曲者，曰谣者，曰辞者，曰篇者。有曰咏者，曰吟者，曰叹者，曰唱者，曰弄者。复有曰思者，曰怨者，曰悲若哀者，曰乐者。凡此多属之乐府，然非必尽谱之于乐。……唐诗体名，庶尽乎此矣。❸

胡震亨将新题乐府依命名方式分为四大类：一是因袭汉人乐府题名者；二是以词为名者；三是以声为名者；四是以情为名者。

由此可见，《癸签》的"分体论"可概括为：一、唐人依"声律"分"往体"与"近体"，并将"歌行"独立于"往体"之外单独成体；二、宋、元人除区分古、近体外，再依"句式"之不同细分为五、七言等诗体；三、依"音乐"又将"乐府"单作一类，"乐府"分"往题"与"新题"，后者又因其题、词、声、情分作若干小类。《癸签》的这种分类方式

---

❶ （明）胡震亨《唐音癸签》，上海：上海古籍出版社，1981年版，第1-2页。

❷ （明）胡震亨《唐音癸签》，上海：上海古籍出版社，1981年版，第174页。

❸ （明）胡震亨《唐音癸签》，上海：上海古籍出版社，1981年版，第2页。

可以说已囊括众体。

<h1 style="text-align:center">二</h1>

再说"辨体论"。所谓"辨体",是指辨析不同诗体或同一诗体在不同时代的风格特征及其创作要求。本文开头已述,"辨体"之说肇自严羽,然而早在沧浪之前,"辨体"思维就已经存在,从魏曹丕"诗赋欲丽"说,西晋陆机"诗缘情而绮靡"说,到南朝刘勰提出"四言正体,则雅润为本;五言流调,则清丽居宗",都意在"辨体",而且都重在呈现诗之有别于其他文体的独特风格,或是某诗体之所以为此体的"当行本色"。

至宋代,追求"当行本色"已成为诗人创作之不二法门。至明代,诗论家之"辨体"意识更明确,表述也更系统,除高棅、胡应麟等人外,吴讷也提出:"文辞以体制为先。"❶ 李东阳说:"予辈留心体制。"❷ 陈洪谟说:"文莫先于辨体。"❸ 李梦阳说:"追古者未有不先其体者也。"❹ 许学夷说:"诗文俱以体制为主。"❺ 等等。这其中或论文,或论诗,或诗文同论,但其观念是一致的,即对"体"的重视。胡震亨在《癸签》中辑录了大量前人关于"辨体"的论述,通过分析他对这类文字的遴选和编排,可以看出《癸签》所持的"辨体"原则有三:一曰风格,二曰声调,三曰作法。

(一) 以风格辨体

《癸签》引刘勰语:"四言正体,雅润为本;五言流调,清丽居宗。"又引胡应麟语:"风雅之规,典则居要。离骚之致,深永为宗。古诗之妙,专求意象。歌行之畅,必由才气。近体之攻,务先法律。绝句之构,独主风神。"可以看出,风格与诗体的关系是:风格因诗体而异,反过来又可

---

❶ (明)吴讷著,于北山校点《文章辨体序说》,北京:人民文学出版社,1998年版,第9页。

❷ (明)李东阳《麓堂诗话》,丁福保辑《历代诗话续编》本,北京:中华书局,1988年版,第1389页。

❸ (明)徐师曾《文体明辨序说》,北京:人民文学出版社,1998年版,第80页。

❹ (明)李梦阳《徐迪功集序》,《空同先生集》卷五一,台北:伟文图书出版社有限公司,1976年版。

❺ (明)许学夷《诗源辨体》,北京:人民文学出版社,1987年版,第137页。

依据风格来辨析诗体之正变。

而以风格的差异来区分诗体，首先必须掌握每一种诗体的基本风格，因此明人"辨体"，尤为重视同一诗体在不同时代会呈现出不同风格的现象。《癸签》在谈到这一问题时，也多引述明人之说，来明确规定某一诗体的风格，如论四言诗，引王世贞语：

四言诗须本风雅，间及韦、曹，然各自为体，勿得相杂。

论五言古诗，引王世懋语：

作古诗先须辨体。无论两汉难至，苦心模仿，时隔一尘，即为建安，不可堕落六朝一语；为三谢，纵极俳丽，不可杂入唐音。小诗欲作王、韦，长篇欲作老杜，便应全用其体，亦不得他杂。词曲家非当家本色，虽丽语博学无用，况此道乎。

论乐府，引胡应麟语：

拟古乐府：拟汉不可涉魏，拟魏不可涉六朝，拟六朝不可涉唐。

胡震亨引述此三则文字所欲表达的其实就是"作古诗先须辨体"的观念。不论是四言诗、五言古诗还是拟古乐府，都因时代的变化而呈现出不同的风格，这种"时代的烙印"从风格层面上升到创作原则的高度，也就成为所谓"当家本色"。因此，胡震亨认为，"辨体"除了依据外在的"体裁"形式以外，更重要的是求其内在的"当家本色"，而且必须"各自为体，不得他杂"。

于近体诗各种风格的辨析上，《癸签》亦是如此，如引胡应麟论五律之说：

学五言律，毋习王、杨以前，毋窥元、白以后。先取沈、宋、陈、杜、苏、李诸集，朝夕临摹，则风骨高华，句语宏赡，音节雄亮，比偶精严；次及盛唐王、岑、孟、李，永之以风神，畅之以才气，和之以真澹，错之以清新；然后归宿杜陵，究竟绝轨，极深研几，穷神知化：五言律法尽矣。

五律之体确立于初唐沈、宋，成熟于盛唐诸家，集大成于杜甫。这种观念实际上规定了五律之体的"当家本色"就是从沈、宋到杜甫这一批诗人的有典范意义的作品。于是，五律的风格就应该是：先要具备初唐诸家的"风骨高华，句语宏赡，音节雄亮，比偶精严"，再加以盛唐诸家的"风神、才气、真澹、清新"，最后归宿于杜甫的"穷神知化"。过此三关，方可尽得五律之体。

《癸签》又引胡应麟论五、七言绝句：

> 五言绝尚真切，质多胜文。七言绝尚高华，文多胜质。五言绝昉于两汉，七言绝起自六朝，源流迥别，体制自殊。至意当含蓄，语务春容，则二者一律也。

五绝与七绝两种诗体风格各异，一为"真切"，一为"高华"。这是因为五绝始于两汉，七绝起于六朝，二者在诗体源起的时代上既有不同，其风格自然有所差异，此即所谓"源流迥别，体制自殊"。

要之，《癸签》依风格辨体，旨在教人明辨各种诗体所必须具备的风格要求。也就是说，一种诗体须有一种诗体的风格。

（二）依声调辨体

近体诗因其对声律的要求更加严格，所以其声调的表现力也就更为突出，这种基于声调变化配合的文字表现力遂成为近体诗——尤其是律诗——的灵魂。《癸签》引胡应麟语：

> 律诗全在音节，格调风神尽具音节中。

而将诗体区分为古、近二体，是否入律是一条重要标准，《癸签》分别引王世懋、王世贞语：

> 律诗句有必不可入古者，古诗字有必不可为律者。
> 古乐府选体歌行，有可入律者，有不可入律者，句法字法皆然。惟近体必不可入古耳。

古、近体的最大差异就在于对入律的要求不同，不过，歌行却是例外，它可以入律，也可以不入律，这显然与歌行到唐代才独立成体有关。

而声调的表现在古体、近体的内部也各有不同，如《癸签》引胡应麟语：

七言律于五言律，犹七言古于五言古也。五言古衔辔有程，步骤难展；至七言古错综开阖，顿挫抑扬，古风之变始极。五言律宫商甫协，节奏未舒；至七言律畅达悠扬，纡徐委折，近体之妙始穷。

要之，《癸签》依声调辨体，不仅可以区分古、近体，而且可以在古、近体内部进一步辨析。也就是说，一种诗体须有一种诗体的声调。

（三）依作法辨体

《癸签》引胡应麟语："近体之攻，务先法律。"所谓"法律"，除了指"格律"外，也包含了"作法"这层意思，即对诗歌结构布局的讲求，析言之，即字法、句法、篇法。

1. 字法

《癸签》论五律字法，引刘昭禹语："五言如四十个贤人，着一字屠沽辈不得。"论七律字法，引王世贞语："字法有虚有实，有沉有响，虚响易工，沉实难至。五十六字如魏明帝凌云台材木，铢两悉配乃可耳。"论律诗两联字法，引赵孟頫语："律诗不可多用虚字，两联填实方好。"

2. 句法

《癸签》论句法，引王世贞语：

七言律不难中二联，难在发端及结句耳。发端盛唐人无不佳者，结颇有之，然亦无转入他调及收顿不住之病。……句法有直下者，有倒插者。

又提出自己对律诗句法的要求：

作诗不过情景二端。如五言律体，前起后结，中四句二言景，二言情，此通例也。……此初学入门第一义，……若老手大笔，则情景混融，错综惟意，又不可专泥此论。

胡震亨指出五律作法有其通例，初学者必须遵循，但已入堂奥者则不必太过拘泥。总之，"情景混融，错综惟意"乃是句法运用的最终目的和最高境界。

3. 篇法

《癸签》论近体诗篇法，引元人杨载"起承转合"说：

七言律有起、有承、有转、有合。起为破题，……承为颔联，……转为颈联，……合为结句，……知此则七律思过半矣。

绝句之法，要婉曲回环，删芜就简，句绝而意不绝，多以第三句为主，而第四句发之。……大抵起承二句固难，然不过平直叙起为佳，从容承之为是。至如宛转变化工夫，全在第三句。若此转变得好，则第四句如顺流之舟矣。

而歌行之本色为"散漫纵横"，因此，在论歌行篇法时，《癸签》引谢榛语：

但看其通篇大势。中间偶有拙句，不失大体；着一巧句，最害正气。

意在强调歌行体不宜刻意雕琢。又引王世贞语：

如作平调，舒徐绵丽者，结须为雅词，勿使不足，令有一唱三叹意。奔腾汹涌，驱突而来者，须一截便住，勿留有余。中作奇语，峻夺人魄者，须令上下脉相顾，一起一伏，一顿一挫，有力无迹，方成篇法。

胡震亨虽然征引诸家文字来规范各体诗法，然而他对于字法、句法、篇法这"三法"的观点实可用王世贞之说来总结概括：

篇法之妙，有不见句法者，句法之妙，有不见字法者，此是法极无迹，人能之至，境与天会，未易求也。

也就是说，"法"的最高境界，应是如严羽所说的"羚羊挂角，无迹可求"。

要之，《癸签》以作法辨体，旨在为每一种诗体指出创作门径，使初学者得其门而入，即一种诗体须有一种诗体的作法。但《癸签》同时强调，法至极则无法，最终追求的应是"有力无迹"，方为至法。

三

通过对《癸签》之"分体论"和"辨体论"的引述和分析，可以发现，《癸签》之诗体观并不仅限于辨析各种诗体的源流正变及其体制规范，而是更加侧重于强调某种凌驾于个性化创作之上的具有普遍意义的标准与典范。这种标准与典范的建立有一个预设的前提，即任何一种诗体都有其

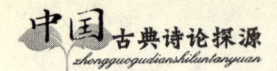

最典范的创作阶段（时代），以及最具代表性的诗人和作品。析言之，即在某一阶段（时代）中，某种诗体的创作具有极为鲜明整齐的时代风格，这一风格又超越其所处时代，成为后世必须遵循的创作原则；而那些最具代表性的诗人及作品，也无形中对某种诗体在风格和作法上做了本质的规定，结果便成为后世必须师法的典型范本。对这种以时代或诗人为标签的创作原则和典型范本的皈依与追慕，实为《癸签》之诗体观的核心与驻足。而且这反映出了明代乃至整个中国古典诗学"辨体"理论的深层内涵，即中国古典诗学中所谓"诗体"，不仅是一种外在的语言形式，而且是由诗歌的语言秩序、语言体式和诗人的人格涵养、精神结构、体验方式、思维方式，以及所负载的社会、历史、文化精神等诸多要素融贯而成的一种独特的审美规范。这种审美规范所探究并约定俗成的所谓"体"、"法"、"格"等概念，最终指向的是不同体裁的审美特征之间的差异，而且这种差异一经形成，就具有某种强制性，成为诗歌创作的先决条件。

《癸签》对于各种诗体"振叶寻根，观澜索源"式的探讨，所追求的正是辨明诗体之间的差异和确定某一诗体的纯粹，所谓"各自为体，不得他杂"即为此意。这其中包含着两层含义：一是，学诗者须得仔细辨析，方可认清各种诗体的体式特征及其审美规范，进而学龙像龙、拟虎似虎，而不至于杂入他体，扰乱了诗歌的体制规范。二是，诗体对其所表达的内容具有选择功能，它只能容纳与其特征相通的那一部分人生体验，而对不适合的那一部分，作者必须摒除或加以改造，以此来追求和保证作品格调、声调的单纯性与审美风格的一元性。因为从单纯性的角度看，乱其"体"就会破坏一元性，导致审美风格的多元化，而多元化审美风格的出现实际上就是已经确定的独特审美规范的丧失，也就失去了"辨体"的理论基础。所以在明代诗学批评中，建立在"辨体"基础上的模仿就具有了独特的审美意义，明代诗学辨体批评的一项重要内容就是为不同诗歌体裁都确立一种典范的审美风格与师法对象。

在这种诗体观的主导下，胡震亨在《癸签》中所举出的那些最合乎创作原则和典型范本的"好诗"，通向的往往不是诗人主体生命动力的彰显或审美情感的抒发，而是诗歌谱系中的经典文本。这样做有其积极的方面，即为学诗者指明了创作门径和师法对象，恰如学书法中的"临帖"；而其消极的方面则是使后世作者对创作原则的恪守与传承、对经典文本的追拟和复制成为其最高追求,从而导致思维僵化、扬古抑今。当然,胡震亨身处明末,其前辈的诗论陈陈相因,到他这里只是做了一个归纳和总结。明代前七子中的王廷相早就明确提出:"诗贵辨体。效风、雅类风、雅,效《离骚》、《十九首》类《离骚》、《十九首》,效诸子类诸子,无爽也,始可与言诗矣。"❶ 后七子中的李攀龙也说"唐无五言古诗"❷。类似说法在明代层出不穷,这都无疑是在复古主义的旗帜下,力求从前人创作中为每一种诗体确立一种最高的也是最具典型意义的创作规则与审美取向,并以此来规范与指导当时的诗文创作,所谓"文必秦汉,诗必盛唐"之论,以及唐宋诗之争,都是这种努力之下的产物。胡震亨深受其前辈影响,在《癸签》中体现出的诗体观亦复如是。

综上所述,我们可以对《唐音癸签》的诗体观做一个总结,其诗体观分为两个层面:一是"分体论",即按照声律、句式及音乐这三个标准来区分唐诗各体;二是"辨体论",即从风格、声调、作法这三个角度来论述唐诗各体的特征,以规范并确立各体的创作原则,从而达到"辨体"之目的。简言之,"分体论"为体,"辨体论"为用,体用结合,方能透彻理解并掌握诗体之精要,这是胡震亨在明代复古主义诗学的直接影响下必然形成的诗体观。

---

❶ (明)王廷相《刘梅国诗集序》,《王氏家藏集》卷二二,台北:伟文图书出版社有限公司,1976 年版。

❷ (明)李攀龙《选唐诗序》,《沧溟先生集》卷十八,台北:伟文图书出版社有限公司,1976 年版。

考 据 篇

《才调集》编选者韦縠考

摘　要：唐人选唐诗十种之《才调集》编选者韦縠，现存可资考证其生平的文献甚少。通过对《十国春秋》之韦縠小传、韦氏家族姓名及相关线索人物，以及《才调集》选诗的时间下限的分析考辨可推知：韦縠系出于京兆韦氏，曾任后蜀监察御史、某部尚书，其生年约在884年前后，卒年在943年至960年之间。《才调集》成书于943年之后，此时韦縠已至花甲之年。

关键词：韦縠；才调集；生平；考证

　　《才调集》为现存"唐人选唐诗"中选诗最多也是最晚出的一部❶，其编选者韦縠，现存可资考证的文献甚少。胡震亨《唐音癸签》将《才调集》归为"五代人选唐诗"之一种，述评曰，"《名贤才调集》，蜀监察御史韦縠编唐人诗一千首，每一百首为一卷，随手成编，无伦次。其所宗者虽李青莲及元、白，而晚唐人诗十居其七八"❷，认为韦縠乃五代时蜀人，然五代之蜀分前、后，因此，关于韦縠生活年代就有前蜀、后蜀两种看法。

　　文献中称韦縠为"前蜀"者不多，且都未明所据。如《四库全书总目》卷一八六之《才调集》按语："《才调集》十卷，蜀韦縠编。縠仕王建为监察御史，其里贯事迹皆未详。"❸ 又如《嘉庆重修一统志·成都府三》"人物类"有"韦縠"条，置于五代前蜀"韦庄"后，云："韦縠，杜陵人，少有文藻，梦中得软罗缬巾，才情益进。仕蜀为尚书，尝选唐人

---

　　❶ 《才调集》凡十卷，每卷百首，共一千首，成书于五代之后蜀时期。现存"唐人选唐诗"中的《搜玉小集》所选皆为初唐诗，编选者姓名失考，据傅璇琮《唐人选唐诗新编·前言》，当为初唐或中唐人。因此，说《才调集》在现存唐人选唐诗中最晚出当不致误。

　　❷ （明）胡震亨《唐音癸签》，上海：上海古籍出版社，1981年版，第322－323页。

　　❸ （清）纪昀总纂《四库全书总目提要》，石家庄：河北人民出版社，2000年版，第5095页。

诗为《才调集》。"❶ 此处文字盖袭自《十国春秋》之韦縠小传。

　　而称韦縠为"后蜀"者居多，首推清吴任臣《十国春秋》卷五五"后蜀八"所载之韦縠小传：

　　韦縠少有文藻，梦中得软罗缬巾，由是才思益进，仕高祖父子，累迁监察御史，已又升□（引者按：原缺）部尚书。縠尝辑唐人诗千首，为《才调集》十卷，其书盛行当世。❷

　　尽管只有寥寥数语，但这已是迄今所见记载韦縠生平最早亦最详之文字。《十国春秋》"所采古今书籍，无虑数百余种"（《十国春秋·凡例》），且"采择详博而精于辨核，为文明健有法"（魏禧《十国春秋序》），文中所述韦縠之宦历当可从。传称《才调集》"盛行当世"，虽无明证，但从此书流传至今已逾千年、录诗千首无一散佚的情况看，所言非虚。但说韦縠梦中得"软罗缬巾"，从此"才思益进"，则纯系小说家言，谬不可信。

　　他如南宋陈振孙《直斋书录解题》卷十五称："后蜀韦縠集唐人诗。"❸ 元马端临《文献通考》卷二四八"经籍考"七十五转录❹。明曹学佺《蜀中广记》卷一百称："后蜀韦縠选唐人诗，以李青莲、白乐天居首，海虞赵玄度有抄本。"❺ 另，《全唐文》卷八九一收录《才调集序》一文，后附韦縠小传，称"縠仕后蜀，累迁监察御史，户部尚书"❻，未知何据。且除此外，古今叙韦縠宦历之文献皆仅言及"尚书"而无称"户部"者。《中国大百科全书》中国文学卷之"才调集"条（王水照撰）❼，傅璇琮、龚祖培《才调集考》❽，傅璇琮、陈尚君编《唐人选唐诗新编》之《才调集·前记》❾ 等，均未引用此说。因此，关于韦縠之历官，目前可以肯定的是：曾仕后蜀孟知祥、孟昶两朝，尝任监察御史，后迁某部尚书。

❶ （清）穆彰阿等《嘉庆重修一统志》，四部丛刊续编本，第二三六四册卷三八六。
❷ （清）吴任臣《十国春秋》第二册，北京：中华书局，1983 年版，第 811 页。
❸ （宋）陈振孙《直斋书录解题》第四册，北京：商务印书馆，1935 年版，第 419 页。
❹ （元）马端临《文献通考》，北京：中华书局，1986 年版，第 1956 页。
❺ （明）曹学佺《蜀中广记》，文渊阁四库全书本，卷一百。
❻ （清）董浩等编《全唐文》，北京：中华书局，1996 年版，第 9305 页。
❼ 中国大百科全书（第二版），北京：中国大百科全书出版社，2009 年版，第 10 卷第 91 页。
❽ 傅璇琮、龚祖培《才调集考》，载葛兆光主编《清华汉学研究第一辑》，北京：清华大学出版社，1994 年版，第 147－166 页。
❾ 傅璇琮等编《唐人选唐诗新编》，西安：陕西人民教育出版社，1996 年版，第 687 页。

笔者所见各版本《才调集》，皆署"蜀监察御史韦縠集（或撰）"。因此，可以肯定韦縠在编选此书直至完成这段时间内尚未升作某部尚书，则可知其编《才调集》时仍应在后蜀，而且是在孟昶时期。因为，《十国春秋》称韦縠"累迁监察御史，已又升某部尚书"。"累迁"意谓韦縠在升任监察御史前，已在孟蜀有过一段较长时间的宦历，否则不可曰"累"。而孟知祥于934年称帝，定国号"蜀"，并于是年薨，在位仅半年，可见韦縠绝不可能在孟知祥时期升监察御史。又，"已"字意为"旋即"、"不久之后"❶，亦即韦縠在升为监察御史后不久，又升某部尚书，而在孟知祥在位的短短半年时间内，连续完成这两次重大的升迁，可能性极小。由此可以判定，韦縠升作监察御史最早也应在孟昶继位（934）以后。

若说韦縠在孟知祥称帝前即为监察御史，也无可能。原因有二：（1）传文中"累迁"云云是在"仕高祖父子"之后，意谓韦縠之两度升迁是在孟蜀时期完成的；（2）如果韦縠在孟蜀建立前即为监察御史，则应在后唐庄宗或明宗朝（按：后唐闵宗在位仅一年，即934年，末帝于是年继位），而非后蜀朝。又据南宋计有功《唐诗纪事》卷六一"宋邕"条云：

《春日》云："轻花细叶满林端，昨日春风晓色寒。黄鸟不堪愁里听，绿杨宜向雨中看。"伪蜀韦縠取此诗为《才调集》。❷

称"伪蜀韦縠"，可见在宋人眼中，韦縠的确是蜀官而非唐官。

据上文所述，关于韦縠之宦历比较合理的推测应为：韦氏在孟知祥入蜀为西川节度使后，即入其幕，从《十国春秋》称他"仕高祖父子"的语气来看，似乎是终其一生追随孟蜀前后二主，且为后主孟昶非常倚重的老臣。在孟知祥称帝后，他并未立即被升作监察御史，而是在后主孟昶时期又担任了一段时间的监察御史以下的若干官职后，在较短时间内连续完成了两次升迁，最后以某部尚书致仕（或卒于任上）。据此推测，韦縠编选《才调集》，当完成于后蜀孟昶时期，即934年之后，且在他任某部尚书之前。傅璇琮、龚祖培《才调集考》一文据计有功"伪蜀"之语认为韦縠未入宋即卒，此论可从，则韦縠卒年当在960年以前。

---

❶ 如《史记·项羽本纪》："韩王成无军功，项王不使之国，与俱至彭城，废以为侯，已又杀之。"

❷ （宋）计有功《唐诗纪事》，上海：上海古籍出版社，1987年版，第927页。

通过查阅并分析《元和姓纂》、《新唐书·宰相世系表》所录韦氏各家族姓名，我们可以发现韦氏各家族人名有一个极为明显的特点：同房同宗同辈人大多双名首字同或末字同，单名则偏旁同。如阆公房韦范，三世孙纲，生二子文宗、文杰；文宗生二子德敏、德基；德敏生六子璆、琪、玢、瑷、琳、球，文杰孙名玠。彭城公房韦鸿胄，生二子澄、淹；澄有子庆嗣、庆植、庆基、庆祚、庆本、庆陳；庆嗣有八子正礼、正德、正名、正道、正己、正象、正履、正矩；庆植三世孙名悦然、怡然、忻然、怿然。其余诸房，亦尽皆类此。❶ 我们可据此来推测韦縠的家世里贯，韦縠未见于上述两书著录之韦氏人名，且与"縠"字同偏旁的只有"韦縠"一人❷。此人源出京兆韦氏，其所在世系表如下❸：

宗立				绶
式				逢
匡范，字廷臣	昭范，字宪之	昌范，字禹筹，考功郎中	贻范，字垂宪，相昭宗	昭度，字正纪，相僖宗、昭宗
		用晦		
		縠字唐后		

由上表可知，縠为韦昌范之孙，韦用晦之子。新旧唐书皆无昌范、用晦传，《唐尚书省郎官石柱题名考》卷八"司勋员外郎"载"韦用晦"条云："新表京兆韦氏，司功郎中昌范子用晦，不详历官。"❹ 与《世系表》无异。縠字唐后，按古人名与字之间大都有意义的关联，或相近（相关）或相反，但韦縠之"縠"字，本义为"张弓"，引申为"射箭所及范围"，后再引申为"圈套、牢笼"（如唐太宗语"入我縠中"），与"唐后"似无

---

❶ （唐）林宝撰，岑仲勉校记，郁贤皓、陶敏整理《元和姓纂》，北京：中华书局，1994 年版，第 153 页。

❷ 《十国春秋》卷五三"后蜀六·列传"，有"韦縠"条："唐相贻范子也，事后主，历御史中丞。性多依违，时号'软饼中丞'。"传称縠为贻范子，则当与用晦同辈，为縠之叔父，然其名为单字，与文中述韦氏人名之规律相悖。因此，笔者疑吴任臣误"孙"为"子"，縠当为贻范孙，与縠同辈。至于此人与縠之关系，则不可考，但据縠、縠二人之里贯，可判定韦縠亦出于京兆韦氏。《嘉庆重修一统志》亦称縠为"杜陵人"。

❸ （宋）欧阳修、宋祁撰《新唐书》第三册，北京：中华书局，2000 年版。

❹ （清）劳格、赵钺撰，徐敏霞、王桂珍点校《唐尚书省郎官石柱题名考》，北京：中华书局，1992 年版，第 440 页。

关联。因此，笔者从字面意义来揣测，取字"唐后"可能表"唐之后人"或"生于唐后"之义。这一揣测并非臆断，其可能成立的依据除了字面意义外，更重要的是基于对京兆韦氏与大唐王朝唇齿相依之密切关系的考察。

首先，京兆韦氏在政治前途上与唐王朝休戚相关。韦氏宰相自初唐至唐末有十六人，依次为弘敏、方质、思谦（名仁约，以字行）、待价、巨源、安石、嗣立、承庆、温、见素、执谊、贯之（按：原名纯，避宪宗讳改）、处厚、保衡、昭度、贻范，居各大士族所出宰相人数的第二位❶，其余为各级官吏者更是不可胜数。杜甫诗《赠韦七赞善》有句："尔家最近魁三象，时论同归尺五天。""尺五天"，仇兆鳌注："俚语曰：'城南韦杜，去天尺五。'"❷韦氏家族于有唐一代之显要地位可见一斑。且其显赫早在北周、杨隋时就已开始，据《隋书·韦世康传》（卷四七，列传一二）载：

史臣曰：韦氏自居京兆，代有人物。世康昆季，馀庆所钟，或入处礼闱，或出总方岳，朱轮接轸，鸣笳成阴，在周暨隋，勋庸并茂，盛矣。❸

其次，京兆韦氏在社会地位上与唐王朝是一荣俱荣、一损俱损的关系。根据毛汉光先生的统计，可以看出在唐前期京兆韦氏与李唐王室通婚之频繁。如下表❹：

	唐高祖、太宗	唐高宗、武后、中宗、睿宗	唐玄宗	合计
韦 氏	2	6	6	14

最后，韦氏与关中郡姓其他士族，如山东士族、江南士族相比较，地位也相当突出，前人有评论道：

隋唐都京兆，杜氏、韦氏皆以衣冠名位显。故当时语曰："城南韦杜，去天尺五。"二家各名其乡，谓之"杜曲"、"韦曲"。自汉至唐，未尝不

---

❶ 河东裴氏与赵郡李氏各有十七人，并列第一。
❷ （清）仇兆鳌《杜诗详注》，北京：中华书局，1999年版，第2065页。
❸ （唐）魏徵《隋书》，北京：中华书局，2000年版，第854页。
❹ 毛汉光《关中郡姓婚姻关系之研究（隋至唐前期）》，载中国唐代学会编辑委员会编《唐代文化研讨会论文集》，台北：文史哲出版社，1991年版，第130页。

为大族。❶

唐之世家，自以荥阳郑氏、河东裴氏、京兆韦氏、赵郡李氏、兰陵萧氏、博陵崔氏六族为最。❷

因此，在唐亡后，京兆韦氏政治生命终结，社会地位急剧下跌，抚今追昔，岂能不生今夕何夕之感？韦縠之叔祖父贻范、昭度皆相昭宗，惜大唐王祚不保，未几而皆亡于众逆之手，其后人为表缅怀前朝及先辈之意而取字"唐后"，应该说是有很大可能性的。如果此说可成立，则可作如下推算：唐亡于 904 年，又古人二十岁时行结发加冠礼并取字，照此逆推二十年，则韦縠当生于 884 年或稍后。

又，《新唐书·韦贻范传》（卷一八二，列传一〇七）附"卢光启传"后，原文如下：

卢光启，字子忠，不详何所人。第进士，为张浚所厚，擢累兵部侍郎。昭宗幸凤翔，宰相皆不从，以光启权总中书事，兼判三司进左谏议大夫参知机务，复拜兵部侍郎，同中书门下平章事，俄罢为太子少保，改吏部侍郎。初，光启执政，韦贻范、苏检相继为宰相。贻范字垂宪，以龙州刺史贬通州。检为洋州刺史。二人奔行在，贻范迁给事中，用李茂贞荐，阅旬为工部侍郎同中书门下平章事，判度支。倚权臣，恣骜不恭。会母丧，免。逾月夺服，不数月卒。

又，《新唐书·昭宗皇帝纪》（卷一〇，本纪一〇）载：

（天复）二年正月丁卯，给事中韦贻范为工部侍郎、同中书门下平章事。……（五月）庚午，韦贻范罢。……八月己亥，韦贻范起复。……（十一月）丙辰，韦贻范薨。

又，《新唐书·宰相下》（卷六三，表三）载：

（天复二年壬戌）正月丁卯，给事中韦贻范为工部侍郎、同中书门下平章事、判度支。……五月庚午，贻范以母丧罢。……八月己亥，贻范起复，守户部侍郎、同中书门下平章事，依前充诸道盐铁转运等使，判度

---

❶ （宋）邓明世《古今姓氏书辨证》，南昌：江西人民出版社，2006 年版，第 359 页。

❷ （清）李慈铭《越缦堂读书记》，上海：上海书店出版社，2000 年版，第 330 页。

支。十一月丙辰，贻范薨。

三处所载韦贻范事皆合。天复二年即902年，韦贻范卒于本年。如果上文对韦縠生年的推断成立的话，此时韦縠当满十八岁，按照古代男子行冠礼后即可娶妻的惯例，向上逆推四十余年，即韦昌范二十余岁得子用晦，用晦二十余岁得子縠，则昌范此时若仍在世当超过六十岁。

又，据《新唐书·艺文志一》（卷五七，志四七）载：

> 昭宗播迁，京城制置使孙惟晟敛书本军，寓教坊于秘阁，有诏还其书，命监察御史韦昌范等诸道求购，及徙洛阳，荡然无遗矣。

可知韦昌范亦仕昭宗，为监察御史。贻范为昌范弟，且兄弟二人同仕昭宗，年岁当相若，则贻范于天复二年（902）亦年逾花甲，于是年去世在古代也不能算是夭寿，这同时也可证明上文对韦縠年龄的推断是极有可能成立的。

承上续推，孟知祥入蜀在925年，越十年称帝，史称后蜀，传子孟昶，965年后蜀亡。韦縠若与韦縠同辈，年岁或相若。后蜀建立时（934）韦縠五十岁，韦縠亦不会相去太远，当在五十岁上下，这与其历官也相符：入孟知祥幕，佐其职，孟昶继位后，擢为监察御史，旋升某部尚书，此二职均为朝中显要，无深厚资历亦难当此任。

另外，《才调集》最晚选到熊皦、沈彬、张泌等五代中后期诗人。熊皦❶，生卒年无考，据笔者所见文献，知其于后唐清泰二年（935）进士及第，曾为后晋延安节度使刘景岩辟为从事；沈彬❷，唐末应进士不第，浪迹湖湘，尝与孙鲂、李建勋、僧虚中、僧齐己等人为诗友，吴大和四年（932）辟为秘书郎，李昇禅代（937）以前以吏部郎中致仕，年八十余。李璟以旧恩召见，赐粟帛，官其子。李璟于943年嗣位，此时沈彬则已年近九十，可见其殁当在943年之后。至于张泌，五代有三人名"泌"或"佖"：《花间集》所录者、仕南唐为句容尉者、随李煜入宋者。《才调集》

---

❶ 熊皦事迹参见《新五代史》卷四七杂传第三十五《刘景岩传》，《唐才子传》卷七"熊皦"，《郡斋读书志》、《直斋书录解题》、《崇文总目》、《文献通考》等均著录熊皦之《屠龙集》。
❷ 沈彬事迹参见《五代史补》卷四、《唐才子传》卷七、《十国春秋》卷二十九。

所录张泌，当为《花间集》所录者，为前蜀舍人。❶ 三人中当以沈彬享年最久。按通选诗集不录存者的惯例来推测，《才调集》当完成于943年之后，此时韦縠当在六十岁上下。又从《才调集序》的行文用语来看，如"少博群言，常所得志"，"雕虫之见自佳"，"岂敢垂诸后昆"，"他代有人，无嗤薄鉴云尔"云云，虽为自谦，但皆含自矜才学、垂范后世之意，若非享名日久者不敢言此，亦可证韦縠编此集时已进入老年。

综上所述，得关于《才调集》编者及编撰年代之结论如下：韦縠系出于京兆韦氏，生年约在884年前后，卒年在943至960年之间。《才调集》成书于943年之后，此时韦縠已至花甲之年。

---

❶ 对此陈尚君先生有详细考辨，参见《"花间"词人事辑》，载《唐代文学丛考》，中国社会科学出版社，1997年版，第380－382页。

《才调集》无名氏诗考辨

摘　要：五代后蜀韦縠编选《才调集》收录唐无名氏诗五十首，其中部分作品被收入历代各类总集或别集，且有明确的作者。通过对作品收录情况、诗中涉及人事的考辨，可以推测或判定其作者。

关键词：才调集；无名氏；考辨

五代后蜀监察御史韦縠所编《才调集》是现存"唐人选唐诗"中最晚出同时也是规模最大的一部唐诗选集。❶ 与此前所有唐人选唐诗相比，这部选集最主要的价值在其"足资考证"的文献价值❷，而其中颇具代表性的是该书搜罗辑选了五十首无名氏诗，卷二有十三首，卷十有三十七首，可以说这是唐代无名氏诗的第一家总集。通过对这些作品历代收录情况、诗中涉及人事的考辨，可推测或判定某些作品的作者。笔者将就其中部分作品加以考辨，以就教于方家。

一、卷二的无名氏诗

1. "石沉辽海阔"

> 石沉辽海阔，剑别楚山长。
>
> 会合知无日，离心满夕阳。

---

❶　傅璇琮编撰《唐人选唐诗新编》收录现存唐人选唐诗十三种，其中未标明编者的只有《搜玉小集》，该集所选皆为初唐诗，编选者姓名已不可考，据傅璇琮考，当为初唐或中唐人。

❷　《四库全书总目》卷一八六按语云："然颇有诸家遗篇，如白居易《江南赠萧十九》诗，贾岛《赠杜驸马》诗，皆本集所无，又沈佺期《古意》，高楙窜改成律诗，王维《渭城曲》'客舍青青杨柳春'句，俗本改为'柳色新'，贾岛《赠剑客》诗'谁为不平事'，俗本改为'谁有'。如斯之类，此书皆独存其旧，亦足资考证也。"

此诗《全唐诗》重出，卷七八五作无名氏❶，卷八六六附于王氏妇《与李章武赠答诗》后，题为《李助为章武赋》。按此诗出自唐人李景亮所作传奇《李章武传》，《太平广记》、《古今说海》均载，云唐人李章武因缘际会与王家儿媳（王氏子妇）相爱，分别八九年后李章武故地重游，惜王氏相思成疾、郁郁而亡，李章武夜祭之，王氏感其诚，出与相见，互诉衷肠，然人鬼殊途，最终不得不忍痛永诀。李章武与王氏分别后，"及至长安，与道友陇西李助话，亦感其诚而赋曰：石沉辽海阔……"（《太平广记》）据此，此诗当为李景亮作。

2. "劝君莫惜金缕衣"

劝君莫惜金缕衣，劝君须惜少年时。

有花堪折直须折，莫待无花空折枝。

《全唐诗》卷七八五作无名氏，不重出。又卷五二〇杜牧《杜秋娘诗》云："秋持玉斝醉，与唱金缕衣。"则又似作杜秋娘诗。南宋计有功《唐诗纪事》（下简称《纪事》）卷八〇作无名氏❷，宋洪迈《万首唐人绝句》（下简称《绝句》）卷五五❸、宋郭茂倩《乐府诗集》卷八二"近代曲辞"作李锜❹，清王士禛《万首唐人绝句选》（下简称《绝句选》）作杜秋娘❺。杜牧《杜秋娘诗序》云：

杜秋，金陵女也。年十五为李锜妾，后锜叛灭，籍之入宫，有宠于景陵。穆宗即位，命秋为皇子傅姆。皇子壮，封漳王。郑注用事，诬丞相欲去己者，指王为根，王被罪废削，秋因赐归故乡。予过金陵，感其穷且老，为之赋诗。

从《金缕衣》诗意看，为妙龄歌姬邀宠之意，全出女性口吻，当为杜秋娘作。

---

❶ 本文所引《全唐诗》为中华书局 1960 年版，下引不另加注。

❷ 本文所引《唐诗纪事》为上海古籍出版社 1987 年 7 月版，下引者不另加注。

❸ 本文所引《万首唐人绝句》为 1955 年文学古籍刊行社影印明嘉靖本，下引者不另加注。

❹ 本文所引《乐府诗集》为 1955 年文学古籍刊行社影印宋刊残本，下引者不另加注。

❺ 本文所引《万首唐人绝句选》为文渊阁四库全书本，子部。下引者不另加注。

3. "行人南北分征路"

> 行人南北分征路，流水东西接御沟。
>
> 终日坡前怨离别，谩名长乐是长愁。

此诗《全唐诗》重出，卷七八五作无名氏，题后注"一作白居易诗"，卷四四一又作白居易，题作《长乐坡送人赋得愁》，注"一下有'字'字"。《纪事》卷八〇作无名氏。按此当为白居易诗，《绝句》卷五八载无名氏"杂诗"十五首，多据《才调集》，但将此诗删去，改入卷一三作白居易《长乐坡送人赋得愁字》。《白氏长庆集》（以下简称"《白集》"）卷一八载此诗❶，题作《长乐坡送人赋得愁》，《全唐诗》据录，然又因《才调集》之误，以致重出。

4. "偏倚绣床愁不起"

> 偏倚绣床愁不起，双垂玉筋翠鬟低。
>
> 卷帘相待无消息，夜合花前日又西。

此诗《全唐诗》重出，卷七八五作无名氏，卷四四二又作白居易，题作《闺妇》。《纪事》卷八〇作无名氏，《白集》卷一九载此诗。宋廖莹中《江行杂录》曾引此诗，云："白乐天诗云：'倦倚绣床愁不动，缓垂绿带髻鬟低。辽阳春尽无消息，夜合花开日又西。'好事者化为倦绣图。"❷《绝句》卷五八无名氏"杂诗"下删此诗，改入卷一三白居易下，题为《闺妇》："斜凭绣床愁不动，红绡带缓绿鬟低。辽阳春尽无消息，夜合花前日又西。"前后三个版本，异文甚多，但可断定为白居易作。

二、卷十的无名氏诗

5. 《红蔷薇》

> 九天碎霞明泽国，造化工夫潜剪刻。
>
> 浅碧眉长约细枝，深红刺短钩春色。

---

❶ 本文所引《白氏长庆集》为1955年文学古籍刊行社据宋本重印，下引者不另加注。

❷ 《古今说海》"散录家"卷一，文渊阁四库全书本，子部杂家类。

晴日当楼晓香歇，锦带盘空欲成结。

谢豹声催麦陇秋，春风吹落猩猩血。

《全唐诗》卷七八五载此诗，注云"一作庄南杰诗"。明胡震亨《唐音统签》（以下简称《统签》）卷八六八载无名氏诗四十六首❶，在《春二首》后注云："以下见《才调集》，载无名氏诗五十首，今删去已见李白、刘禹锡、许浑、赵嘏、郑谷各集者六首，得四十四首。此首在其中。"近人李嘉言《改编全唐诗草案》云："又卷二十八无名氏《春》、《夏》、《秋》、《冬》以下十七首均似李贺体，而其中"伤哉行""红蔷薇"二首又见卷十七庄南杰集及卷三十二南杰诗补遗中，南杰即学李贺为诗者，则此十七首俱当是南杰诗。今南杰集缺其十五，当据补。"

按李嘉言所言十七首即《才调集》卷十无名氏之《春》（二首）、《夏》、《秋》、《冬》、《鸡头》、《红蔷薇》、《斑竹簟》、《听琴》、《石榴》、《秦家行》、《小苏家》、《斑竹》、《宴李家宅》、《长信宫》、《骊山感怀》、《伤哉行》，这十七首诗从语言风格上进行分析，可以判定出于一人之手。南宋赵孟奎《分门纂类唐歌诗》残本第五册"草木虫鱼类"卷三载此诗❷，署名"庄南杰"，《全唐诗》据录，收入卷八八四庄南杰诗补遗，并加题注。此诗当为庄南杰作。

6.《伤哉行》

兔走乌飞不相见，人事依稀速如电。

王母天桃一度开，玉楼红粉千回变。

车驰马走咸阳道，石家旧宅空荒草。

秋雨无情不惜花，芙蓉一一惊颠倒。

劝君莫谩栽荆棘，秦皇虚费驱山力。

英风一去更无言，白骨沉埋暮山碧。

《全唐诗》卷四七〇、《乐府诗集》卷六二作庄南杰，题作《伤歌行》。据上条所考，此诗应置于《骊山感怀》之后，为庄南杰作。

---

❶ 本文所引《唐音统签》为2000年海南出版社影印宫博物院图书馆藏范希仁抄补本，下引者不另加注。

❷ 本文所引《分门纂类唐歌诗》为清阮元编《宛委别藏》本，江苏古籍出版社，1988年版，第111-112集。

7.《听唱鹧鸪》

> 金谷歌传第一流，鹧鸪清怨碧云愁。
>
> 夜来省得曾闻处，万里月明湘水流。

《全唐诗》卷五三八作许浑，题为《听唱山鹧鸪》；卷七八五作无名氏，题为《听唱鹧鸪》，此据《才调集》。宋葛立方《韵语阳秋》卷十五载："（许浑）有《听吹鹧鸪》一绝，知其为当时新声。"宋蜀刻本、书棚本《丁卯集》载此诗，《绝句》卷二十四、《古今事文类聚》续集卷二十三作许浑❶。此诗当为许浑作。

8.《游朱坡故少保杜公林亭》

> 杜陵池榭绮城东，孤岛回汀路不穷。
>
> 高岫乍疑三峡近，远波初似五湖通。
>
> 楸梧叶暗潇潇雨，菱荇花香淡淡风。
>
> 还有昔时巢燕在，飞来飞去画堂中。

宋岳珂《宝真斋法书赞》卷六所载"唐许浑乌丝栏诗真迹"（以下简称"真迹"）❷、《文苑英华》（下简称《英华》）卷三〇七、《丁卯集》作许浑。《全唐诗》作许浑，不重出。

9.《留赠偃师主人》

> 孤城漏未残，徒侣拂征鞍。
>
> 洛北去愁远，淮南归梦阑。
>
> 晓灯回壁暗，晴雪卷帘寒。
>
> 更尽主人酒，出门行路难。

《全唐诗》重出，卷五二九作许浑，卷七八五作无名氏。"真迹"、《英华》卷二六一、丁卯集作许浑。

10.《三五七言诗》

> 秋风清，秋月明。
>
> 落叶聚还散，寒鸦栖复惊。
>
> 相思相见知何日，此时此夜难为情。

---

❶ 本文所引《古今事文类聚》为《文渊阁四库全书·子部·类书》。

❷ 本文所引《宝真斋法书赞》为《文渊阁四库全书·子部·艺术》。

《全唐诗》卷一八四作李白，王琦《李太白全集》卷二十五有此诗，题作《三五七言》。杨齐贤曰："古无此体，自太白始。"王琦云："《沧浪诗话》以此诗为隋郑世翼之诗❶，《瓛仙诗谱》以此篇为无名氏作，俱误。胡震亨谓"其体始郑世翼，白仿之"。《钦定词谱》卷二上录此词，题作《秋风清》，署名李白，注云："一名《秋风引》。寇准词名《江南春》，刘长卿仄韵词名《新安路》。此本三五七言诗，后人采入词中，其平仄不拘。"❷ 当为李白作。

11. 《客有新丰馆题怨别之词，因诘传吏，尽得其实，偶作四韵嘲之》

此诗《全唐诗》重出，卷八○○作赵氏，题为《寄情》，卷五三六作许浑，题为《寄房千里博士》，题后注：一作"途经敷水"，一作"客有新丰馆题怨别之词，因诘传吏，尽得其实，偶作四韵嘲之"。《丁卯集》、《纪事》卷五一亦作许浑。按《途经敷水》与《寄房千里博士》并非同一首诗，后者许浑集不载，最早出自唐范摅《云溪友议》，《纪事》卷五一"房千里"下据录为许浑诗，并简述其事。季振宜《全唐诗稿本》中房千里《留别赵氏》诗后引此诗作为本事，又见于清初顾有孝编选《唐诗英华》卷十三，后者内容与《云溪友议》同。则许浑说俱源出范氏。许浑原有《途经敷水》一诗，中间两联与此诗相合，兹录二诗如下以作对照：

途经敷水

修蛾翠倚柔桑，遥谢春风白面郎。
五夜有情随暮雨，百年无节待秋霜。
重寻绣带朱藤合，更认罗裙碧草长。
何处野花何处水，下峰流出一渠香。

寄房千里博士

春风白马紫丝缰，正值蚕眠未采桑。
五夜有心随暮雨，百年无节待秋霜。
重寻绣带朱藤合，更认罗裙碧草长。
为报西游减离恨，阮郎才去嫁刘郎。

---

❶《沧浪诗话·诗体》云："又有古诗，有近体，即律诗也，有绝句，有杂言，有三五七言，自三言而终以七言，隋郑世翼有此诗：'秋风清，秋月明。落叶聚还散，寒鸦栖复惊。相思相见知何日，此日此夜难为情。'"（《历代诗话》本，第690页）

❷ 本文所引《钦定词谱》为文渊阁四库全书本，集部词曲类。

从诗意来看，后者系感于赵氏事，在前者基础上改写而成，属游戏笔墨。或以此故，许浑自编《乌丝栏诗》时未予收录。胡震亨《唐音癸签》卷五八九云："此诗浑集所载稍异，……题云《途经敷水》，不云寄房，想为房讳之故，改句并改题耳。"❶

12.《经汉武泉》

> 芙蓉苑里起清秋，汉武泉声落御沟。
>
> 他日江山映蓬鬓，二年杨柳别渔舟。
>
> 竹间驻马题诗去，物外何人识醉游。
>
> 尽把归心付红叶，晚来随水向东流。

《全唐诗》卷五四九作赵嘏，不重出。按赵嘏擅作七律，考其用韵，今存九十首七律中有十二首（含此诗）用"尤韵"，且韵字大多相同：用"秋"字十一首，用"舟"字（含"州"、"洲"）五首，用"游"（含"由"）字四首，用"流"（含"刘"）字九首。另外，用"楼"字、"愁"字六首。赵嘏对某些韵字颇有偏爱，如"流"、"秋"等，甚至有的句子如出一辙，如"一辞兰省见清秋"、"汉家宫阙动高秋"、"芙蓉苑里起清秋"；"晚来随水向东流"、"旧恩如水满身流"等。此诗当为赵嘏作。

13.《杂诗》（春光冉冉归何处）

> 春光冉冉归何处，更向花前把一杯。
>
> 尽日问花花不语，为谁零落为谁开。

《全唐诗》卷五四六作严恽，且只此一首，题作《落花》。按严恽与杜牧、皮日休、陆龟蒙等友善，元辛文房《唐才子传》卷六"杜牧传"下载："同时严恽，字子重，工诗，与牧友善，以《问春》诗得名。"即此诗。又皮日休有《伤进士严子重诗序》（《全唐诗》卷六一四）云：

余为童在乡校时，简上抄杜舍人牧之集，见有与进士严恽诗。后至吴，一日，有客曰严某，余志其名久矣，遽怀文见造，于是乐得礼而观之。其所为工于七字，往往有清便柔媚，时可轶骏于常轨。其佳者曰：春光冉冉归何处，更向花前把一杯。尽日问花花不语，为谁零落为谁开。余

---

❶ 本文所引《唐音癸签》为文渊阁四库全书本，集部诗文评类。

美之，讽而未尝怠。

又，《诗话总龟·前集》卷十四"唱和门"载此诗❶，文云：

曹相确镇浙西，日会湖中，郡判官王枢举进士严恽诗，曰："春光苒苒归何处，更向花前把一杯。尽日问花花不语，为谁零落为谁开。"王仰其才调，和曰："花落花开人世梦，衰荣闲事且持杯。春风底事轻摇落，何似从来不要开。"

可见此诗确为严恽作。

14.《杂诗》（水纹珍簟思悠悠）

> 水纹珍簟思悠悠，千里佳期一夕休。
> 从此无心爱良夜，任他明月下西楼。

《全唐诗》重出，卷二八三作李益诗，题作《写情》；卷七八五作无名氏诗，题作《杂诗》十四。明铜活字本《李益集》卷下、明刊本《李君虞诗集》、清张澍《二酉堂丛书》本《李尚书诗集》均载此诗，题作《写情》，《绝句》卷二二亦录此诗。当为李益作。

15.《杂诗》十首之九、十两首（"鸾飞远树游何处"、"折钗破镜两无缘"）

《全唐诗》作刘禹锡诗，题为《怀妓四首》，九列第二，十列第一，此据胡震亨《唐音统签》。

原诗四首按《全唐诗》次序如下：

（一）

> 折钗破镜两无缘，鱼在深潭月在天。
> 得意紫鸾辞舞镜，堕松青鸟断衔笺。
> 金瓶永覆难收水，玉轸长抛不续弦。
> 若到蘼芜山下过，空将狂泪滴黄泉。

（二）

> 鸾飞远树游何处，凤得新巢有去心。
> 红粉尚留香漠漠，碧云初断信沉沉。

---

❶ 本文所引《诗话总龟》为文渊阁四库全书本，集部诗文评类。

那堪点污投泥玉，犹自经营买笑金。
从此山头似人石，丈夫形状泪痕深。

（三）

但曾行处遍寻看，虽是生离死一般。
买笑树边花已老，画眉窗下月犹残。
云藏巫峡音容断，路隔星桥过往难。
莫怪诗成无泪滴，尽倾东海也须干。

（四）

三山不见海沉沉，岂有仙踪更可寻。
青鸟去时云路断，姮娥归处月宫深。
纱窗遥想春相忆，书幌谁怜夜独吟。
料得夜来天上镜，只应偏照两人心。

此四首一、三同韵，二、四同韵，且题材、风格皆同，系出于一人，可判为刘禹锡作。

《才调集》版本源流考

摘　要：《才调集》自南宋刊刻以来，版本甚繁。其源头为南宋陈氏书棚本，明代先后出现孙、钱、焦、赵四家宋抄本，明末又先后出现徐玄佐补录本和沈春泽刻本，冯舒、冯班等人又先后加以校补，直到毛晋重新刊刻，才较为明确地分成两大版本系统。一是汲古阁刊本系统，二是述古堂藏本系统。后一系统又分为两支，一是从述古堂影宋刊本到四部丛刊本，再到上海古籍出版社《唐人选唐诗（十种）》本；一是汪文珍垂云堂刻本。相较而言，垂云堂本可以说是现存最好的《才调集》版本。

关键词：才调集；版本；源流

五代后蜀人韦縠所编《才调集》是现存唐人选唐诗中规模最大的一部，韦縠自序称："今纂诸家歌诗，总一千首，每一百首成卷，分之为十目，曰《才调集》。"这部诗选集自南宋刊刻以来，版本甚繁，然其源流及系统划分有三个明显的特点：其一，南宋书棚本是现在所能考知的最早刻本，后世诸本均源出于此；其二，所有版本均为十卷本，与韦縠所言"分之为十目"相符；其三，书棚本至明中叶散佚，其后诸本均为在宋椠残卷上的补修、递藏或新刻。

一、《才调集》在明代的初刻时间

《才调集》南宋书棚本传至明代中叶只余残卷，傅增湘《藏园群书题记》有"校唐人选唐诗八种跋"，其中《才调集》十卷跋"云：

此影宋本见《述古堂书目》，据《读书敏求记》所述，则钱氏藏《才调集》三，一为宋陈解元书籍铺椠本，一为钱复真（引者按：后文引诸家序跋提及此人名"复正"、"伏正"等，均为一人）家旧抄本，一为影写陈解元书籍铺本。知椒微师（引者按：即李盛铎）所得正其第三帙也。此书宋以后传本甚稀，隆庆时沈若雨（引者按：当为雨若，详见后文考）始刻以行，万历时又有覆刻，然为俗人窜易，谬误至不可读。毛子晋汇刊唐选时，觅得善本，参考唐贤旧集，更订重刊，然未睹宋椠，榛芜满幅，未能净扫也。同时海虞冯已苍及定远，笃嗜此集，与叶石君（引者按：即叶树廉）、陆敕先（引者按：即陆贻典）诸人寻求旧本，匡谬正伪，俾臻完善。康熙甲申，新安汪文珍访诸后人，获其遗迹，为之授梓，并刊二冯评点，以示学诗之准的。记其先后访得者，华亭徐文敏家、江右朱文敬中尉家宋刊残本，钱复真、焦弱侯、赵清常、孙研北四家抄本，改正沈刻至千余字，其所据依，皆出临安陈氏书籍铺本也。三百年来，古籍散亡，以余所闻见，并世未尝存有宋椠，则此述古摹本殆已孤行于天壤间，而余幸得手披而目玩之，不可谓非奇缘盛福矣！❶

这段话将《才调集》版本源流作了简要叙述，但有一些错误和遗漏。最大的错误就是把明代沈春泽（雨若）初刻《才调集》的时间搞错了。北京图书馆藏明天启四年（1624）怀古堂刻《才调集正本》中有明末人钱允治跋：

《才调集》向少刻本，万历间邑中沈氏始付之梓，惜为俗子所窜，伪谬实甚。今取沈氏原刻，一仍宋本，并集状元徐玄佐抄本校正，凡汰去讹字二千二百余字，重经新刻者三十二板，此本庶为完书矣。识者拜上

钱允治，字功甫，明末著名藏书家钱谷之子。沈春泽在万历间初刻《才调集》，但沈本问世不久即被覆刻，且"伪谬实甚"，钱允治为之重新校勘修版。此本因以"沈氏原刻"为底本，我们不妨称之为"钱校沈本"。

考傅增湘误判沈本刻于隆庆时的原因是：晚清莫友芝《邵亭知见传本书目》叙《才调集》版本时明确说"隆庆间沈若雨刊本"，傅增湘订补该书目时踵其误，云"明隆庆间沈春泽刊本"❷。"钱校沈本"附"鲈乡渔父

---

❶ 傅增湘《藏园群书题记》，上海古籍出版社，1989 年版，第 945－946 页。
❷ （清）莫友芝撰，傅增湘订补《藏园订补邵亭知见传本书目》，中华书局，1993 年版，第四册卷十六上。

夕公"（按：即钱龙惕，字夕公，号鲈乡渔父，江苏吴江人，钱谦益侄）跋，详细介绍了"钱校沈本"的成书过程：

> 右沈氏所刻《才调集》，原本不甚伪，为不知书人铲改，殆不可读，今为改定千余字，重梓者廿余叶，皆以临安陈本为正。凡得别本六：徐本得前五卷，叶本得第九卷，朱本得第九、第十卷，焦状元、钱复正、孙研北三抄本皆完具无缺，第八卷未有宋版，取以补之抄本，行墨如一，皆出于临安，又赵清常本仅后四卷，不知所自，亦旧物。凡此数家，大略相类，始知此书更无异本，而沈刻为信而有征。云沈名春泽，字雨若，祖应科，隆庆辛未张元忭榜进士。沈平生好事，喜为诗，此足概见。是书成，为附着之。鲈乡渔父夕公记

沈春泽之家世生平关键就在"祖应科，隆庆辛未张元忭榜进士"这句话上。莫友芝或看漏了一"祖"字，又将"应科"理解为"应进士试"，遂误读为"应科隆庆辛未，张元忭榜进士"。"应科"者，实乃沈春泽之祖父沈应科，此人为隆庆五年辛未（1571）科进士。《江南通志·选举志·进士五》"辛未科张元忭榜"亦载"沈应科"。[1]钱谦益《广西布政使司左参政沈公墓表》述沈应科事颇详：

> 沈公讳应科，字献夫，常熟之芝塘里，公所生也。……以哭其子，移疾归家，居三十年，阖门扫执，抚其孙春泽于孤孩，享年八十有六。[2]

可见，沈应科登第已在隆庆末年（隔一年即为万历），其孙沈春泽又岂能早在隆庆间刻书？

另外，北京图书馆藏明崇祯元年（1628）毛晋汲古阁汇刊唐人选唐诗八种，其中《才调集》书前有毛晋题记：

> 忆戊午，偕雨若于十五松下，日焚香读异书，每思倡调，因而觅句相赏也。时雨若才购是集，不亚鸿宝。第恶煤墨沈，无可着笔椠处，稍稍点次，遂投诸梓，意殊未惬。十年来，偶于故楮中觅得旧本，不觉爽然。随刻烛研露，互参唐名贤旧集，标格无不印合，遂订为完书以行。斯无憾于

---

[1]（清）于成龙等修，《江南通志》，文渊阁四库全书本，卷一二三。
[2]（明）钱谦益《牧斋初学集》，四部丛刊本，卷六六。

作者，益有给于选人。当时说诗者，见海虞刻有二种，以此。戊辰端阳前一日湖南毛晋记

戊辰，即明崇祯元年（1628），上推十年，恰为明万历四十六年戊午（1618），显而易见，沈本刻于万历间，而且是在万历四十六年，这是《才调集》在南宋书棚本散佚之后于明代重刻的第一家。

二、《才调集》在明清两代的校补与刊刻

下面我们再通过考查北京图书馆藏汪文珍垂云堂刻本、毛晋汲古阁刊本、思补堂《才调集补注》本所附诸家序跋，来梳理《才调集》在明清两代的校补与刊刻情况。

明人徐玄佐跋云：

蜀韦縠《才调集》十卷，本朝所未刊，诸名公所未睹者也。先君文敏公素有此书，盖宋刻佳本，惜分授之时，匆忙失简，逸去其半。后逾三十年，幸交符君望云，获闻其亲钱复正氏有抄本家藏，因而假归，特嘱知旧马公佐照其款制，摹以配之，共计一百十有六幅，凡二千七十三行，装池甫毕，展卷焕然，顿还旧观矣。后之人勿视为寻常物也。万历甲申腊月十日华亭徐玄佐记

据此可知，书棚本传至明代尚存，徐玄佐父徐文敏家藏一本，但嘉靖中逸去后五卷，徐玄佐后借得钱复正抄本，请马公佐影抄后五卷，与所藏宋刻残本相配成书，于万历甲申（1584）完成。

陆贻典跋云：

沈刻原本系邑人研北孙翁家藏，沈与善，因假此，并《弘秀集》合梓之。按二书俱本临安刻版，乃孙先世西川公得之杨君谦者也，余善翁之孙江，因得其始末，记之如左。陆贻典

据此可知，万历间沈春泽刻本的底本是孙研北家藏宋抄本。前文已述，沈本问世后不久即被覆刻，后由钱允治校勘修版，重新刊刻。

孱守居士（冯舒）跋云：

万历三十五年借得研北翁孙氏本，即沈氏所刻之原本也。沈本为俗子

所窜，伪处不可胜乙。崇祯壬申，严文靖曾孙翼馆于余家，携宋本至，前五卷为临安陈解元宗之家刻，后五卷为徐玄佐录本，始为是正。又从钱宗伯假得焦状元本，亦从陈书抚写，与孙本不殊。焦本尽改"娇娆"为"妖娆"，可当一笑，今悉正之。乙亥夏屏守居士记

据此可知，冯舒在万历三十五年（1608）借得孙研北抄本，崇祯壬申年（1632）又从严文靖曾孙严翼处得到徐玄佐补录本，又从钱谦益处借得焦状元（焦竑，字弱侯）抄本。以此三本为参照，冯舒校正了被覆刻的沈本，于崇祯乙亥年（1635）完书。

冯班（钝吟）跋云：

崇祯壬申，假别本于宗伯钱公，盖华亭徐氏旧物也，卷末有跋语云"失后五卷，借抄本于钱伏正氏写补之"。戊寅，洞庭叶君奕示余抄本，首尾缺损，聊为装之，线缝中有题记云"万历丙戌钱伏正重装"，始知即徐氏所借也，中脱一叶，徐亦仍之。是岁十月，得赵清常录本为补完。冯班记

是岁冬，江右朱文进中尉寓吴，有宋本，介郡人邵生借之不可得，携本就勘，颇草草。朱本亦残缺，却有第九、第十卷，唯第八卷全失，而叶本第六卷独完好，惜第七卷"薛逢"以下不复存，参以抄本始具，命之重写，因记。冯班

据此可知，冯班在冯舒校正"万历覆刻本"的同时，又得到了若干抄本和刻本的残卷：崇祯五年（1632）从钱谦益处借得徐本；崇祯十一年（1638）看到了叶奕所藏的钱伏正（复真、复正）于万历十三年（1586）重新装补的家藏宋抄本，中脱一页，对照徐本，亦少此页，同年十月根据赵清常抄本补完；同年冬天，又借得朱文进所藏宋刻残本对勘，该本第八卷全失，却有第九、十两卷，而叶奕所藏之钱抄本第六卷存，第七卷"薛逢"以下全失。在得到了徐本、孙抄、焦抄、钱抄残本、赵抄、朱藏宋刻残本等六个版本之后，冯班以徐本为底本进行通校，完成后又请人重新按照书棚本款制影写一部，是为"冯班校补本"，当在1638年或稍后完书。

"钱校沈本"中除钱龙惕跋外，还有一篇署名"鲜民赤复氏"跋：

余素不知诗，即有志而未逮。顾自幼颇好《才调集》，今年春，友人

子重冯君从他氏购得万历间刻本归余，毁败既多，伪谬亦甚，辄命工人补其残缺，兼以诸君子之力，得广核诸家，翻改详审，然后此书得以复完。昔人所谓因人成事者，庶几近之矣。刻成附记。鲜民赤复氏书。时岁在疆圉大渊献朱明之皋月。

考"鲜民赤复氏"即为钱谦益，证据有四：一，跋语的落款时间为"疆圉大渊献朱明"，"疆圉大渊献"即丁亥年，明丁亥年有永乐五年（1407）、成化三年（1467）、嘉靖六年（1527）、万历十四年（1587）。从文中"购得万历间刻本归余"可知，这篇跋文作于万历之后，则作者绝不可能是万历之前人。万历十四年后的丁亥年即清顺治四年（1647），可知跋者生活在明末清初。二，"鲜民赤复氏"中的"鲜民"即"遗民"之谓，"赤复"即"复朱明"之意，且落款时间仍用"朱明"表示。因此，"鲜民赤复氏"当为由明入清、心怀复明之志者。三，陈寅恪《柳如是别传》引《牧斋遗事》所录之《柳姬小传》，文中均以"姬"称柳如是，以"民"或"虞山鲜民"称钱谦益，如"适民以被讦事北逮，姬踉跄归里"，"桎梏其人，而姬始出，所要于民者万端"，"至北兵南下，民于金陵归款，姬得蹀躞其间"，"不再阅，而民以缘事北行，姬昵好于南中"，"民归，而姬不自讳，丧以丧夫之礼，民为之服浣腧濡沫"，"民虽里居，平日顾金钱，招权利，大为姬欢"，"今甲辰夏，民齿有三，溘焉长逝"，"则虽谓虞山鲜民为知人也可"。❶ 四，钱谦益于顺治三年（1646）南归后曾不遗余力地支持乃至亲身参与东南遗民的反清复明活动，合"赤复"之意。以此四者互证，可断定"鲜民赤复氏"就是钱谦益。由此可知，这篇跋语是钱谦益在清顺治四年（1647）五月所写，其校勘完成当在此之前不久。

明崇祯元年（1628），毛晋汇刊唐人选唐诗八种，其中《才调集》以汲古阁藏影写宋刊本（即"徐玄佐补录本"）为底本，又广泛参考了二冯等人的校补、诸家别集以及自宋以来的诗文总集，如《文苑英华》、《唐文粹》等。

钱曾得到毛晋汲古阁藏影写宋刊本之后，于清顺治元年（1644）以之为底本影印，即所谓"述古堂影宋本"，此本后为李盛铎所藏，并被收入

---

❶ 陈寅恪《柳如是别传》，北京：生活·读书·新知三联书店，2001年版，第234页。

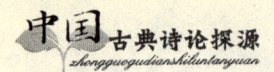

《四部丛刊》初编。"四部丛刊本"又成为 1958 年《唐人选唐诗（十种）》的底本。1996 年由傅璇琮主编，陕西人民教育出版社出版的《唐人选唐诗新编》仍以"四部丛刊本"为底本，参校垂云堂本和汲古阁本。

最后一个重要的版本就是清康熙年间新安汪文珍垂云堂刻本，汪氏跋语云：

近日诸家尚韦縠《才调集》，争购海虞二冯先生阅本，为学者指南，转相摹写，往往以不得致为憾。甲申春，余获交钝吟次君服之冯丈，始知汲古阁毛氏所藏，钝吟手阅定本，默庵评阅附载其中。丹黄甲乙，各有原委，其从子简缘先生实能道其所以然。因托友人假汲古阁所藏，并影写宋刻，取沈刻本暨钱校本，重加校雠，而乞例言于简缘，遂谋登样。庶同志者感佩两先生嘉悉后学之德，且不虑模写之难云。康熙甲申八月新安后学汪文珍书城氏谨识。

据此可知，垂云堂本是以汲古阁藏影写宋刊本（附二冯评阅）为底本，参校"钱校沈本"，请冯武撰写凡例，于康熙四十三年（1704）付梓。

通过以上考述，我们基本可以梳理出一条明晰的《才调集》版本源流脉络，见下表：

年　代	记　　事
明嘉靖以后	南宋书棚本只余残卷，先后出现四家抄自书棚本的抄本，即孙研北、钱复真、焦竑、赵清常
明万历十二年（1584）	徐玄佐据钱抄将家藏宋椠残卷补完，是为徐本
明万历四十六年（1618）	沈春泽据孙抄重刻，这是《才调集》在明代重刻的开始，但沈本问世不久即被覆刻
明天启四年（1624）	钱允治对沈本之"万历覆刻本"校勘修版，予以重刻
明崇祯元年（1628）	毛晋以汲古阁藏影写宋刊本（即徐本）为底本，广泛参校，新刻一本
明崇祯五年（1632）至崇祯十一年（1638）	明末虞山二冯兄弟先后校补评阅《才调集》，"冯舒校点本"底本为沈本，"冯班校补本"底本为徐本
清顺治元年（1644）	钱曾以毛晋汲古阁藏影写宋刊本（即徐本）为底本影印，即"述古堂影宋本"

年　代	记　事
清康熙四十三年（1704）	汪文珍垂云堂以汲古阁藏影写宋刊本（附二冯评阅）为底本，详加校对后重刻
民国十一年（1922）	李盛铎藏述古堂影宋抄本（即徐本）被收入《四部丛刊》初编
1958 年，1978 年	中华书局上海编辑所以四部丛刊本为底本出版《唐人选唐诗（十种）》，上海古籍出版社再版
1996 年	傅璇琮主编，陕西人民教育出版社以上海古籍出版社本为底本出版《唐人选唐诗新编·才调集》

三、《才调集》三个重要版本的比较

　　《才调集》在明清两代的刻本中，以汲古阁本、述古堂本和垂云堂本最为重要。其中，汲古阁本是一个选择参校本最多，而改动也多，有悖于《才调集》原貌的版本。而述古堂本只将汲古阁藏影宋刊本影印，并未参考二冯校补。因此，这个版本在文字上直接导致了《四部丛刊》本的阙误，最终导致上海古籍本的不足。垂云堂本虽然是最后问世，但它是一个精校本，相比汲古阁本来说，改动较少；相比述古堂本来说，校勘更细，因此，它更符合《才调集》的原貌。

　　关于汲古阁本的改动，可以白居易诗《代书一百韵寄微之》为例，将垂云堂本、四部丛刊本、汲古阁本、文学古籍刊行社 1955 年影印南宋绍兴本《白氏文集》对勘，结果如下表：

垂云堂本	四部丛刊本	汲古阁本	白集
代书一百韵寄微之	同左	代书诗一百韵寄微之	同左
俱升典校司	同左	初登典校司	同左
佛理赏玄师	同左	佛理尚玄师	同左
幄幕分堤布	同左	幄幕侵堤布	同左
迎妓选名姬	同左	选妓悉名姬	同左
铅粉凝春艳	同左	铅黛凝春艳	铅黛凝春态
时势斗愁眉	同左	时世斗啼眉	同左

续表

垂云堂本	四部丛刊本	汲古阁本	白集
醉落舞钗移	同左	翠落舞钗移	同左
两衙多请告	同左	两衙多请假	同左
三考遂成资	同左	三考欲成资	同左
毫锋锐若锥	同左	锋毫锐若锥	同左
齐登晁董词	同左	齐陈晁董词	同左
三道太平基	同左	三策太平基	同左
取第争无敌	同左	中第争无敌	同左
掎角夺降旗	同左	掎角搴降旗	同左
养勇期除恶	同左	养勇当除恶	同垂云堂本
南国人无枉	同左	南国人无怨	同左
雪冤多定国	同左	理冤多定国	同左
山经绮里祠	同左	山经绮季祠	同左
望阙独登陴	同左	望国独登陴	同左
沙冷聚鸬鹚	妙冷聚鸬鹚	同四部本	同垂云堂本
一点秋灯灭	同左	一点寒灯灭	同左
念涸谁濡沫	同左	同四部本	同垂云堂本
耳垂怀伯乐	同左	耳垂无伯乐	同左
舌在感张仪	同左	舌在有张仪	同左
无惊当岁杪	同左	无憀当岁杪	同左
念远伤迁贬	同左	念远缘迁贬	同左
惊时叹别离	同左	惊时为别离	同左
此日徒搔首	同左	此日空搔首	同左
加餐永似饥	同左	加餐亦似饥	同左
狂书一千字	同左	狂吟一千字	同左

由上表可见，垂云堂本是在忠实于《才调集》原本的基础上，对文字明显错讹之处作了改动；而汲古阁本则依据传世白集对《才调集》原文作了相当多的改动，而类似改动非止白居易一家，其余尽皆如此，可见汲古阁本已经背离了《才调集》的原貌。因此，垂云堂本在《才调集》历代诸本中当为最接近宋椠原貌的版本。

欧阳修《归田录》成书若干问题考论

摘　要：欧阳修《归田录》为宋代笔记小说之发轫者，其书未出而《序》先传，传宋神宗向欧阳修索此书，欧氏"删书以进"。从南宋诸家说法可以推断，欧阳修确有此举，且《归田录》原本未曾面世，后世传本皆为删进本。该书虽名为"归田"，但并非欧氏归田后所作，而是平时以随闻随录的札记方式，将"师友之余论，宾僚之燕谈，与耳目之所及"实录下来，累积成书。因此，该书写作并非一时一地。书中对皇帝、时代、官吏的称呼及谥号的使用，可为佐证。

关键词：《归田录》；文本；写作时间；写作方式

北宋文坛盟主欧阳修不仅在北宋古文运动中开风气之先，而且将其纯熟的古文技巧运用于笔记小说创作，开创了笔记小说这一特殊的文学样式，为传统古文生命的延续与发展注入了新的活力，所著《归田录》亦成为后世笔记小说之典范。该书从细微处呈现宋朝特有的政治文化生态与文人士大夫为人处世品格，极具宋代文化之特色；其"实录"的创作精神又使该书成为后人追索考证历史的宝贵文献，可补正史之不足。关于《归田录》成书问题，自南宋起即传闻不断、众说不一。考察该书之文本变迁、写作时间及成书时间等关键问题，对我们了解宋人笔记小说创作的环境、态度与方式当是大有裨益的。

一、《归田录》文本增删问题

据存世文献记载，《归田录》版本计有二卷本、三卷本、五卷本、六卷本和八卷本等，今见传本为二卷本，上卷 60 条、下卷 55 条，合计 115 条资料。《四库全书总目》曾在《子部·归田录提要》中将南宋时期关于

《归田录》文本变迁的三种说法加以整理与比较，云：

《陈氏书录解题》曰："或言公为此录未成而《序》先出，裕陵索之，其中本载时事及所经历见闻，不敢以进，旋为此本，而初本竟不复出。"王明清《挥麈三录》则曰："欧阳公《归田录》初成未出而《序》先传，神宗见之，遽命中使宣取，时公已致仕在颍州。因其间所记，有未欲广布者，因尽删去之，又恶太少，则杂记戏笑不急之事，以充满其卷帙，既缮写进入而旧本亦不敢存。"（引者按：有关《归田录》之记载在《挥麈后录》，而非《挥麈三录》。）二说小异。周辉《清波杂志》所记与明清之说同，惟云原本亦尝出，与明清说又不合。大抵初稿为一本，宣进者又一本，实有此事，其旋为之说与删除之说，则传闻异词耳。❶

上述说法亦见于南宋朱弁著笔记小说《曲洧旧闻》，然《四库总目》不载，云：

欧阳公《归田录》初成，未出，而序先传。神宗见之，遽命中使宣取，时公已致仕在颍。以其间记述有未欲广者，因尽删去之，又恶其太少，则杂记戏笑不急之事，以充满其卷帙。既缮写进入，而旧本亦不敢存。今世之所有皆进本，而原书盖未尝出之于世，至今其子孙犹谨守之。❷

以上朱、陈、王、周四家皆言及《归田录》文本之增删修补，说法大致相同，且四人皆为南宋时人，去欧阳修年代不远，所记当为可信。

此外，从北宋文人所处的现实创作环境来看，欧阳修删书之举未为无因。北宋以"重文抑武"立国，大批文人进入仕宦之阶，因政见不同而导致的以文人士大夫为主角的"党争"由此开始，并愈演愈烈。文人士大夫既为政治上之主体，复为文学和学术上之主体，以文字排斥打击异党和从异党文字中深文周纳以构陷诋毁遂成为"党争"之重要手段。

仁宗庆历三年，范仲淹献《百官图》对宰相吕夷简欺上瞒下、任人唯私予以指责，又上《四论》讽刺时弊，矛头直指吕夷简，于是被冠上"引用朋党"之罪，贬黜饶州；集贤校理余靖上言支援范仲淹，获罪被贬；馆

---

❶ （清）纪昀总纂《四库全书总目》，北京：中华书局，1992 年版，第 1190 页。

❷ （宋）朱弁撰，王根林点校《曲洧旧闻》，载《宋元笔记小说大观》，上海：上海古籍出版社，2001 年版，第 3022 页。

阁校勘尹洙为范仲淹申冤亦被贬；馆阁校勘欧阳修上书谏官高若讷，斥其"不复知人间羞耻事"，亦被贬；馆阁校勘蔡襄作《四贤一不肖诗》赞誉范仲淹、余靖、尹洙、欧阳修而讽刺高若讷；欧阳修再上《朋党论》以明君子之朋与小人之朋；国子监直讲石介为此作《庆历圣德诗》斥夏竦、高若讷为"一妖一孽"，与夏竦结下深仇，后孔直温谋反事牵连石介，斯时介虽已死，仍要开棺验明，所幸为杜衍力保而免。这一场政敌之间的文字攻讦实则波谲云诡、暗藏杀机，直接导致了其后著名的"进奏院案"。

庆历四年初，范仲淹发起的庆历新政全面展开，宰相杜衍、枢密副使富弼及韩琦为之辅助，但遭到了保守派枢密使章得象、御史中丞王拱辰等人的激烈反对，加上夏竦构陷石介，使富弼与范仲淹"不自安于朝"，范仲淹于当年六月离开朝廷。但反对派犹未甘心，预谋将新政官僚一网打尽。当年十一月，苏舜钦监进奏院，循例祀神，以伎乐娱宾。集贤校理王益柔，于席上戏作《傲歌》，中有"醉卧北极遣帝扶，周公孔子驱为奴"之句。王拱辰等人闻之如获至宝，因王益柔和苏舜钦二人皆范仲淹所推荐，而苏舜钦又是宰相杜衍女婿，遂以此诗"谤及时政"为由，炮制了这起针对改革派的文字狱。❶

据《续资治通鉴长编》卷一五三"庆历四年十一月甲子"条载，该案结案后，苏舜钦、王益柔及与之同席的"当世名士"均遭贬斥。次年正月，杜衍罢相知兖州，范仲淹罢参知政事知邠州，富弼罢枢密副使知郓州；三月，韩琦罢枢密副使知扬州；五月，欧阳修愤而上书，然遭谏官钱明德弹劾，"下开封鞫治"，八月，"犹落龙图阁直学士，罢都转运按察使，降知制诰，知滁州"。至此，新政官僚全部被贬出朝，短命的"庆历新政"宣告彻底失败。❷

改革集团的崩塌与同道的不幸遭遇，欧阳修亲历亲见，不得不在此后的文字中保持高度警惕。其私修《新五代史》而"不出"，撰《归田录》而删去"未欲广布者"，盖缘于此。

---

❶ （明）陈邦瞻编《宋史纪事本末》，北京：中华书局，1977 年版，第 247 页。

❷ （宋）李焘撰《续资治通鉴长编》，北京：中华书局，1985 年版，第 3716 页。

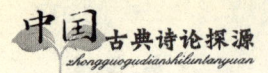

二、《归田录》原本是否面世问题

《归田录》经过删增后的呈进本是二卷本，然自南宋以来各家对于卷数问题一直有不同看法，对于原本是否曾经面世的认定也各持己见。南宋晁公武《郡斋读书志》言"《归田录》六卷"，注云：

> 是书《宋志》卷二传记类作八卷、《通志·艺文略》卷六作五卷，《书录解题》卷十一及今本俱作二卷，盖二卷者为欧阳修砍削之本，八卷、六卷、五卷者为其原本，原本辗转传钞，卷帙或有参差欤？❶

以晁氏之意，今见之二卷本是欧阳修删进本，其他八卷、六卷、五卷本均系原本，因传钞之故，遂有卷数不同。以此观之，原本当曾面世。而陈振孙《直斋书录解题》则云："初本竟不复出，未知信否？"❷ 认为原本未尝面世，但持怀疑态度。确认"原本未尝出"者为《挥麈后录》、《曲洧旧闻》和《清波杂志》。《四库总目·归田录提要》引《清波杂志》所言"原本亦尝出"，实是"未尝出"之误抄，今人刘永翔曾对此有过考证：

> 近人夏敬观《归田录·跋》以该书《宋史·艺文志》著录作八卷，而今本止二卷，又朱熹《名臣言行录》所引有今本所无者二则，遂信《四库提要》卷一四〇《归田录》条所言，云《清波杂志》谓《归田录》"原本亦尝出"。实则文渊阁本《清波杂志》明作"原本未尝出"，馆臣非看朱成碧，即据讹本而断耳。❸

检《四库全书总目·清波杂志》，所录文字确为"原本未尝出"，又上海古籍出版社版《清波杂志》亦作"原本未尝出"，《归田录提要》误抄作"原本亦尝出"，一字之差，截然相反。夏敬观从朱熹《名臣言行录》中析出两则为今本所无的《归田录》佚文，据此认定"原本亦尝出"言为有据。对此，刘永翔提出"试观宋代诸书所引佚文，亦多'戏笑不急之

---

❶ （宋）晁公武撰，孙猛校证《郡斋读书志校证》，上海：上海古籍出版社，1990 年版，第575 页。

❷ （宋）陈振孙撰《直斋书录解题》，北京：中华书局，1985 年版，第 328 页。

❸ （宋）周辉撰，刘永翔校注《清波杂志》，历代史料笔记丛刊（唐宋史料笔记丛刊），北京：中华书局，1997 年版，第 353 页。

事'，绝无违碍之语，安见其必出于原本，而非删定本之所遗耶？《宋史》八卷之说未足信也。"❶ 因此，宋人著作中所引之佚文，是否出自原本，尚待更确切的证据。

返观南宋诸家，以《清波杂志》、《挥麈后录》和《曲洧旧闻》等为代表，多数认为"(《归田录》) 旧本亦不敢存。今世之所有皆进本，而原书盖未尝出之"，因此，欧阳修在神宗索书后，确有删书之举，且删书后原本不敢存，后所传及今所见者皆为呈进本。

三、《归田录》写作时间及方式问题

《归田录》以归田为名，于是一般人皆以书名来判定其为欧阳修归田后所作，清梁章钜云："昔欧公之《归田录》，作于致仕居颍之时，皆纪朝廷旧事，及士大夫诸谑之言。"❷ 清周中孚云："是书乃其作于致仕居颍之后，故名曰《归田》。"❸ 对此李伟国则提出不同意见，认为前人往往以《归田录》为欧阳修致仕归田后所作，是不正确的。他提出三个理由：一，欧阳修致仕于熙宁五年（1072），而《归田录·前序》自署作于治平四年（1067），按照序一般要在书既成之后，至少是初成之后方作的惯例，该书初成至迟当在治平四年。二，《归田录》中称英宗为"今上"或"上"，而于之前宋朝皇帝多以庙号称之。第三，遍检全书，无一语涉及神宗时事，可推断今见《归田录》记事之时间下限，只至英宗时。基于以上理由，李伟国认为应非致仕以后所录，至少主要不是致仕以后所录。❹

关于《归田录》的写作时间，《四库总目·归田录提要》云：

惟修归颍上，在神宗时而录，中称仁宗立今上为皇子，则似英宗时事语，或平时札记，归田后乃排纂之，偶忘追改欤？❺

---

❶ （宋）周辉《清波杂志》，第 353 页。
❷ （清）梁章钜撰，于亦时点校《归田琐记》，载历代史料笔记丛刊（清代史料笔记丛刊），北京：中华书局，1997 年版，第 1 页。
❸ （清）周中孚《郑堂读书记》，台北：台湾商务印书馆，1978 年版，第 1260 页。
❹ （宋）欧阳修《归田录》，上海：上海古籍出版社，2012 年版，第 66–67 页。
❺ 《四库全书总目》，第 1190 页。

日人东英寿则以为《归田录》写成于英宗皇帝的治平年间。❶ 刘德清则以《归田录》纪事止于治平三年,书中称英宗为"上"、"今上",其成书当在年初神宗即位之前,该年欧阳修六十一岁。❷

可见,关于《归田录》之写作时间有四种看法:一,欧阳修归田后作;二,非致仕以后所作,至少主要不是致仕以后所作;三,平时札记,积累大量材料,于归田后编纂;四,写成于治平年间。照常理推想,《归田录》初成后,《序》先传世,神宗读后索书甚急,欧阳修在匆忙间既删去"不欲广布"之敏感内容,复加入"戏笑不急"之趣闻轶事,那必是平时有大量资料积累,可从中加以选择来填满卷帙。纵观宋代笔记小说创作,其作者大都留心于周遭口耳之间,随所见闻而有所记,集腋成裘,编为一书,名之曰"某某录"、"某某话"等,如《邵氏闻见录》、《冷斋夜话》等。《归田录》亦非欧阳修作于一时一地,乃平时有所得便记录之,故《四库总目》推论其为"平时札记",确非臆测。下文拟就书中对所录人物之称呼来作进一步分析。

(一) 由对皇帝的称呼观之

《归田录》所提及人物主要有两大类,一为皇帝,二为官吏。综观《归田录》二卷共115条,所涉几乎都是北宋时事,只有2条所涉为五代时事,其余113条集中在太祖、太宗、真宗及仁宗四朝时事,其中明白列出太祖或其年号(开宝、宝元)的9条,列出太宗或其年号(太平兴国)的8条,列出真宗或其年号(天禧、咸平、景德)的12条,列出仁宗或其年号(宝元、康定、庆历、景祐、至和、天圣、皇佑、嘉祐、明道)的21条,其余由各事件发生时间推算,皆可归至这四个皇帝在位时事,提到这四个皇帝时亦多以庙号称之。此外即称呼"今上",如:

仁宗初立今上为皇子,令中书召学士草诏,学士王珪当直,诏至中书谕之,王曰:"此大事也,必须面奉圣旨。"于是求对。明日面禀得旨,乃草诏。群公皆以王为真得学士体也。❸

---

❶ (日)东英寿著,王振宇、李莉等译《复古与创新——欧阳修散文与古文复兴》,上海:上海古籍出版社,2005年版,第100 – 101页。

❷ 刘德清撰《欧阳修纪年录》,上海:上海古籍出版社,2006年版,第420页。

❸ (宋)欧阳修《归田录》,上海:上海古籍出版社,2012年版,第28页。

"今上"即为英宗，可知《归田录》的成书时间在英宗朝。

（二）由对时代的称呼观之

笔记小说的写作手法以实录为宗，忠于事实，不擅加改动，因此我们从《归田录》中对时代的称呼即可考见其写作时间。如：

> 自太宗崇奖儒学，骤擢高科至辅弼者多矣。盖太平兴国二年至天圣八年二十三榜，由吕穆公蒙正而下，大用二十七人。而三人并登两府，惟天圣五年一榜而已，是岁王文安公尧臣第一，今昭文相公韩仆射琦、西厅参政赵侍郎概第二、第三人也。予忝与二公同府，每见语此，以为科场盛事。自景祐元年已后，至今治平三年，三十余年十二榜，五人已上未有一人登两府者，亦可怪也。❶

文中称韩琦为"今昭文相公韩仆射琦"，意谓在写作此条时韩琦既为昭文又任仆射。考韩琦在英宗治平元年自门下侍郎兼兵部尚书、同平章事、昭文馆大学士、监修国史、魏国公加尚书右仆射；治平四年正月，自尚书右仆射、同平章事、魏国公加守司空兼侍中。文章最后言"至今治平三年"，韩琦于治平三年的官职为昭文馆大学士、尚书右仆射，故称其为"昭文相公韩仆射琦"。故此条写作时间为英宗治平三年（1066），欧阳修当时六十岁。

又如：

> 往时学士入札子不着姓，但云"学士臣某"。先朝盛度、丁度并为学士，遂着姓以别之，其后遂皆着姓。❷

以往学士写札子并不写姓，但盛度与丁度同名又同时为学士，为分别起见，故此后学士之札子均须写明姓氏，欧阳修说这是"先朝"之事，盛度与丁度二人同为学士在仁宗朝时，故仁宗朝便是所谓"先朝"。可知此条写作时间为仁宗之后的英宗朝治平元年至治平四年之间。

以上两条皆作于欧阳修仕宦时间之内，由此可知，《归田录》非其致仕后所撰。

---

❶ （宋）欧阳修《归田录》，上海：上海古籍出版社，2012 年版，第 17 页。
❷ （宋）欧阳修《归田录》，上海：上海古籍出版社，2012 年版，第 15 页。

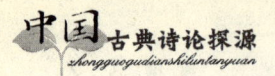

（三）由对官吏的称呼观之

《归田录》中对人物的称谓方式很多，有直呼其名者，如高若讷、李昉；有尊称公者，如晁公宗悫、丁公度；有称职位者，如陈相执中、钱副枢若水；有称卸任职务者，故参知政事丁公度；有以职称加"公"称者，如枢密使田公况；有称谥号者，如孙宣公奭、杨文公，等等。

从不同的称谓可看出当时作者与该对象，以及作者所记录的说话者与对象的关系，从而推断出写作时间。如书中共有10条资料提到杨亿，称谓不尽相同，如杨亿、杨大年、杨文公亿、杨文公等。同一条资料于行文中再次提到时，大部分以"大年"来称呼，只有一次以"公"来称呼。❶杨亿卒于真宗天禧四年（1020），时欧阳修方十四岁，二人既非同辈，更没有同朝为官，所以关于杨亿的记录，均系欧阳修从他人处听来并据以实录。又因不同说话者与当事人之关系各不相同，所以对当事人的称呼也各有不同，这符合笔记小说一事一记，且不因记录者的个人看法而有所改动的写作方式。如果是欧阳修致仕后所作，斯时杨亿已卒，那就应以谥号杨文公或杨文公亿来称呼，而不应有多种称呼，更不会直称"杨大年"了。

由此可知，欧阳修撰《归田录》，写作时间并非囿于一时，而是平时记录；不但据实记录，而且不再加以追改，《四库总目》疑其"偶忘追改钦"，当可释矣。

（四）由谥号的称呼观之

透过《归田录》中谥号的称呼，我们可再深入探讨《归田录》的写作时间。

《归田录》中全以谥号称呼者有两位。一为钱惟演，记录其事有三条，皆以"钱思公"称之。钱惟演卒于仁宗景祐元年（1034），其谥号尝三变：卒后太常张瓌请谥"文墨"，其子上诉请改，仁宗度其生平改谥曰"思"，庆历五年（1045），又改谥曰"文僖"。❷因此，"钱思公"这一谥号的使

---

❶ （宋）欧阳修《归田录》，上海：上海古籍出版社，2012年版，第16-17页。

❷ （元）脱脱等撰《宋史》，北京：中华书局，1977年版，第30册第10625、10342页；第1册第195页。

用时段当在 1034 年至 1045 年。《归田录》称钱惟演均为"钱思公",则此三条写作时间当在景祐元年（1034）至庆历五年（1045）之间。

另一位以谥号称呼者为刘皇后。其中以"庄献明肃太后"称呼者有两条，以"章献明肃太后"称呼者有三条。刘皇后在仁宗即位后被尊为太后，明道二年（1033）薨，谥曰"庄献明肃"，庆历四年（1044）改谥"章献明肃"。在《归田录》中称"庄献明肃太后"和"庄献太后"之两条资料，写作时间当在明道二年（1033）至庆历四年（1044）之间；称"章献明肃太后"之三条资料，写作时间则当在庆历四年（1044）之后。

综上所论，《归田录·前序》欧阳修自署作于英宗治平四年（1067）九月，英宗已于当年正月驾崩，继位的神宗于来年改元熙宁，且书中未见有治平四年神宗之后事，可推知全书写作时间应皆在治平四年以前。由书中对英宗以"上"、"今上"的称呼和对时代以"今"、"至今"、"先朝"的称呼，皆可看出写作当时的时间点；对官吏同僚不同的称呼，以及用谥号来称呼去世人物，更可证明写作时间点甚多，从而可确定《归田录》的写作非一时一地之作，乃平时札记所成。

贺贻孙生卒年小考

摘　要：明末清初著名文人贺贻孙的生卒年不详，通过考察其《水田居文集》中若干文献，可考得其确切生年与大致卒年，其生卒年为 1603 年至 1685 年后不久。

关键词：贺贻孙；《水田居文集》；生年；卒年

贺贻孙，字子翼，自号水田居士，江西永新人，是明末清初著名的诗人、古文家和文学批评家。他一生著述颇丰，有《激书》二卷、《诗筏》一卷、《骚筏》一卷、《诗触》六卷、《易触》七卷、《水田居文集》五卷、《水田居存诗》三卷等。《清史稿》和《清史列传》均有其小传。《清史稿》云：

……贺贻孙，字子翼，永新人。……贻孙九岁能属文。明季社事盛行，贻孙与万茂先、陈士业、徐巨源、曾尧臣结社豫章。及明亡，遂不出。顺治初，学使者慕其名，特列贡榜，避不就。巡按御史笪重光欲举应鸿博，书至，贻孙愀然曰："吾逃世而不逃名，名之累人实甚。吾将从此逝矣。"乃翦发衣缁，结茅深山，无复能踪迹之者。晚年穷益甚。著有《易触》、《诗触》、《诗筏》、《骚筏》，又著《水田居激书》。❶

《清史列传》所载与上引文大略相同，兹录于下：

贺贻孙，字子翼，江西永新人。九岁能文，称神童。时江右社事方盛，贻孙与陈宏绪、徐世溥（引者按：即上引文中之陈士业、徐巨源）等结社豫章。国变后，高蹈不出。顺治七年，学使慕其名，特列贡榜，不就。御史笪重光按部至郡，欲具疏以博学鸿儒荐。书至，贻孙愀然曰：

---

❶ 赵尔巽等撰《清史稿》第 44 册卷四八四，北京：中华书局，1977 年版，第 13334–13335 页。

"吾逃世而不能逃名，名之累人实甚。吾将变姓名而逃焉。"乃翦发衣缁，结茅深山，无复能踪迹之者。❶

上述引文略述贺贻孙一生行状，然均未及其生卒年，下文拟以《四库全书存目丛书》中所存之贺贻孙《水田居文集》中的若干文献对此略作小考。

先考其生年。贺贻孙在《季弟子家行述》一文中记载：

弟寿止六十又三，余今年七十有九。……弟生于万历己未四月十六日，殁今辛酉十一月三十日。

万历己未四月十六日为 1619 年 5 月 29 日，辛酉年为康熙二十年，当年十一月三十日为 1682 年 1 月 8 日，则其季弟生于 1619 年，卒于 1682 年，享年六十三岁。贺贻孙于 1682 年七十九岁，则其生年当为 1603 年。

又，贺贻孙在《示儿一》中云：

自丙子九月，场试失志，时年三十一矣。忽发愤为诗……积累成帙，谬付梓人，尔时同社皆不知诗，妄相奖许，推为诗人。如是者五年，始知惭愧，取而删窜其半。……如是又五年，复知惭愧，又取而删窜其半。时值国变，三灾并起，百忧咸集。

若将文中"时年三十一"理解为贺贻孙于"丙子九月，场试失志"时为三十一岁，丙子年为崇祯九年（1636），则其生年为 1605 年，与前述不合。因此，"自丙子九月"这一句当理解为：自丙子年九月初入科场以来，屡屡受挫，当时已经三十一岁了。文中随后说"忽发愤为诗"，指的就是三十一岁时。其后，贺贻孙又两次删改诗集，经十年乃成，"时值国变"，即明亡（1644）。由此逆推十年为 1634 年，此年三十一岁，则其生年为 1603 年，与前述相合。

又，贺贻孙于《先妣龙宜人行述》中云：

昔年壬午，秋场不售，贻孙年三十有八。

壬午即 1642 年，"秋场"指乡试，因于秋天举行，遂又称"秋试"、"秋场"，每逢子、卯、午、酉之八月举行。贺贻孙 1642 年三十八岁，

---

❶ 王钟翰点校《清史列传》第 18 册卷七十，北京：中华书局，1987 年版，第 5692 页。

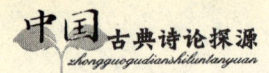

则其生年为 1604 年，又与前述不合。盖因此处"三十有八"系指未满三十九岁，即 1641 年已满三十八岁，则其生年为 1603 年，与前述相合。

再考其卒年。《水田居文集》有《明经贺僧护墓志铭》，中载：

> 至第三日子时坐逝，时甲子十一月十三也。讵生万历壬子十一月某日，享年七十三。

万历壬子十一月为 1612 年 12 月，甲子十一月十三为 1684 年 12 月 18 日。贺贻孙为僧护作墓志铭，则当卒于是年后，即 1684 年仍在世。

又《族侄小琼墓志铭》中云：

> 以万历某年月生君……以戊午某月日卒，寿七十有八。……至乙丑仲夏，余始为文志其墓。

乙丑即 1685 年，则其于是年仍在世。

综上所考，贺贻孙生年为 1603 年，卒年在 1685 年后不久。

魏庆之及《诗人玉屑》丛考

摘　要：《诗人玉屑》历来受诗论家所重视，而关于编者魏庆之生平仍有若干问题待考。根据现有文献，考定魏氏籍贯为福建建阳；推测其生卒年约为 1196 年至 1273 年，考定其有二子魏天应、魏草窗；考其与叶梦鼎、冯取洽、黄升、严羽、游九功等人之交游概况；最后，推测《诗人玉屑》之成书时间为理宗淳祐年间，至迟不超过 1244 年。

关键词：魏庆之；《诗人玉屑》；生平；交游

《诗人玉屑》是南宋末年闽人魏庆之编的一部诗话集，此书用辑录体辑选两宋诸家论诗之语，是宋人诗话集成之作，保存了不少有价值之诗话零篇。《四库全书总目》称：

> 宋人喜为诗话，袞集成编者至多。传于今者，惟阮阅《诗话总龟》、蔡正孙《诗林广记》、胡仔《苕溪渔隐丛话》及庆之是编，卷帙为富。然《总龟》芜杂、《广记》挂漏，均不及胡、魏两家之书。仔书作于高宗时，所录北宋人语为多；庆之书作于度宗时，所录南宋人语较备。二书相辅，宋人论诗之概亦略具矣。❶

关于魏庆之，可资考证的文献甚少，本文拟根据已有之文献材料考察其籍贯、生卒年、交游及《诗人玉屑》的成书时间等，分六则述之。

一、魏庆之的生卒年

关于魏庆之的生卒年，笔者所见文献均失载，但可根据一些线索加以

---

❶　（清）纪昀总纂《四库全书总目》，北京：中华书局，1965 年版，第 1788 页。

推测。

先考其生年。黄升《诗人玉屑》序云：

阁学游公受斋先生尝赋诗嘉之，有"种菊幽探讵何早，想应苦吟被花恼"之句。❶

"游公受斋先生"即南宋末著名理学家游九功，字勉之（一字禹成），号受斋先生，建阳人，卒谥文清❷，一说谥庄简❸。

又据文渊阁四库全书本《宝庆四明志》卷一载：

游九功以中大夫司农少卿兼枢密副都承旨除秘阁修撰，知庆元军府事兼沿海制置司公事，于端平元年十月十一日到任。次年五月初四日，除守司农卿兼知庆元军府事兼沿海制置使。当年十二月十一日，御笔除权刑部侍郎，于端平三年正月阙日交割。❹

游九功本应奉敕于端平三年（1236）正月就任刑部侍郎，但他辞之不就，"再召不赴"，于是年辞官归里，其后"里居十五年"❺。则其卒年当在归里后十五年，即宋理宗淳祐十一年（1251）。

游九功退居乡里后，有诗《题魏醇父菊庄》，黄升序中所引两句即出自此诗，但中缺一句，原句为"子方青春志紫霄，种菊幽探讵何早。一枝可爱况千丛，想应苦吟被花恼"❻，意谓你正值青春，应立志建功立业，现在就隐居乡里、怡情自适尚早。明万历年间杨德政修《建阳县志》卷六《人物志·孝义篇》有《魏庆之传》，说他"中岁厌科第，留情诗赋，种菊盈篱，咏觞自适，号菊庄翁"❼。一曰"青春"，似乎年纪不大；一曰"中岁"，且自号曰"翁"，又似乎年纪已经不小了，这就有些矛盾。游九功作为魏庆之的同乡长辈，且在外为官多年，素有令名，德高望重，作此诗是为了鼓励和嘉许魏庆之，可能此时魏氏已近中年，但游氏仍以"青

---

❶ （宋）魏庆之《诗人玉屑》，上海：上海古籍出版社，1978年版，第2页。

❷ （明）杨德政《建阳县志》，载日本藏中国罕见地方志丛刊，北京：数目文献出版社，1990年版，第398页。

❸ （明）黄宗羲《宋元学案》第三册，北京：中华书局，1982年版，第2380页。

❹ （宋）罗濬《宝庆四明志》，文渊阁四库全书本卷一。

❺ 《建阳县志》，第398页。

❻ （宋）佚名《诗家鼎脔》，文渊阁四库全书本卷下。

❼ 《建阳县志》，第426页。

春"勉之。而《建阳县志》既为志，则写法是不假修饰、秉笔直书。因此"中岁"之说更可信，但想来也不会超过 40 岁，因为若对方已逾不惑再称其"青春"就比较虚伪了。所以不妨作如下推测：游九功辞官归里后，魏庆之邀请他到菊庄讲学并师事之，游氏作此诗以示勉励，其时魏庆之将近 40 岁，则其生年约在公元 1196 年（即游氏归里之公元 1236 年倒推 40 年）。

再考其卒年。元韦居安《梅磵诗话》中有一段关于魏庆之的文字：

建安魏醇父庆之，号菊庄，有吟稿行于世，所著《诗人玉屑》，编类精密，诸公多称之。壶山詹梦璧子苍与之同里。咸淳初年，詹待铅山丞阙馆，寓吾乡秀邸，与余唱和，诗筒往来不辍，相得欢甚。丁卯春自苕还建，余赋《沁园春》词送其行，及以诗寄菊庄："一庄纯种菊，此地着诗仙。再世陶元亮，三生魏仲先。餐英知正味，饮水得长年。每见君吟稿，余怀亦洒然。"戊辰初春，壶山自官次贻书及寄菊庄和篇来，其中一联云："今宵方对月，何日结忘年？"殊有意味。今转盼十五年矣，闻壶山、菊庄墓木皆已合抱。追思故交，为之怆然。菊庄与玉林黄叔旸友善，有《过玉林》诗云："一步离家是出尘，几重山色几重云。沙溪清浅桥边路，折得梅花又见君。"亦有新意。❶

魏庆之同乡詹梦璧于南宋咸淳初年（1265）与韦居安相唱和；咸淳三年（1267）春，詹归建阳，韦托其寄诗于魏庆之；咸淳四年戊辰（1268）初，詹寄书韦，中附魏庆之和诗。此后十五年，即韦居安作此文时，为元至元十九年（1283），詹、魏两人已去世多年，"墓木皆已合抱"。若将墓木合抱时间推测为十年左右，则魏庆之卒年约在咸淳八年（1273）。

综上，魏庆之的生卒年为约 1196 年至 1273 年，得年约七十七岁。

二、魏庆之的籍贯

魏庆之的籍贯，有"建安"说，亦有"建阳"说，前者为多。元方回《桐江集》卷七《诗人玉屑考》云："《诗人玉屑》二十卷，建安魏庆之醇

---

❶ （元）韦居安《梅磵诗话》，丁福保辑《历代诗话续编》中册，北京：中华书局，1983 年版，第 564 页。

甫所集也。"❶ 清厉鹗《宋诗纪事》卷七十三云："庆之字醇父，号菊庄，建安人。与玉林黄升友善，有《诗人玉屑》。"❷《四库全书总目》承此说。然《魏庆之传》云：

> 魏庆之字醇甫，师于王晟，得考亭学。中岁厌科第，留情诗赋，种菊盈篱，咏觞自适，号菊庄翁。手编《诗人玉屑》若干卷，人争传之。辛卯岁饥，捐粟以赈贫者，所全活甚众。遇断桥圮路必倾囊修之，会大疫施药无算，有司欲闻旌之，庆之力辞乃已。❸

清李清馥撰《闽中理学渊源考》卷三十八承此说，云："魏庆之字醇甫，建阳人。师于王晟，得考亭学。中岁留情诗赋，种菊盈篱，咏觞自适，号菊庄翁。手编《诗人玉屑》若干卷，而尤以施舍称。"❹ 又据《福建通志》卷六三"宅墓"记载，魏庆之墓在奏仙坛，今建阳崇化里，已不存。❺ 由此可见，魏庆之的籍贯当为建阳，即今之福建南平市下属的建阳市，而非建安。

三、魏庆之的子嗣

元初遗民诗人蔡正孙编著《唐宋千家联珠诗格》卷三载"蒙斋"作《寄讯魏梅墅》一诗，题注云：

> 故友魏梅墅天应，菊庄之子，一乡之快士。与余为四十年交游，忘于醉乡吟社中。真一时乐事，今亡矣夫，惜哉！❻

《四库全书总目》卷一九五《诗林广记》按语云："正孙字粹然，自号蒙斋野逸。""蒙斋"即蔡正孙，明言魏天应为魏庆之子。又《诗人玉屑》卷十七"秋菊落英"条按语云：

❶（元）方回《诗人玉屑考》，载方回《桐江集》，宛委别藏本，集部第一〇五集。
❷（清）厉鹗《宋诗纪事》，上海：上海古籍出版社，1983年版，第1807页。
❸《建阳县志》，第426页。
❹（清）李清馥《闽中理学渊源考》，文渊阁四库全书本，卷三十八。
❺（清）郝玉麟、卢焯等编《福建通志》，文渊阁四库全书本，卷六三。
❻（宋）于济、蔡正孙编，卞东波校证《唐宋千家联珠诗格校证》上册，南京：凤凰出版社，2007年版，第91页。

西涧叶公，每诵先君菊庄翁"菊似交情看岁晚，枝栭相伴到离披"之句，谓其真知菊者，故并及之。梅墅续评。❶

称"先君菊庄翁"，亦可证明魏天应（梅墅）为魏庆之子。据现存文献可知，魏天应，号梅墅，自称乡贡进士，编有《论学绳尺》十卷❷。与蔡正孙同为元初遗民诗人谢枋得门人。文渊阁四库全书本《叠山集》卷五附魏天应诗两首并序、蔡正孙诗一首并序，时谢枋得被执入大都，二人作诗送之。序中均称"叠翁老师"。魏庆之另有一子号草窗，名字皆不详，《唐宋千家联珠诗格》卷十八载魏草窗诗《春寒》，注云"菊庄子"，余皆无考。

笔者检文渊阁四库全书全文电子版，偶得一则新材料，《王文成全书》卷三十七附王阳明祖父王伦传《竹轩先生传》，作者署名为"布政魏瀚"，文云：

先生与先君菊庄翁订盟吟社，有莫逆好。瀚自致政归，每月旦亦获陪先生杖屦游，且辱知于先生仲子龙山学士。学士之子守仁又与吾儿朝端同举于乡，累世通家，知先生之深者固莫如瀚，因节其行之大者于此，以备太史氏之采择焉。❸

文中提到的"先君菊庄翁"，如果是魏庆之，则此文作者魏瀚即为魏庆之子，但旁征其他文献，仔细推敲，发现绝无可能。传主王伦，号竹轩先生，为王阳明祖父。据文渊阁四库全书本《王文成全书》卷三十二"年谱"记载："十有八年壬寅，先生十一岁，寓京师。龙山公迎养竹轩翁，因携先生如京师，先生年才十一。"可知王伦在王阳明十一岁时（明成化十八年，公元1482年）仍在世。与生活在南宋末年的魏庆之相隔二百多年，绝不可能与之"订盟吟社"、结为莫逆。

因此，可考定的魏庆之子嗣有两人，一为魏天应，一为魏草窗。

❶ （南宋）魏庆之《诗人玉屑》，上海：上海古籍出版社，1978年版，第383页。

❷ 《四库全书总目》，第1702页。

❸ （明）魏瀚《竹轩先生传》，载（明）王阳明《王文成全书》，文渊阁四库全书本，卷三十七。

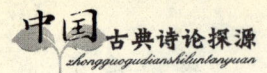

四、魏庆之的诗

魏庆之的著作除了所编《诗人玉屑》外，还有诗集《吟稿》行世，久佚，《全宋诗》辑录其诗四首。❶

过玉林

一步离家是出尘，几重山色几重云。

沙溪清浅桥边路，折得梅花又见君。

答玉林示

一吟一味一相思，满纸银钩满纸诗。

深院沉沉人悄悄，落花片片雨垂垂。

蹉跎二月还三月，点检新枝□□□。

愁绝问春春不语，见君何地会何时。

题张敬仲寒岩瀑泉

朱弦莫余和，落指空琅然。

天风远送将，去作碧岩泉。

偶题

庭夜酣红杏，墙阴染碧苔。

吟翁醉未醒，啼鸟去还来。

第一、二首与魏之好友黄升（号玉林）有关，第二首中"深院沉沉人悄悄"、"愁绝问春春不语"二句，化用欧阳修词《蝶恋花》"庭院深深深几许"与"泪眼问花花不语"之句，可看出魏庆之对前人佳句的模拟学习。

《唐宋千家联珠诗格》卷八中补辑魏庆之诗一首《赠写神傅生》❷：

版筑翻为被衮身，至今画像事如新。

（以其姓傅，故用说筑事，但说本无傅姓，或谓因傅岩而云。）

---

❶ 傅璇琮等编《全宋诗》第 60 册卷三一五四，北京：北京大学古文献研究所出版社，1993年，第 37851 页。

❷《唐宋千家联珠诗格校证》，第 364 页。

耳孙不作箕裘梦，却把丹青画别人。

（反骚寓讽，有勉励意，好。）

括号中小字为蔡正孙评语。

五、魏庆之的交游

黄升序称魏庆之"有才而不屑科第，惟种菊千丛，日与骚人侠士，觞咏于其间"，可见魏之交游不可谓不广。前文提及的"西涧叶公"即其友，名梦鼎，号西涧，据《宋史》载：

叶梦鼎字镇之，台之宁海人。……宝祐元年，……授崇政殿说书，……六年，改知建宁府，又改知隆兴府。开庆元年，复知建宁府，……咸淳三年，再召为参知政事。❶

魏庆之与叶梦鼎的交往应在叶氏知建宁府期间，即理宗开庆元年（1259）至度宗咸淳三年（1267）间，此时魏庆之已年逾花甲。

魏氏友人中还有一位名冯取洽，亦为严羽友。《严羽集》中有赠冯取洽诗《惜别行赠冯熙之东归》和《相逢行赠冯熙之》❷。冯取洽，字熙之，号双溪翁，福建延平人，生卒年均不详，约宋理宗淳祐初在世，工词，常与黄升唱和。冯氏有词《沁园春用前韵谢魏菊庄》：

举世纷纷，风靡波流，名氛利埃。有幽人嘉遁，长年修洁，寒花作伴，竟日徘徊。餐荐夕英，杯迎朝露，世味何如此味哉。扬扬蝶，尽弄芳来往，我又奚猜。　双溪约玉林梅，拟真到庄门一扣开。奈衢山风急，勒教回驾，横塘水弱，未许浮杯。恨结停云，神驰落月，白雪风前忽堕来。教儿唱，侑衰翁一醉，无闷堪排。❸

上片写魏庆之高隐避俗之节，下片写其与黄升相约访魏，然未能成行。又冯词《金菊对芙蓉》题注载："奉同刘筼埦、魏菊庄、冯竹溪、

---

❶ （元）脱脱《宋史》卷四一四，北京：中华书局，1977 年版，第 12432 - 12436 页。

❷ （宋）严羽著，陈定玉辑校《严羽集》，郑州：中州古籍出版社，1997 年版，第 107 - 108 页。

❸ 唐圭璋等编《全宋词》，北京：中华书局，1999 年版，第 3384 - 3385 页。

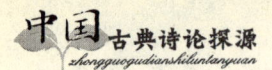

吕柳溪、道士王溪云，赏西渚荷花，醉中走笔用篁墺韵。庚寅。"❶ 此处"庚寅"是宋理宗绍定三年（1230），词写冯取洽与魏庆之等友人同赏荷花事。

魏氏友人中最重要的一位是黄升。升，字叔旸，号玉林，又号花庵，生卒年不可考，与魏庆之同乡，志趣相投，才情相抗，遂结为诗友，唱和往来。黄升为《诗人玉屑》作序，多溢美之词：

> 友人魏菊庄，诗家之良医师也，乃出新意，别为是编。自有诗话以来，至于近世之评论，博观约取，科别其条，凡升高自下之方，繇粗入精之要，靡不登载。其格律之明，可准而式；其鉴裁之公，可研而核；其斧藻之有味，可咀而食也。既又取三百篇、骚、选而下，及宋朝诸公之诗，名胜之所品题，有补于诗道者，尽择其精而录之。盖始焉束以法度之严，所以正其趋向，终焉极夫古今之变，所以富其见闻。❷

魏庆之有《过玉林》、《答玉林示》两首诗，表达了对黄升的友谊。

与魏庆之有过交往的还有南宋著名诗评家严羽。《诗人玉屑》录黄升《玉林诗话》之《叶水心论唐诗与严沧浪异》及"诸贤绝句"条皆提及严羽，且《诗人玉屑》几乎全录严羽《沧浪诗话》内容（但次序全部打乱），前者也因此成为校订后者的重要参照本之一。

魏庆之家乡所在之福建建宁府为南宋理学重镇，魏庆之本人亦为朱子传人，《建阳县志》小传称他"师于王晟，得考亭学"，考亭即今之建阳市考亭村，朱熹晚年居住讲学于此，初创时名"竹林精舍"，后诏令改名"考亭书院"。前文已考及他与理学家游九功有往来，九功与其兄九言（号默斋）同为张栻门下高足。可见，魏庆之在建阳这一人文荟萃之地与诗人、学者往来甚密。

六、《诗人玉屑》的成书时间

《四库全书总目》云"是编前有淳祐甲辰黄升序"，又称"庆之书作

❶ 《全宋词》，第2658页。
❷ （南宋）魏庆之《诗人玉屑》，上海：上海古籍出版社，1978年版，第2页。

于度宗时"。淳祐甲辰为南宋理宗淳祐四年（1244），而南宋度宗在位是从咸淳元年至十年（1265—1274）。即便《诗人玉屑》成书于 1265 年，也比作序时间晚了二十一年，于理不合。推测其成书时间当在理宗淳祐年间，至迟不超过 1244 年，随后好友黄升为之序，于度宗咸淳年间始刊刻于世。

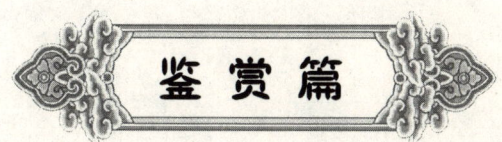

鉴赏篇

论晚唐咏史诗的"炼事"与"炼意"

摘　要：晚唐咏史诗的取材与当时的社会背景、审美风尚、诗人心态等主客观因素密切相关，在晚唐倾覆衰颓的社会背景下，晚唐诗人的矛盾心态造成了他们偏重悲剧美的审美情趣，进而在咏史诗选材上也偏重"悲剧性"，并从中反思历史、伤悼今时，把对史实的熔铸与意义的提炼结合得空前完美。

关键词：晚唐；咏史诗；题材；悲剧性

一

晚唐是唐王朝的衰落阶段，但是，诗歌创作并没有因为国祚不兴而走向衰颓。尽管晚唐诗已不复盛唐明朗刚健、博大雄浑的蓬勃气象，但正如清初诗学家叶燮所说："晚唐之诗，秋花也：江上之芙蓉，篱边之丛菊，极幽艳晚香之韵，可不为美乎？"（《原诗》）在晚唐发展至鼎盛的咏史诗正是这秋花中极美的一束。

咏史一体自东汉班固肇始以来，至晚唐已走过了近九个世纪的漫长道路，而直到斯时，它才放射出前所未有的夺目光彩。原因是多方面的，除了继班固之后曹植、左思、陶潜、江淹、鲍照等人的努力开拓，以及初盛中唐的陈子昂、李白、杜甫、刘禹锡等大家的优秀作品为晚唐咏史诗的创作奠定了坚实基础、积累了宝贵经验外，更重要的是晚唐社会背景、文化思潮、士人心态等主客观因素的影响。它们直接作用于咏史诗的语言风格、精神风貌和思想内涵，使之与前人之作判然有别。

对于晚唐倾覆衰颓的社会状况毋庸辞费，这里需要析言的是面对王朝末世景象和自身黯淡前途的晚唐士人心态的变化。尽管在晚唐诗文中我们

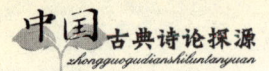

随处可见他们抚时伤世的感喟哀叹和襟抱难展的抑郁悲凉。然而，他们的感叹和悲凉中隐含着一种即使无能为力于改变现状但仍执着坚定于内心理想的矛盾与痛苦。试看李商隐《蝉》："本以高难饱，徒劳恨费声，五更疏欲断，一树碧无情。薄宦梗犹泛，故园芜已平。烦君最相警，我亦举家清。"蝉饥而哀鸣，树则漠然无动，油然自绿，但蝉不因其无情而停止鸣叫，正是晚唐士人复杂心理的写照。身处秋风夕阳的时代，晚唐诗人内心又不甘沉沦、不忍放弃。进取与退避交织，失望与希望并存，执着与厌世共生，这种生命的矛盾体现在诗歌中的"悲剧性"审美价值值得我们体味。

英国美学家斯马特说："如果苦难落在一个生性懦弱的人头上，他逆来顺受的接受了苦难，那就不是真正的悲剧。只有当他表现出坚毅和斗争的时候，才有真正的悲剧，哪怕表现出的仅仅是片刻的活力、激情和灵感，使他能超越平时的自己，悲剧全在于对灾难的反抗。陷入命运罗网中的悲剧人物奋力挣扎，拼命想冲破越来越紧的罗网的包围而逃奔，即使他的努力不能成功，但在心中却总有一种反抗。"（朱光潜译《悲剧心理学》）生不逢时的晚唐诗人的"反抗"尽管只是内心痛苦而无望的微弱挣扎，然而其执着近乎九死其犹未悔。罗隐《子规》诗云："铜梁路远草青青，此恨那堪枕上听。一种有冤无可报，不如含石叠沧溟。"诗中的子规意象不正是在昏昧衰世中苦苦挣扎的诗人的象征吗？与初唐诗人满怀希望的前瞻心理，盛唐诗人明朗昂奋的精神状态，中唐诗人期望中兴的情感趋向比较，晚唐诗人心态的悲剧特征就更加明显。在这悲剧心态的背后，蜿蜒连接着忧患时代沉重的辙印与一代诗人血泪斑驳的心路历程。

从总体上来看，晚唐诗歌已不复盛唐诗歌向宏阔的外部世界开边拓土的气势与力量，而更多流连徘徊于主体心灵复杂微妙的境界，以抒写个人情愫为主。但是，这一代诗人矛盾的心态决定了他们不可能完全将生命与激情藏于艺术的象牙之塔，而对苦难的现实人生视而不见。于是，就不难理解为什么诗人主动将目光转向与"今天"形成了距离却又紧紧维系并影响着它的"昨天"，选择了"历史"这一特殊的表现对象而沉吟其中。他们或从前人覆辙中探求消除现实困惑的良方，或从时代变迁中参悟人生哲理、汲取历史教训，或凭吊古人古迹以慨叹自身遭遇，或追忆昔日辉煌以抒发末世悲伤。因此，"咏史"一体在晚唐就显示出它特有的意义与旺盛的生命力来了。

二

　　历史是积淀了的、获取了固定形式与内容的现实，而今天的现实也正在不停地流动中成为历史。在封闭循环式的古代社会，现实悲剧往往是历史悲剧在不同层次上不同程度的重演。所谓"殷鉴不远，在夏后之世"，孔子也说："殷因于夏礼，所损益可知也；周因于殷礼，所损益可知也；其或继周者，虽百世可知也。"盛世诗人咏史往往借史以颂今，而出于衰世的诗人则特别注意前代的败亡教训和历史人物的悲剧命运，这一特点于晚唐最著。

　　回首历史，诗人们每每注意其与现实人生重合之处，从中寻觅与自身感情的契合点以渲泄内心痛苦的激情。世间无限伤心事，化作幽愁暗恨声，时代的忧患震颤着晚唐诗人敏感的心灵，使他们永远在追忆、在缅怀、在伤悼。悲剧性心态形成了偏重悲剧美的审美情趣，他们不仅于选材时带着这种明显特点，而且在构思时也着力挖掘历史事件和历史人物的悲剧性元素，创造艺术的悲剧美。"历代兴亡亿万心，圣人观古贵知今"（周昙《咏史诗·吟叙》），晚唐诗人在伤悼历史的同时，更对历史进行着深刻的反思，而反思又增强了伤悼的力度与深度。从初唐到盛唐直到晚唐，从"贞观之治"、"开元盛世"直到"安史之乱"、"甘露之变"，乃至咸通之后的积重难返，中间多少代人从"气吞万里如虎"到"拔剑四顾心茫然"。为什么曾经拥有的强盛与光荣总是朝不保夕？历史的兴亡成败是否有规律可循？历朝的灭亡之祸根到底在哪里？这些问题促使晚唐诗人通过对历史的反思，总结灭亡的教训，从而对当朝统治者进行讽谕和劝谏。于是我们看到，对历史上统治者的各种错误行为（亲佞远贤、诛杀功臣、荒淫无度、迷恋神仙等）加以讽刺批判，构成了晚唐咏史诗的另一个重要内容。

　　晚唐诗人在伤悼、反思历史的同时，也在伤悼、反思着自身。在晚唐这个忧患深重的时代，抱负难展、偃蹇困顿几乎是诗人们的共同命运，社会地位的一落千丈决定了他们不会再像前代诗人那样，常常借助咏叹古人仕途通达或怀才不遇来寄托心曲，他们开始更多地思考自身价值，进而发展到怀疑、贬低甚至否定自身价值，李商隐对陈后主时代官至尚书令的江总发出了"江令当年只费才"（《南朝》）的叹息，温庭筠在《蔡中郎坟》

中也道出了"今日爱才非昔日，莫抛心力作词人"的愤激无奈之语，罗隐在《焚书坑》中亦云"祖龙算事浑乖角，将谓诗书活得人"。晚唐诗人对人生的绝望又加深了对时代的幻灭意识，理想破灭的失望与对国家命运和个人前途的惶惑、感伤便成为咏史诗的主导倾向。

相应的，晚唐咏史诗人的取材运思就表现出与前人全然不同的特点。他们的目光从魏晋以来备受赞美的理想人物转向那些虽不乏英雄业绩但终以失败告终的末路英雄，才高志远却沉沦下僚或遭谗被害的失意文士，以色事人、结局悲惨的薄命红颜等悲剧人物，如项羽、韩信、诸葛亮、屈原、贾谊、陈琳、昭君、绿珠、杨贵妃等。他们不再简单直露地赞颂开国君主、盛世帝王的赫赫功业和清平治世的兴旺景象，而是更普遍、更自觉地去关注前朝的覆亡，或出以讽刺之语，或出以惋惜之叹，或出以议论之锋，以从中汲取历史教训，如吴王夫差的荒淫无度、南朝帝王的沉湎歌舞、隋炀帝的不惜民力、唐玄宗的亲佞远贤等，都成为他们的批判之的。他们所凭吊的历史遗迹，也多为上演过一幕幕历史悲剧的荒都废台、残宫旧苑，如秦朝旧都咸阳、六朝古都建业，吴宫、陈宫、华清宫等地，莫不如此。

将这些题材采入诗中其实并不自晚唐始，隋段君彦《过故邺诗》、初唐宋之问《息夫人》、盛唐王维《李陵咏》、李白《苏台览古》、《越中览古》等都取材于历史上的悲剧人物或盛衰兴亡的史实，但只有到了晚唐，悲剧性的历史人物和事件才第一次被大量地集中起来吟咏唱叹。因此，有充分的理由说，晚唐咏史诗人有自己的审美选择，他们在历史长河中所探寻、淘洗和磨砺的是那些富于悲剧色彩的历史题材和历史题材中的悲剧元素。晚唐咏史诗第一次集中地、成功地展示了咏史诗的悲剧美形态，也正是咏史诗自身的特点与晚唐文学悲凉感伤的时代氛围交织在一起，才形成了它不同于前代的鲜明的悲剧美特征。

三

在对题材的处理和对史实的评论上，晚唐咏史诗人充分表现出他们对历史悲剧的特殊敏感。史事中杂然纠结着是非功过、成败得失，后人对它的认识评价往往带上自己和时代的特点。而晚唐诗人则总是特别清醒而自觉地在历史中搜索失误、寻找教训。诸葛亮是世代为人推重的人物，几位诗人却不约而同地写他的失败和遗恨。兹将两首同题之作录于下：

筹笔驿
李商隐

猿鸟犹疑畏简书，风云长为护储胥。

徒令上将挥神笔，终见降王走传车。

管乐有才真不忝，关张无命欲何如？

他年锦里经祠庙，梁父吟成恨有余。

为突出"恨"，玉溪反复烘托，抑扬更迭。首联用夸张手法，以猿鸟畏其军令、风云护其藩篱极写孔明之威，一扬，宋人范温评曰："诵此两句，使人凛然复见孔明风烈。"❶ 颔联却言其徒有神机，终见刘禅投降，一抑。颈联出句称孔明之才方驾管仲、乐毅，又一扬。对句写关羽、张飞亡身，折其羽翼，又一抑。最后发出"他年锦里经祠庙，梁父吟成恨有余"之深沉喟叹。全诗正是以这种抑扬顿挫的议论来表现"恨"的主题，才显得婉转有致、寄慨遥深。此恨既是孔明壮志未酬、郁郁以终的遗恨，又是诗人对孔明徒费心力、功败垂成的扼腕叹息，同时还是对自己沦落江湖、布衣白首的萧条境况的悲叹。

筹笔驿
罗　隐

抛却南阳为主忧，北征东讨尽良筹。

时来天地皆同力，运去英雄不自由。

千里山河轻孺子，两朝冠剑恨谯周。

唯余岩下多情水，犹解年年傍驿流。

此诗关键在颔联，强调"时"、"运"二字。首联写孔明为报刘备知遇之恩，东征西讨，欲匡扶汉室。颔联话锋陡转，言其时运不济，壮志难酬。颈联承上而来，写刘禅昏聩，佞臣误国，留给孔明的是不尽遗恨。尾联以景作结，以乐景写哀，倍增其哀。通篇题旨与前首相

---

❶ 范温《潜溪诗眼》，载郭少虞《宋诗话辑佚》北京：人民文学出版社，1962 年版，第 235 页。

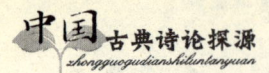

同，仍是写"恨"。

再如温庭筠《过五丈原》：

> 铁马云雕久绝尘，柳阴高压汉营春。
> 天晴杀气屯关右，夜半妖星照渭滨。
> 下国卧龙空寤主，中原得鹿不由人。
> 象床锦帐无言语，从此谯周是老臣。

首联、颔联写景，营造出肃杀、悲壮之气，暗含不祥之兆，预示孔明将出师不利。颈联议论，言孔明虽有经邦济世之才，但独撑危局，无力回天，逐鹿中原的事业最终付诸东流。尾联言孔明后继无人，只有谯周这样的卑劣无能之辈，无言中透出悲声。反观杜甫《蜀相》一诗，虽有"出师未捷身先死，长使英雄泪满襟"之慨叹，但终不失勃勃英气，使千载英雄有同感，而在上述三位晚唐诗人笔下就只有深深的感伤了。

即使早被历史确认的胜利者，晚唐诗人也向他们投以悲悯的目光，试看唐彦谦《仲山》一诗：

> 千载遗踪寄薜萝，沛中乡里旧山河。
> 长陵亦是闲丘陇，异日谁知与仲多。

仲山因刘邦之兄在此隐居而得名。相传刘邦为帝后，曾踌躇满志地对其父夸耀说："始大人常以臣无赖，不能治产业，不如仲力。今某之业所就孰与仲多？"但在此诗中，作者对其功业避而不谈，而是慨叹千载之后，昔日显赫辉煌如烟消云散，高祖长陵与仲山同为荒丘一垅，颇具调侃意味，亦暗含人生哲理。

汉魏六朝的咏史诗为后世确立了两种传统：一是班固《咏史》开叙述史实的先河，对历史材料"或缛其简，或节其余，就彼语结赞，无事溢词"❶，只是为入诗的需要对史料进行篇幅上的增删和语言上的加工。这种咏史近于叙事。二是以左思《咏史》八首为代表的咏怀式的咏史诗启后世咏史与咏怀融合的法门。这类诗歌以历史作为寄托主观情感的载体，抒情特质十分明显。唐代咏史诗大多摒弃了班固式的叙述手法，而远承左思的

---

❶ 王夫之《古诗评选》，北京：北京文化艺术出版社，1997年版，第151页。

传统风格，且将述怀与咏史结合得更为浑融，把对历史的褒贬唱叹与个人的胸怀意绪融成混茫一体，使抒情特质更加鲜明。晚唐诗人写作咏史诗的意图不在准确叙述历史，而在于抒发自己观照历史时的情感意绪，甚至是为了负载主观的悲剧性情绪。诗人不是作为历史故事的叙述者，而是以抒情主人公面目出现于诗中的。他们最急于表现的不是历史，而是自我，是身处悲剧性时代的"我"的充溢于胸次之间的悲情愁绪。他们比前辈诗人更加不拘泥于史实，而是着重抒发由历史引发的个人情感，或者干脆为抒情的目的而寻找相应的历史对象作为载体，对史实的熔裁与对意义的提炼成为晚唐咏史最为着力之处。因此，浓厚的主观色彩涵盖客观的历史题材，也就成为晚唐咏史诗最重要的审美特征之一。

以历史为诗歌表现对象的长处在于：作为流逝了的往事，它在形式上凝固为相对静止的状态，而其内容，却处在一个不断由现实积淀为历史的流动过程中。凝固的形式，为诗人依据表达情感的需要选取合用的题材提供了有利条件；流动的内容，既便于诗人远隔千载找到与古人精神契合、情感相通之处，又便于他们以自我和时代的眼光观照历史，咏古人以寄托自己的情怀。这样，晚唐咏史诗中出现的"历史"已非纯然客观的面貌，而是诗人眼中的历史。何况这种"诗人眼中的历史"更多的是以对史实思考、评论、抒情等形式表现出来，其主观色彩就更为浓郁。试看许浑《凌歊台》：

> 宋祖凌歊乐未回，三千歌舞宿层台。
> 湘潭云尽暮山出，巴蜀雪消春水来。
> 行殿有基荒荠合，陵园无主野棠开。
> 百年便作万年计，岩畔古碑空绿苔。

宋武帝刘裕是南朝的开国君主，《南史·宋本纪》说他"清简寡欲"，"未尝视珠玉舆马之饰，后庭无纨绮丝竹之音"，如此简朴克己，应该说是有道明君了。但此诗并非叙述刘裕的生平行实，也不是评判他的功过得失，而是面对历史陈迹，抒繁华易逝之情。"三千歌舞"只不过作为昔日繁盛的象征，与今日的荒荠、野棠、绿苔等颓败景象对比，以突出变易之迅疾、巨大，因此并非史实，完全是诗人想象之景。金圣叹云："嗟乎，嗟乎！荒荠野棠，一春事毕；豪人远计，满载无休。人不云乎，后之视

今，犹今视昔。登斯台者，夫亦可以少悟矣。"❶

四

晚唐咏史诗中，主观色彩由沉重的感伤与冷峻的理性复合构成。在感伤情绪层面下流动着诗人对历史的沉思，思索赋予感伤以理性的力度，深沉的特色，使其免于苦闷迷惘的困扰。

浓郁沉重的感伤是晚唐咏史诗的情绪基调。试看下面两首。

经建业

刘 沧

六代盛衰曾此地，西风露泣白萍花。

烟波浩渺空亡国，杨柳萧条有几家。

楚塞秋光晴入树，浙江残雨晚生霞。

凄凉处处渔樵路，鸟去人归山影斜。

乐游原春望

李 频

五陵佳气晚氤氲，霸业雄图势自分。

秦地山河连楚塞，汉家宫殿入青云。

未央树色春中见，长乐钟声月下闻。

无那杨花起愁思，满天飘落雪纷纷。

刘诗描绘六朝古都的自然风物，李诗想象汉代的氤氲盛况，都未曾渲染盛衰巨变，也不露议论之痕，但"绿窗明月在，青史古人空"的感伤情绪雾霭般笼罩在诗中，给人以"流水落花春去也"的清晰感受。

浓重的感伤生长于诗人苦痛的内心，没有晚唐的时代和心理基础，不经血泪的滋养润育，就不会有这样的入骨沉哀。读李白《苏台览古》、《越中览古》等同为写历史悲剧的作品，只听到诗人对历史变迁的慨叹，而体味不到多少感伤意绪，原因正在于此。许浑有一首著名的《金陵怀古》：

---

❶ 金圣叹《贯华堂选批唐才子诗》，南京：江苏古籍出版社，1996 年版，第 357 页。

> 玉树歌残王气终，景阳兵合戍楼空。
>
> 松楸远近千官冢，禾黍高低六代宫。
>
> 石燕拂云晴亦雨，江豚吹浪夜还风。
>
> 英雄一去豪华尽，唯有青山似洛中。

明人谢榛认为，此诗若删去颔联、颈联，"则气象雄浑，不下太白绝句"❶。这里他忽略了产生于不同时代土壤与主体心灵的盛、晚唐诗的差异。晚唐诗本不以气象雄浑取胜，而以写情凄恻擅场。若删去许诗中两联，也就将作为晚唐咏史诗审美特征的感伤气氛抹去了。

晚唐诗人带着幽深的悲剧感沉吟于历史中，苦思冥索历史前进时昭示的哲理，探寻冲破现实困惑的一线光明。这种思索的痕迹或显或隐地呈现于诗中。由于带着当代的困惑考虑历史，晚唐诗人对历史教训的感触就比前人敏锐而且深刻。如吴、蜀、南朝与隋的亡国，自初唐起就不断被吟咏、感叹，然而只有晚唐诗人才开始将它们联系在一起思考，总结败亡相继的惨痛教训。"有国由来在得贤，莫言兴废是循环"（李九龄《读〈三国志〉》），诗人由吴、蜀的亡国提出了任用贤能的重要问题。"南朝天子爱风流，尽守江山不到头，总是战争收拾得，却因歌舞破除休"（李山甫《上元怀古二首》其一），荒淫误国，丧德殒身，这是诗人在南朝的教训中悟出的道理。贯休在咏叹夫差亡国时说："此是前车况非远，六朝何更不惺惺"（《经吴宫》）。罗邺则将南朝悲剧总结为"江山不改兴亡地，冠盖自为前后尘"（《春望梁石头城》）。前朝荒淫误国，前车未远，后代不思教训，覆辙相寻，使后人复哀后人，这是何等沉重的历史教训，言外跃动着诗人多少难以明言的现实怆痛。

对历史的沉思又给诗歌的感伤基调增加了力度，使其不再仅仅是一种愁情哀绪，而成为对历史悲剧的深沉慨叹。如李商隐《咏史》：

> 北湖南埭水漫漫，一片降旗百尺竿。
>
> 三百年间同晓梦，钟山何处有龙盘？

这首诗从眼前景象着笔，中间寓无限兴亡之感。"水漫漫"三字，尽

---

❶ 谢榛《四溟诗话》，载丁福保著《历代诗话续编》，北京：中华书局，1983 年版，第1170 页。

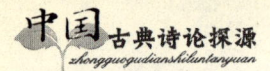

扫六朝繁华。此句过渡至想象中的历史画面。"一片降旗百尺竿"，正是六朝萎靡没落的象征。从而引出三百年朝代兴替，如晓梦一场。末句反问，铿锵有力，全篇主旨可以用刘禹锡诗句"兴废由人事，山川空地形"（《金陵怀古》）来概括。整首诗意境迷蒙，情调感伤，而在感伤中流动着诗人对南朝三百年兴废的痛苦沉思，这思索的弦线又牵动着现实忧患，深沉阔大，发人深省。"晓梦"表面上是指六朝帝王醉生梦死、荒淫误国，三百年如一场春梦稍纵即逝，实际上抒发了诗人对当朝君主浑浑噩噩、亦在梦中的忧虑。

经过上文分析我们可以发现，晚唐诗人创作咏史诗，并非单纯为了发思古之幽情，而是站在现实的堤岸上去俯视历史的河流，用自己的眼光与体验去观照历史的情境，并融入自己冷峻深邃的思考，从而使历史与现实沟通起来，在历史中映照现实，在现实中追述历史，这样就使咏史诗既具有深重的历史感，又具有敏锐的现实感。晚唐咏史诗也正是将历史与现实这两种距离遥远的时空完美地连接到一起，才构成了完整的、充满时空张力的审美境界。

唐末五代温李诗风的唯美内涵

——以五代后蜀韦縠《才调集》选诗为例

摘　要： 唐末五代温李诗风通常被认为是晚唐温李绮艳诗风的遗绪，但从《才调集》所选温李诗风的代表诗人的作品来看，绝不仅限于香艳绮靡，而是题材多元化、风格多样化，但都不约而同地表现出明显、着意的唯美倾向，从中可以看出温李一派炼饰文采、追求秀致的唯美内涵。

关键词： 温李诗风；才调集；唯美

学界普遍认为，唐末五代温李诗风的形成，源自唐末衰乱动荡的时代氛围，以及此时普遍存在于士林诗坛的冷漠消沉的心态，这种时代氛围与士人心态所造成的及时行乐、沉湎声色的生活态度，使得艳情题材作品大量出现。这类作品的远源当溯至南朝齐梁宫体，近则可视作温李绮艳诗风的遗绪，其中公认的代表人物有韦庄、吴融、郑谷、韩偓、张泌、徐夤等人。

值得注意的是，这些温李诗风的代表人物与同时弥漫于唐末五代诗坛的所谓"宗白"诗风的代表人物有一定程度的重合。❶ 这一现象说明，温李诗风作为一个时代的创作倾向，实际上在所有共处于这一时代的诗人创作上都有所体现。具体到某一诗人，可以既效温李，复宗元白，甚至将两种或多种诗歌创作技巧与风格熔为一炉。而且，温李诗风也绝不仅限于专

---

❶ 唐末五代诗坛风气大体表现为三股潮流，即宗白、姚贾、温李三派，其中"宗白"一派最众，以韦庄、罗隐、郑谷、吴融、僧贯休等人为代表，还有杜荀鹤、黄滔、徐夤、卢延让、冯道、李建勋等。其中韦庄、郑谷、吴融、徐夤又兼效温李绮丽柔婉一路。清顺康间诗论家郑方坤尝誉韦庄为"香山之替人"（《五代诗话·例言》）。北宋欧阳修评郑谷诗："其诗极有意思，亦多佳句，但其格不高。以其易晓，人家多以教小儿。"（《六一诗话》）。吴融《禅月集序》云："厥后白乐天为《讽谏》五十篇，亦一时之奇逸极言。若张为作《诗图》五层，以白氏为广大教化主，不错矣。"徐夤有大量如《追和白舍人咏白牡丹》等取法白诗托物言志手法的诗作。

写艳情题材，在其他题材创作中也往往可见，只是风格或为浓艳靡丽（效温庭筠），或为俊逸爽朗（效杜牧），或为精致典雅（效李商隐），或为工于偶对（效许浑），都不约而同地表现出明显着意的唯美倾向，总而括之，遂纳入"温李"一派❶，正如所谓"宗白"诗风不仅限于继承白氏讽谕诗的讽谏精神和学习白诗语言的浅近通俗，还包括对白氏闲适、感伤、杂律诗的才学、风情、格调等质素的模仿和学习一样。

事实上，如果我们把温李诗风和宗白诗风分别置换为唯美诗风和通俗诗风，那么温李在唐末五代诗坛的势力实不亚于宗白，而且二者大有合流之势，从五代后蜀韦縠所编的大型唐诗选集《才调集》的选诗就可以看得出来。

如韦庄，虽被目为"香山之替人"，其长篇叙事诗《秦妇吟》也为他赢得了"秦妇吟秀才"的名号，然视其所编《又玄集》，选温庭筠《过陈琳墓》、《春日将欲东游寄苗绅》等五首七律，可见对温氏七律之受推崇，韦庄自作七律也多上承此格。《才调集》中，韦縠选韦庄七律《关山》、《与东吴生相遇》、《秋日早行》、《叹落花》等篇，均在倾诉羁旅情怀、慨叹失意人生的情感表达上以及在诗语的锻炼上与温庭筠七律相似；乐府诗《上春词》、《捣练篇》、《杂体联锦》、《长安春》、《抚盈歌》等篇，则又明显受到温庭筠极擅之齐梁体乐府的影响。

吴融，在为诗僧贯休《禅月集》所作的序中言及温李诗风流宕于唐末诗坛的状况时说，诗人"下笔不在洞户蛾眉、神仙诡怪之间，则掷之不顾"，"迩来相效学者，靡曼浸淫，困不知变，呜呼，亦风俗使然也"，（四部丛刊本《禅月集》），其态度似乎力主"诗关教化"，以宗白为尚，而贬斥温李，但视其七律，同样有温李七律的缛丽柔婉之风。如《才调集》所选其两首七律：

---

❶ "温李"并称始于裴庭裕《东观奏记》卷下："庭筠字飞卿……词赋诗篇冠绝一时，与李商隐齐名，时号温李。"皮日休序陆龟蒙《松陵集》亦云："近代称温飞卿、李义山为之最。"都仅将二人并举，而未涉及其诗风内涵。关于温李诗风的内涵，研究者多引吴融《禅月集序》中的"洞户蛾眉，神仙诡怪"之说称之，前者当属艳情题材，后者当属怪奇题材，然细溯二者渊源，艳情题材自盛唐中衰，至中唐元白笔下复盛，且较之齐梁宫体，有过之而无不及，如白居易《江南逢萧九》、元稹《会真诗》等篇，无不写"淫艳猥亵"之态；怪奇题材肇自韩孟，至其极于李贺，亦非温李之所独有。因此，温李诗风内涵之关键在于其风格绮丽婉曲、精工密致，而非在于题材是否艳情或奇幻。

浙东筵上有寄

襄王席上一神仙，眼色相当语不传。

见了又休真似梦，坐来虽近远于天。

陇禽有意犹能说，江月无心也解圆。

更被东风劝惆怅，落花时节定翩翩。

富水驿东楹有人题诗

绣缨霞翼两鸳鸯，金岛银川是故乡。

只合双飞便双死，岂悲相失与相忘。

烟花夜泊红蕖腻，兰渚春游碧草芳。

何事遽惊云雨别，秦山楚水两乖张。

　　此二首辞之秾丽、情之缠绵，置于温庭筠集中亦不能辨，其唯美诗风由此可见一斑。清鲍倚云《退余丛话》有评："温飞卿、吴承旨（融）、韦蜀相（庄）诸公七律，圆朗妍逸，风调有余，以之献酬群心，可使一座倾倒。若欲厉气骨，以格韵相高，号令风云，催坚陷阵，须更上一层楼也。"评者将温庭筠、吴融、韦庄三人七律并举，认为风格一致，都有柔丽有余、气格不足的特点，而这正是唐末温李诗风所共有的特征。《才调集》此卷首选温庭筠诗，而将吴融亦置于此卷，恰恰说明韦縠将吴融视作飞卿之流亚。

　　即使是愤世隐居的陆龟蒙，也不乏绮艳之作，《才调集》选其《春夕酒醒》、《齐梁怨别》等篇，并将其置于韦庄领衔的卷三中，也可看出韦縠对陆龟蒙的态度。郑谷，在效白体之浅切的同时，兼学温李之婉丽，如见于《才调集》之"雨昏青草湖边过，花落黄陵庙里啼。游子乍闻征袖湿，佳人才唱翠眉低"（《鹧鸪》）、"晓奠莺啼残漏在，风帏燕觅旧巢来"（《吊故礼部韦员外》）、"烟含紫禁花期近，雪满长安酒价高"（《京师冬暮咏怀》）等句子，无不沾染着温李的色彩。徐夤，效温庭筠更加明显，有《依温飞卿华清宫二十二韵》，学温之排律，铺采摛文，或有过之，《才调集》选其一首七绝《初夏戏题》，与白居易之近体闲适诗相类。

　　由此可见，在创作技巧与创作风格均臻成熟与极大丰富的唐末诗坛，诗人往往不囿于一途，而是转益多师，顺随大势。而且从总体上

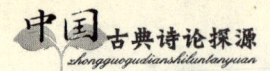

看，倡"宗白"政教之论者往往行"温李"唯美之实，这也是整个唐末五代诗歌创作的一大特点。早在晚唐诸家身上诗论与诗风的对立中就已有所体现，杜牧作《陇西李府君墓志铭》记李戡语："尝痛自元和以来，有元、白诗者，纤艳不逞。非庄士雅人，多为其所破坏。流于民间，疏于屏壁，子父女母，交口教授。淫言媟语，冬寒夏热，入人肌骨，不可除去。"（《全唐文》卷七五五）极力诋詈元白俗艳以维护诗教，然视其自作，风流放诞，何让元白？李商隐作《献侍郎巨鹿公启》云："况属词之工，言志为最。……我朝以来，此道尤盛。皆陷于偏巧，罕或兼材。枕石漱流，则尚于枯槁寂寞之句；攀鳞附翼，则先于骄奢艳佚之篇。推李杜则怨刺居多，效沈宋则绮靡为甚。"（《樊南文集》卷三）"枯槁寂寞"批评郊岛苦吟诗风，"骄奢艳佚"、"绮靡为甚"则是批评元稹艳体、白居易风情感伤之什，然义山本人的大量"绮靡"之作又何尝不贻人口实？这种论调与创作不一的情况在唐末五代更为显著，这一方面是个人创作观念的变化使然，另一方面也是创作环境、时代风气影响所致。这在《才调集》中有明显的反映：虽然置《秦中吟》于首卷首位，似乎"以白太傅压通部"（冯武语），但纵览全集，数量最多且给人印象最深的仍然是飞卿乐府、义山七律及其他风格相类或同属一个较大审美范畴的作品。

唐末五代效温庭筠者首先就是学其乐府诗，其中最著名的是王毂和李咸用，前者之《吹笙引》、《玉树曲》、《红蔷薇歌》等篇，后者之《鸡鸣曲》、《轻薄怨》、《富贵曲》、《绯桃花歌》、《塘上行》、《江南曲》等篇，都在大力铺排、辞采绚丽的作风上与飞卿长篇乐府无二致。另外与温庭筠同入赵崇祚《花间集》的西蜀词人张泌，诗词兼擅，其乐府诗《碧户》效温之《洞户》，《春晚谣》效温之《春晓曲》、《春愁曲》，也颇得飞卿齐梁体短篇乐府之精髓。《才调集》中虽未见王毂、李咸用诗，但于卷四选入张泌诗18首，中有乐府4首，除《碧户》、《春晚谣》外，还有《所思》、《春江雨》二首，同为效温之齐梁体乐府的作品。

《才调集》选温庭筠本人的乐府诗28首，其中以"曲"、"词"、"歌"、"谣"、"怨"等音乐性语素命题者占绝大多数，可见韦縠对温庭筠这类因声度词、婉转可歌的乐府之看重，也合乎他所说的"歌诗"的标准。这与温庭筠乐府的内容、写法、格调开启并迎合了五代诗坛新的风尚和诗歌发展新的趋势即曲子词的勃兴，有着密切的关系。唐末五代，曲子词大盛于世，词体本就讲究声情委婉、曲调低回，唐之文人词又诞生于花间樽前，天生带有以声色佐酒侑欢、娱宾遣兴的性质，二者相结合很自然就形成了词的绮艳格调，清人所谓"诗庄词媚"，盖言此也。温庭筠又是词史上第一位大力作词的诗人，其词之富艳毋庸词费，其人也被誉为"花间鼻祖"。其"倚曲"而作之乐府皆婉转可歌、华艳富赡，颇类词调，如"悠悠复悠悠，昨日下西洲"（《西洲曲》）、"韶光染色如蛾翠，绿湿红鲜水容媚"（《春洲曲》）之类，名为乐府，实已与词调相通❶。究竟是其乐府诗影响了词的创作，抑或相反，已不得而知，但可以肯定的是，二者之间定然存在着密切联系。这种联系在唐末五代的扩大与发扬，给当时的诗坛与词坛（尤以西蜀为甚）同时产生了不小的影响，赵崇祚《花间集》已经给予温词以极高的地位，与《花间集》同时同地的韦縠又岂能不重视与词调相通的飞卿乐府呢？

学温者其次是学其近体律诗。与飞卿乐府之秾艳繁缛不同，温氏律诗大多展现出清峻高拔的风貌，《旧唐书·文苑传》评温诗所说的"韵格清拔，文士称之"，即言此。五代人出唐入宋，于近、古两体，更重近体，因此对晚唐诸名家之律诗的学习也是不遗余力，其中学温律者不乏其人，除了前文已述及之韦庄、吴融外，还包括罗隐、徐铉等人。从《才调集》选韦庄、吴融、罗隐三家诗的情况看，可明显看出韦縠着重于他们的近体七律；从选温庭筠诗数量来看，温之近体律诗的分量也不亚于其乐府诗。但值得注意的是，温庭筠抒写羁旅愁怀的五律名篇《商山早行》，却为韦縠所不取。尽管"鸡声茅店月，人迹板桥霜"更堪五代那些苦心锻字炼句、追求言近意远的诗人取法，但韦縠宁愿选择类似"杨柳萦桥绿，玫瑰拂地红"（《握柘词》）、"柳暗杏花稀，梅染乳燕飞"（《春日》）、"枕上梦随月，扇边歌绕尘"（《咏嚬》）等在飞卿乐府中已屡见不鲜的丽句，也不

---

❶ 效温庭筠的齐梁体乐府同样有此特点，潘德舆《养一斋诗话》卷四评张泌乐府《春江雨》、《春晚谣》云："二诗字字精润可爱，然大可阑人《花间》、《草堂》词选中矣。"（《清诗话续编》下册，第 2063 页）近人施蛰存评韩偓《香奁集》也提到："《香奁集》虽属歌诗，然其中有音节格调宛然如曲子词者，且集中诸诗，造意抒情，已多用词家手法。"（施蛰存《读韩偓词札记》，载《中华文史论丛》，1979 年第 2 期）

选"状难写之景如在目前,含不尽之意见于言外"的《商山早行》❶,不能不说是其"辞丽"选观的偏执体现。

唐末五代效李商隐者关键在于学其近体律绝,这以李群玉、唐彦谦、吴融、韩偓等人为代表。李群玉兼学杜甫与李商隐,如《才调集》选其七律《同郑相并歌姬小饮因以赠献》:

> 裙拖六幅湘江水,鬓耸巫山一片云。
>
> 风格只应天上有,歌声岂合世间闻。
>
> 胸前瑞雪灯斜照,眼底桃花酒半醺。
>
> 不是相如怜赋客,肯教容易见文君?

领联明显模仿杜甫《赠花卿》之"此曲只应天上有,人间能得几回闻",但显得笨拙,倒是颈联颇有义山七律之绚艳之风。其实李群玉七律有不少佳作,锤炼精工的佳句也颇多,如"玉麟寂寂飞斜月,素艳亭亭对夕阳"(《人日梅花病中作》),"树梅尚敛风前笑,沙草初偷雪后春"(《卢逸人隐居》)等,都比这首谄献之作高明。

唐彦谦效李商隐,前人已多有评述,南宋计有功《唐诗纪事》云:"鹿门先生唐彦谦,为诗纂慕玉溪,得其清峭感怆,尽其一体也。然警绝之句亦多有。"(卷五三)又明确指出:"彦谦学义山为诗。"(卷六八)杨慎《升庵诗话》云:"唐彦谦绝句,用事隐僻,而讽谕悠远,似李义山。"明高棅《唐诗品汇》云:"(唐彦谦)为诗学李商隐,得其清峭感怆,盖圣人之一体也。"清薛雪《一瓢诗话》云:"唐茂业有时极似玉溪。"也有人认为他学习温庭筠,如《旧唐书·唐彦谦传》说他"少时师温庭筠,故文格类之"。也有人评其诗颇得力于杜甫,如北宋陈师道《后山诗话》云:"唐人不学杜诗,惟唐彦谦与今黄亚夫庶、谢师厚景初学之。"元辛文房《唐才子传》评曰:"唐人效甫者,惟彦谦一人而已。"可见唐彦谦与李群玉类似,在诗法上远绍杜甫,在意象选择、字句锻炼上近学李商隐、温庭筠。《才调集》选其诗17首,并将其与义山置于同卷,可见韦縠也与后人

---

❶ 欧阳修《六一诗话》引梅圣俞语:"诗家虽率意,而造语亦难。若意新语工,得前人所未道者,斯为善也。必能状难写之景,如在目前,含不尽之意,见于言外,然后为至矣。……又若温庭筠'鸡声茅店月,人迹板桥霜',贾岛'怪禽啼旷野,落日恐行人',则道路辛苦,羁愁旅思,岂不见于言外乎"。(《历代诗话》本,上册第267页)

持论相同。

韩偓是李商隐之姨甥，少时为诗，曾得李商隐激赏，誉为"雏凤清于老凤声"，其诗受李商隐影响颇深。韩偓《香奁集序》云："所著歌诗不啻千首，其间以绮丽得意者亦数百篇，往往在士大夫口，或乐官配入声律，粉墙椒壁，斜行小字，窃咏者不可胜纪。"可见其诗在唐末流传之广不亚于中唐元白。但后人多把"香奁体"视同"艳体"，并加以贬斥，如南宋严沧浪评之曰："香奁体，韩偓之诗，皆裾裙脂粉之语。"元吴师道《吴礼部诗话》评："过于纤巧，淫靡特甚，不类其所为。"元方回《瀛奎律髓》评："惟香奁之作词工格卑，岂非世事已不可救，故留连荒亡以纾其忧乎？"《才调集》对所谓"香奁体"也持不赞赏态度，所选诗五首俱为韩偓遭贬谪后，流寓入闽、隐居南安时的作品，极富隐逸风调，如"清晨向市烟含郭，寒夜归村月照溪。炉为窗明僧偶坐，松因雪折鸟惊啼"（《小隐》），"树头蜂抱花须落，池面鱼吹柳絮行"（《残春旅舍》），"夜来雪压前村竹，剩见西南数尺山"（《寄邻庄道侣》）等句，都对山村风物体察入微，细致而不假雕琢。又或虽有哀怨之思但并不颓唐失落，如"灵椿朝菌由来事，却笑庄生始欲齐"（《小隐》），"两梁免被尘埃污，拂拭朝簪待眼明"（《残春旅舍》）等句，都展现出诗人身处困境中的豁达怀抱与济世理想。《才调集》选此五首，的确体现了编者大具手眼、高超独到的鉴赏功力。

最后，我们再看《才调集》对李商隐本人作品的选择。对义山诗，历来读者与选家多关注其七律，七律中又偏重于"无题"诗，然《才调集》对此似乎并不在意，集中无一首题作《无题》的作品，可视作无题的七律仅有《碧城三首》、《可叹》等四篇。而包括这四首七律在内，其他如《银河吹笙》、《促漏》、《春雨》、《泪》、《水天闲话旧事》等七律，皆属对精工、用事繁丽，体现了义山高超的语言技巧，从风貌上看，与温庭筠齐梁体乐府虽异曲而同工。除此之外，李商隐的另一类力作——咏史诗，仍为《才调集》所重，名篇《富平少侯》、《马嵬》、《齐宫词》、《龙池》等尽皆入选。但从所选义山诗的总体风格上看，《才调集》选其咏史诗，重点仍不在其讽刺性，而在其语言和意境的美，如《富平少侯》之"不收金弹抛林外，却惜银床在井头。彩树转灯珠错落，绣檀回枕玉雕锼"两联，分用金、银、珠、玉四类华丽意象，似讽而实劝；《马嵬》中的"此日六

军同驻马，当时七夕笑牵牛"一联，时空错落，发想精妙，而又对仗工整熨贴；《齐宫词》、《龙池》二首七绝，则精心选择有特殊意味的事或有特殊意义的物来营造一个历史与现实相通的特殊情境，给读者以微妙而又广阔的想象空间，恰如冯浩所评，"吐词含味，妙臻神境，令人知其意而不敢指其事以实之"。反观其他咏史名篇，如七绝《北齐二首》之"小怜玉体横陈夜"句，虽对比鲜明，讽刺辛辣，然语出猥亵，其格较卑❶；七绝《贾生》，虽平平写来，叙事中寓有深沉感慨，然似乎缺乏辞句美感，殊不称韦縠之意。综上可见，韦縠对义山诗的选择仍如对飞卿诗一样，不出唯美范畴。

韦縠在《才调集》自序中明确指出其选诗标准为"韵高而桂魄争光，词丽而春色斗美"，"韵高"、"词丽"正是其诗歌审美观，从他对晚唐五代温李一派诗人诗作的选择上可以充分地看出温李诗风炼饰文采、追求秀致的唯美内涵。

---

❶ 如果《才调集》真是"晚唐香艳诗潮的直接反映"，那么这首《北齐》更合嗜"香艳"者之口味，韦縠不选此诗，恰恰体现其追求"辞丽"而不失"韵高"的择诗标准。我们可以说他受到"香艳"诗潮（这一称谓实际上是极不准确的，宗白、姚贾毋庸辞费，就算是温李诗风，也不能简单地视之为"香艳"）的影响，但绝非其"直接反映"。

· 208 ·

兴会神到，天人圆融

——以王士禛"神韵说"品读王维《竹里馆》

摘　要：王维"辋川诗"之《竹里馆》，意境清远、形象鲜明、语言自然精练，以王士禛"神韵说"的三个层面对其加以品读，我们更能体会作品"兴会神到，天人圆融"之美，同时可以更为透彻地理解"神韵说"的精髓要义。

关键词：竹里馆；神韵说；意境

王维晚年将其在辋川别墅与裴迪吟咏山川景物的各二十首诗合编为《辋川集》，集前王维序云："余别业在辋川山谷，其游止有孟城坳、华子冈、文杏馆、斤竹岭、鹿柴、木兰柴、茱萸沜、宫槐陌、临湖亭、南垞、欹湖、柳浪、栾家濑、金屑泉、白石滩、北垞、竹里馆、辛夷坞、漆园、椒园等，与裴迪闲暇，各赋绝句云尔。"集中诸诗，皆系题咏别业诸景，寄寓闲适之情的作品。而清初文坛盟主、一代诗宗王士禛标举"神韵说"，在其《蚕尾续文》中说：

严沧浪以禅喻诗，余深契其说，而五言尤为近之。如王、裴辋川绝句，字字入禅。他如"雨中山果落，灯下草虫鸣""明月松间照，清泉石上流"……妙谛微言，与世尊拈花，迦叶微笑，等无差别。通其解者，可语上乘。

可见渔洋先生对王维推崇备至，在其编选之《唐贤三昧集》中选王维"辋川诗"十五首，《竹里馆》便是其中之一。王士禛"神韵说"之要旨可概括为三个层面：第一个层面，从审美角度看，"诗之美"乃是"传神"与"余韵"的结合；第二个层面，从意境角度看，"诗之境"乃是"禅境"与"诗境"的融通；第三个层面，从创作角度看，"诗之作"乃是

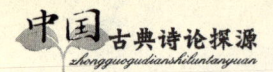

"兴会"与"性情"的共鸣。笔者拟由此三个层面，深入赏析《竹里馆》，以期通过对作品的分析，更为确切地理解王士禛"神韵说"之特色。兹录王维原诗如下：

竹里馆

独坐幽篁里，弹琴复长啸。

深林人不知，明月来相照。

一、诗之美："传神"与"余韵"的结合

苏东坡曾说："味摩诘之诗，诗中有画；观摩诘之画，画中有诗。"洵为的评，揭示了王维诗富于诗情画意的特征。绘画是以线条、颜色为媒介，具有诉诸视觉的具体形象，可以使观画者直接感受到；诗歌则是以语言为媒介，无法被读者直接感受到，但是诗歌可以唤起读者的联想和想象，使读者自行在脑中描绘一幅有色彩、形貌的图画，而且因个人的品位、兴趣、想象力、文字敏感度等的不同，有时甚至能赋予诗歌更丰富高远的意涵。王维"诗中有画"，就是因为他擅长使用平淡、清丽的语言，塑造生动活泼的意象，唤起读者的联想，组成一幅生动的图画。

以《竹里馆》为例，王维对竹林中纷扰变幻的景物，略去次要的部分，只抓住其主要特征，如"幽篁"、"深林"、"明月"等景物，用素描的手法勾画出来，不假雕琢，不加藻饰，留给读者充裕的想象空间。但若单是白描，则会流于平淡寡味，所以王维又用"独坐"、"弹琴"、"长啸"等动态之行来与超远清寂的静态之景相配合，从而表现出个人最鲜明的印象和感受，唤起读者类似的经验，使之进入作者营造的情境中并且感同身受。

通观全诗，读者眼前仿佛可见一幅"幽篁图"：在一片茂密修长的竹林中，幽静空寂，一人闲坐抚琴，打破林中寂静的是那悠远的琴声和自得的长啸，不论有无其他人经过或是朋友到访，这些都不要紧，因为皎洁月华映照身上，以月为友便不孤单。短短二十个字，塑造出极其鲜明的意象，将外界景物与诗人内在情感融为一体，自然入妙、意境浑融。

二、诗之境:"禅境"与"诗境"的融通

欣赏《竹里馆》,若仅见其诗意的清幽、孤寂,则只见表层;若见其入禅,觉得"身世两忘,万念皆寂",则仅得禅的消极面,未臻禅悟之境。究竟禅宗对王维及其诗的影响在哪里?禅对诗趣的影响表现在三个方面:一是让诗富有了无穷意蕴,二是让诗富于含蓄性,三是让诗具有神秘性。

《竹里馆》运用动静相衬的手法写景抒情,首句写静境,次句写动境,三、四句也是一静一动,而愈见动中之静。与《鹿柴》不同的是,本篇不着重写景,而是侧重写人,写诗人的自我形象。诗中选择具有典型特征的清幽空寂的月夜、竹林为背景,把外物(幽篁、深林、明月)与人的活动(独坐、弹琴、长啸)结合起来,凸显出与空寂之境相伴的空寂之心,但是诗人的心虽然空寂,却不颓废感伤,而是拥有超然物外、潇洒绝尘、悠然自得的情趣。在诗人与自然身心交融、化而为一的时候,其心境也进入了心如朗月、性似幽篁的禅悟之境。诗中无一字提到空寂、虚静,却在描述自然的神奇美妙时,予人以幽远深邃、朦胧迷离的感受,而这感受是似有似无、若即若离、隐约而无法确切捉摸的,因此又使之沾染了神秘色彩。

总之,王维诗中"空寂"之美,是受禅宗"不立文字"的影响,《竹里馆》的一静一喧,既给人以直观的美感,又传达出圆融一体的机趣,创造出浑然一体、生动活泼、情景交融的诗歌意境。

三、诗之作:"兴会"与"性情"的共鸣

王维在《竹里馆》中安闲自得地弹琴、长啸,浑然忘我,不觉时间流逝,这种"时间的超越"正是人与自然浑然交融的表现,正是由于超越了时间,诗人方能超乎悲喜,从而获得心中的静定。

人对自然的态度或曰方式可分为介入和静观二种,而人欲与自然保持和谐关系,则务必摒除造作和干涉。王维的《辛夷坞》:"木末芙蓉花,山中发红萼。涧户寂无人,纷纷开且落。"在没有人为干扰、自由无碍的环境中,芙蓉花纷纷开放,又纷纷凋落,自在而又自得,这正是王维在包罗

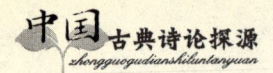

万象的世界中静观自然、泰然处之的人生观之写照。

由于日常生活的烦琐、重复、单调、无聊，使人类渴望找到一片心灵的休憩所，而只有将被生活拘束、束缚的经验，转化为不为所拘、别开生面的经验，方能超然物外，最后达到浑然与自然统一的原始生命之和谐。王维的"辋川诗"均有这类想法，他甚至不加掩饰地表白"晚年唯好静，万事不关心"的人生态度，从而做到"超越时间"、"摒除造作"、"转化经验"，进而达到人天圆融的境界。

"人天圆融"有几个典型特征：首先，是自足之乐。《竹里馆》中作者"独坐幽篁"，"弹琴长啸"，不欲人知，以月为友，显现出其性情旷达、人格高洁。其次，是逍遥之趣。《竹里馆》所追求的境界正是诗人与天地寂然感通、浑然同化的逍遥之趣。再次，是无言之美。禅宗主张"不立文字"，与道家"得意忘言"异曲同工，他们并非完全排斥文字，而是以文字为工具，借由文字表达的直觉达到自我感悟的目的。王维《竹里馆》没有独白、对话，没有激愤之情，也没有婉转藻饰，有的只是作者与明月之间的心灵交流沟通，这是人心与天机交融的写照，也显现出"此中有真意，欲辩已忘言"的无言之美。最后，是朴素之心。《竹里馆》从"独坐"、"弹琴"到"长啸"，诚恳、实在、自然，毫不矫情作态，因此表现出物与人之间交融无间的和谐之美。

王维诗上承陶谢，又融入其画家之思及禅宗之趣，造就了其诗意境清远、形象鲜明、语言自然精练的特征，带领着唐代山水田园诗进入全盛时期。通过对其辋川诗的品读，我们可以更为透彻地理解王士禛的"神韵说"。

后　记

　　本书是我从近年所撰数十篇论文中选出十九篇的结集。之所以结集，绝不是为了自炫学术，因为学术本就不可以作为逞才傲人的资本，在今天更不具备可供炫耀的氛围；也更丝毫不敢作泽被后学的妄想，因为我自己本就是一名在思想的荆棘丛中探路的后学者，只有接受他人"责备"的权利，而没有"泽被"他人的资格。因此，本书只是对我博士毕业以来所做的不耻微末尚可称之为学术的一些工作的简单回顾和总结，既梳理一下近年来研究的思路，也尝试着打开未来研究的进路。

　　我于 2002 年考入北京师范大学文学院，师从谢思炜先生攻读中国古典文学专业博士。斯时谢师正处于年富力强、精力旺盛的年纪，正独立撰述《白居易诗集校注》一书（是书已于 2006 年由中华书局出版）。刚入门的我尝问于恩师："博士论文作何题目为好？"师曰："可以选择文献学方面的题目做一做。年轻人还是做一点实实在在的笨功夫为好，既能锻炼发现问题的眼力，也能提高做学问的定力。"于是，我选定唐人选唐诗中最晚出的一部——五代后蜀人韦縠所编《才调集》，作为我三年研究的专题。其间，谢师教我"竭泽而渔"四字，此四字正与胡适之先生的名言"大胆的假设，小心的求证"，"有几分证据说几分话，有七分证据不说八分话"精神相通。这既是谢师半生学术生涯的经验总结，亦成为我做学术工作所秉持的精神和态度。

　　本书依照研究侧重点的不同略分为四部分：诗论篇、文体篇、考据篇、鉴赏篇。诗论篇分涉古代诗论术语、专说、专著的论述；文体篇论及赋体、诗体源流；考据篇包括《才调集》编者、版本、文本考辨以及若干杂考专题；鉴赏篇则包含诗歌分类鉴赏和单篇赏析。四个部分各自独立，又互相映照，基本上构成一个完整的研究格局。

　　今年夏末，在谢师六十岁生日宴会上，先生问我："尚做学问否？"我

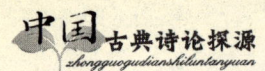

闻此不胜悚悌愧怯，只说："行政工作太忙，没怎么读书，但是也没放下。"先生笑笑，鼓励了两句："好好，比光做老师强。"遂不复言。现在想起，深觉愧对当年先生金针之度，亦复有悖昔日立雪之诚，今暂以此书作为对先生之问的敷衍回答吧。

　　是为记。

北京物资学院　刘浏

草于乙未年腊月十七，时幼女方止啼入梦